猫又お双と消えた令嬢

角川文庫
19227

1

「リューイチロー、ねえ、リューイチロー」

ある晴れた、長閑《のどか》な春の昼下がり。

首都は下町、大東《だいとう》区の片隅。郊外に立つ四本のお化け煙突が霞《かすみ》に揺らめくのを望む、雑然とした下町の路地。そこには、五年前の大空襲にも焼けずに残った、日に焼かれ風雨に曝《さら》され色褪《いろあ》せた灰茶色の板壁があらわな古長屋が、軒を連ねている。

中でも取り分け古い、どうして自立していられるのかさえ不思議なほど朽ちた平屋建ての長屋から、そのころころと鈴を転がすような可愛らしい声は聞こえてきた。

「ねえねえ、リューイチローってば」

「聞こえていますよ、お双《そう》さん。どうしたのですか」

答えたのは、いかにも穏やかそうな、柔らかい青年の声。

「あのね、あたし、お腹空《す》いた」

「お腹が空いたのですか。つい先ほど、ご飯を食べたばかりではありませんか」

「食べた、けど」

その、お双、と呼ばれた女の子は、長屋の縁側で仰向《あおむ》けに大の字になりながら、脚をばたばたと暴れさせた。

年の頃は十五、六の、細く小さな身体の少女。白灰黒の三色が不思議な縞模様《しまもよう》を描く袖《そで》なしのワンピースが、春の陽気をそのひらりと膨らむ生地の内側に湛《たた》えている。

そして、そこから覗《のぞ》く、まるで白い大福餅《だいふくもち》のような丸い膝頭《ひざがしら》。

「まだ、空いてるんだもん」

「足りなかったのですか」

「うん」

「あれだけ食べても、まだ足りない。そうおっしゃるのですか」

リューイチローと呼ばれた、円い卓袱台《ちゃぶだい》の向かい側で静かに本を読んでいた青年は、ようやく読み掛けの難しい専門書の一頁から顔を上げると、半ば呆《あき》れたように言った。

瓜実《うりざね》の輪郭に、真ん中で分けた短髪。高い鼻と横一文字の口。一重瞼《まぶた》の下からは、きりりとした眼差《まなざ》し。

第一ボタンまでしっかりと留めた白い半袖シャツを、紺色の長ズボンにきちんとしまい込んでいるのは、彼が丁寧で生真面目な性格であることを表している。

「昨晩の残りのおむすび三個にお味噌汁《みそしる》、それでもお腹が空くというのは、物理的に奇妙ではありませんか」

その言葉に、お双は、少々不服そうな表情を浮かべた。

肩口までの黒髪に、苺《いちご》のような形の顔。その真ん中には大きなくりくりとしたまなこが二つ。ちょっとだけ上を向いた小さな鼻のすぐ下には、愛嬌《あいきょう》のある口。

「だって」お双は、その口先を家鴨《あひる》のように尖《とが》らせる。「空いちゃったものは、しょうがないんだもん」

そして、ごろりと寝返りを打ってうつ伏せになると、畳と髪の間からリューイチローを恨みがましい目で睨《にら》むのだ。

その抗議の視線を受け止めつつ、しばらく後、彼はやれやれという体で言った。

「しょうがないのでは、仕方ないですね」

本に栞紐《しおりひも》を挟んで閉じ、丁寧に卓袱台に置くと、後でおやつにでもしようかと考えていたみたらし団子を取りに、彼は玄関脇の戸棚に向かう。

「やった、やった」

その後ろ姿を見ながら、〝箱座り〟になってお双はにんまりと目尻《めじり》を下げた。その顔は悪戯《いたずら》の成功を無邪気に喜ぶ幼女のようでもあり、狡猾《こうかつ》な企《たくら》みに腹黒く嗤《わら》う女詐欺師のようでもあったのだった。

こんな二人のやり取りは、実は今に始まったことではなかった。

彼らはこの半年ばかり、こうして長屋の六畳一間で、日々、他愛《たあい》もない会話を交わし、同じ物を食べ、ひとつ屋根の下で眠っているのだ。

しかし二人は、恋人同士でもなければ夫婦でもなく、親子でもなければ兄妹《きょうだい》でもなく、友人ですらなく、そもそも同じ族ですらない。

その二人がなぜ、こんなふうになったのか。

話を始める前に、まずは二人がいかにして出会ったか、時間を昨年の春に戻して、その経緯《いきさつ》を説明する必要がある。

＊

さる商家の一人息子である葛切隆一郎《くずきりりゅういちろう》が、郷里仙台《せんだい》から上京し、ここ大東区に引っ越してきたのは、ちょうど一年前の四月のことだった。

それまで地元の国立大学で物理学を勉強していた彼には、夢があった。昨年、日本人初のノーベル物理学賞を獲得した湯川《ゆかわ》博士。そんな博士を目標に、思う存分研究に打ち込みたかったのだ。隆一郎の願いは努力となり、努力は結果へと結実した。彼は遂《つい》に、本邦の最難関、帝都大学の大学院に進学を果たしたのだ。

しかし、隆一郎の両親は、なかなか学校を卒業しようとしない隆一郎にあまりいい顔をしなかった。一人息子の隆一郎がとっとと卒業してくれないことには、商家の跡目を継がせることができないからだ。

隆一郎が上京して大学院に進学することにも、彼の両親は猛烈に反対した。だが隆一郎は、粘り強く彼らを説得した。決して家をないがしろにするわけではないこと、学問の道は隆一郎の夢であること、云々《うんぬん》。遂には頑固な両親も折れ、渋々ながらも首肯するのだった。ただし、仕送りは最低限という条件が付されていた。それでも構わないのなら行けばよい、という意味だった。

僅《わず》かな仕送りの中でようやく借りることができたのが、ここ大東区の古長屋の一室、風呂《ふろ》もなければ便所もない、六畳一間のぼろ下宿だった。

ぺらぺらな合板一枚の扉を開けると、玄関口にはちょっとした流しと据え付け棚があるものの、その他には何もない。低い天井に、部屋の周囲はすべて黄土色のひび割れた砂壁に囲まれ、腐った床板とじめじめとした畳は、所々ぐにゃりとめり込む。西側には、障子戸と雨戸を挟んで六畳間には珍しい縁側があり、それがそのまま狭い庭に続いていたが、その広い開口部のせいで、冬は冷たい隙間風がびゅうびゅう吹き込み、夏は西日の熱塊が絶え間なく侵入する、実に過酷な部屋となってしまうのだった。

そんな、人が住まうには適さないぼろけた部屋。

だが、隆一郎は幸せだった。

少なくとも、郷里から遠く離れたここにいれば、両親の干渉に辟易《へきえき》することもなく、思う存分学問に打ち込めるということがわかっていたからだ。

そうして、部屋の中心に据えた卓袱台の前で胡坐《あぐら》を掻《か》くと、隆一郎は、口端にさも嬉《うれ》しげな笑みを零《こぼ》しながら、これからの輝かしい研究生活に思いを馳《は》せるのだった。

そんな隆一郎が「それ」の存在に初めて気がついたのは、下宿生活も一か月を過ぎたころ、狭い庭先に七輪を置き鯵《あじ》の干物を焼いているときのことだった。

庭といっても、むしろ狭い裏路地とでもいったほうが適切な、猫の額ほどの面積にありとあらゆる雑草がぼうぼうと伸びた空間だ。しかし隆一郎は、その、見ているとほっと心が落ち着くような、不思議な趣の庭に佇《たたず》むのが好きだった。

「ナァ」

不意に、隣家との垣根の辺りから鳴き声が聞こえる。視線を向ける隆一郎。

「おや」

「ナァ、ナァ」

それは、なんとも可愛らしい猫だった。

オオバコとハルジオンが無造作に茂る間から覗くその身体は、小柄で、だけれどもしなやかで、白と灰と黒が雑《ま》ざった鯖虎《さばとら》模様の細毛に覆われていた。その尖った尻から、やけに太い真綿のような尻尾《しっぽ》が、ぴんと垂直に立っている。

この辺りの野良猫だろうか。隆一郎は、猫の前にしゃがんだ。

「こんにちは。あなたは、どちら様ですか」

「………」

もちろん、その猫は質問には答えるはずもなく、ただ、いかにも物欲しげな二つの大きな眼で、隆一郎と七輪の上のものをじっと見ている。

「もしかして、これが欲しいのですか」

「ナァ」

まるで人語を解すかのような一鳴き。

隆一郎は、焼き上がった鯵の開きの半身を箸《はし》で解《ほぐ》しながら、言った。

「わたしの名前は、葛切隆一郎といいます。この間、ここへ越してきたのですよ。この辺りはあなたの縄張りなのですね。でも安心してください、わたしには、縄張りを荒らすつもりはありませんから」

そして、鯵の身を少し左掌《てのひら》に取ると、よく息を吹き掛けて冷まし、それを猫の方へ。

「これは、ほんのご挨拶《あいさつ》です。まだ熱いから気をつけてください」

猫は、幾度か鼻をひくひくと震わせると、左手の上の温かい肉を、ざらざらとした舌を器用に使ってあっという間に平らげた。

「いい食べっぷりですね」

「ナーォ」

お礼を述べるようにまた一鳴き。それから踵《きびす》を返すと、また雑草の奥へと悠々と戻っていく。

その背中に、隆一郎は声を掛けた。

「もしまた欲しければ、いつでもいらっしゃい」

猫が草むらの奥に消えるその瞬間、太い尻尾が、返事をするように、二、三度揺れた。

それを機に、猫は度々庭にくるようになった。

その都度、隆一郎は、炙《あぶ》りするめの脚とか、余った焼き魚の尾ひれだとか、冷や飯に鰹節《かつおぶし》を混ぜたものだとかをやったり、何もないときには、その辺に生えたエノコログサを千切り取って遊んでやったりしていた。

猫の方でも満更《まんざら》でもないのか、庭にいる頻度が週に一回から二、三回、一日置きと増えて行き、気がつけばほぼ毎日、庭先で遊んでいるようになっていた。

隆一郎はといえば、雑務の多い大学院での研究生活に、平日も休日もない忙しい日々を送る中、家に戻ってくると猫が庭先にちょこんと座って待っているという風景にどこか安堵《あんど》する自分がいるのに気がつき、やがてそれを楽しみにするようになっていた。

つまり、猫はいつしか、隆一郎の飼い猫のようになっていたのだ。

とはいえ、猫は四六時中その庭にいるわけでもなく、昼間はどこかしらほっつき歩いているようだった。もしかしたら、どこか別の家で飼っている猫が遊びにきているだけかもしれない。隆一郎はだから、猫を家猫にしようという考えはなく、名前をつけるということもしなかった。猫が混乱すると可哀想だ、そう考えていたのだ。

＊

そうこうしているうち、季節は秋へと移り変わり、十一月のとある日曜日。

冬を思わせる寒さが何日か続いた後、少しだけ暖かさが戻ったその日、隆一郎は溜《た》まっていた洗濯物を干そうと、縁側に棹《さお》を掛けていた。

「ナァ」

気がつくと、猫が足下にいた。最近は随分となれなれしくなったこの猫は、庭から縁側に上がり、隆一郎の足に盛んに身体を擦《こす》りつける。

「どうしたんですか」

「ナァ、ナァ」

その日に限り、猫はやけにまとわりつく。

訝《いぶか》しんだ隆一郎は、洗濯物を干す手を止め、猫をよく見てみた。

「あ、これはいけない」

猫の左の前脚に、爪楊枝《つまようじ》のような小枝が深々と刺さり、じわりと血が滲《にじ》んでいた。

この辺りには垣根がたくさんある。そこを潜《くぐ》る時に刺してしまったのかもしれない。

「痛いでしょう。ちょっと待っててくださいね」

隆一郎は棚の上から埃《ほこり》まみれの薬箱を取ってくると、毛抜きで慎重にその枝を抜き、念入りに消毒してから、包帯を巻いてやった。

「さあ、これで大丈夫」

「ナーォ」

猫はそう嬉しげに鳴くと、尻尾をゆっくりと左右に振りながら、隆一郎の周りをくるりくるりと回った。

おや。

そのとき、隆一郎は妙なことに気がつく。

それは、猫の尻尾。

おかしなことに、よく見ると、尻尾が二本あるのだ。

二尾の猫などありはしないから、何かの見間違いかと、改めて目を凝らしてよく見てみるのだが、どう見ても、猫の尻尾が同じ根元から二本生えている。

ふと、猫の脚が、ピタリと止まった。

隆一郎が、自分の尻尾をじっと見ていることに気がついたのだ。

猫は初め、不思議そうな顔をして隆一郎を見ていたが、しばらくしてから、隆一郎の視線が自分の尻尾に注がれていると知ると、見る見る大きな眼をさらに大きく見開き、びくりと身体を痙攣《けいれん》させ「ニャッ」と大きく一鳴きした。猫はようやく、自分の尻尾が二本に分かれていると気がついたのだ。

ここで、不思議なことが起こった。

その二本の尻尾が、一瞬のうちに、まるでお互いが巻きつくようにくるくると捻《ね》じれ、隆一郎がいつも見慣れていた一本の太い尻尾になったのだ。

つまり、二本の尻尾が丸まり一本にまとまったのだ。

今度は、隆一郎が驚く番だった。自分が今目の当たりにしたこの現象は、一体。

混乱しつつも、しかしいかにも物理学を専攻する学生らしく、隆一郎は咄嗟《とっさ》に合理的な解釈を考えようとする。

二本あるのは生得のものか、あるいは怪我をしたものか。それとも突然変異だろうか。

ふと気づくと、猫の大きな二つの目が、隆一郎をじっと射貫《いぬ》いていた。

そして、隆一郎にはさらに驚くべきことに、猫は、喋《しゃべ》ったのだ。

「見たの」

それは紛れもなく、いかにも可愛らしい女の子の声。

隆一郎は茫然《ぼうぜん》とした。

あり得ないことに遭遇すると、人はしばらくの間、思考がまとまらずに放心する。予想外の出来事にどう対応したらよいかわからなくなるからだ。

だが数秒の後、彼はなんとか自分を取り戻すと、その怪異を理解すべく考える。

この猫は今、人の言葉を喋った。しかも、鈴を転がすような無邪気な少女の声で。

これは、現実の出来事なのだろうか。

隆一郎が黙考する間も、猫は相変わらず微動だにせず、隆一郎をじっと見ている。

その視線から目を逸《そ》らすことができないまま、隆一郎は、胡乱《うろん》に返事をした。

「見ました」

びゅう、と初冬の風が吹き抜ける。比較的暖かい日とはいえ、もはやその風は乾いた木枯らしだ。そのひんやりとした痛みに頬を打たれ、隆一郎ははっと我に返った。

いや、今のはきっと、気のせいだ。

大方、何かの音を人の声に聞き間違えたのだ。猫が喋るわけがないのだから。尻尾《しっぽ》だってそうだ。あれは何かの見間違いに違いない。

そう、すべては気のせいだ。

思い直して部屋に戻ろうとしかけた、まさにそのとき。

「本当に、見たの」

またもや猫はそう言った。

今度は聞き間違いではなかった。それは明らかな日本語であったし、言葉にあわせて猫の口が動くのも、はっきりと見えたからだ。

もはや疑いようはない。猫は、喋ったのだ。人の言葉を。

「ええ、見ました」

隆一郎は再び、返事をした。

「ふうん、見たんだ」

猫は、身体を若干伏せ、今にも飛び掛かろうとするような格好で、縁側を左から右にゆっくり歩きながら、言った。

「怖くないの」

「怖い、というのは」隆一郎は、ごくりと唾《つば》を飲み込んだ。「あなたが喋ることに対してですか」

「うん」

猫は縁側の端まで行くと、踵《きびす》を返し、今度は右から左に歩く。足音はまったくしない。

「怖いといえば、怖いです。でもそれ以上に、大変興味深い、と感じてもいます。猫が喋るという実例は、これまで寡聞にして存じ上げませんから」

「逃げないの」

「逃げる。なぜですか」

猫は歩くのを止め、縁側の真ん中に座る。

「だって、あたし、猫又だから」

舌舐《したな》めずりをひとつ、そして妖《あや》しい目つきで隆一郎を見る猫、いや、猫又。しかし隆一郎は、首を僅《わず》かに傾けると、答えた。

「猫又、ですか」

その態度には、少しも猫又に怖《お》じるところはなかった。隆一郎は驚きつつ、一方で、かつて読んだ本の中にその名前が出てきていたことを、思い出していた。その本とは。そこにあった一節とは。そして猫又とは。

「奥山に、猫またというものありて、人をくらうなる」隆一郎は唐突に喋り出した。「徒然草《つれづれぐさ》に書かれている、あの猫又ですね。そういえば、明月記《めいげつき》や宿直草《とのいぐさ》にも猫又に関する記載があったはずです。いずれにしても山中などに住んでいて人を食い殺すとか」

「つ、つれづれ」

その滑らかな言葉に、逆に猫又は困惑したような顔つきになる。

「安斎随筆《あんさいずいひつ》にも数歳の猫は尾が二股《ふたまた》になり、猫又という妖怪《ようかい》となる、などとあったはず。新井白石《あらいはくせき》も老いた猫は猫又となって人を惑わすというようなことを書いています」

「あ、あんさい、はくせき」

隆一郎の捲《まく》し立てるような解説。猫又は目を白黒させた。

「なるほど、わかりました。先ほど尻尾が二つに分かれていたのは、あなたが猫又だからなのですね。そして、あなたは普段、それが露見してしまわないように、その二股になった尻尾をひとつにまとめているということなのですね」

隆一郎は腕を組みながら、うん、うん、なるほど、と何度も頷《うなず》いた。

「ちょ、ちょっと待って。何だか難しくてよくわからない。でも」猫又はむしろ少し怯《おび》えたように言った。「あたしって、そんな、ばけものだったの」

「ばけものといいますか、妖怪です。あなたは」

「妖怪というか、猫又、なんだけど」

「猫又は妖怪変化の一種です」

「えっ。そ、そうなんだ。ふうん、そうだったんだ。えへへ」なぜか猫又は、照れたように言った。「あたし、妖怪だったんだ」

そんな素振りの猫又に、隆一郎は訊《き》く。

「まさか、あなた、妖怪としての自覚がなかったのですか」

「にゃッ」猫又はびくりとした。「え、ええと、あたし、皆があたしのことを猫又だ、猫又だっていうから、あたしは猫又なんだなって思っていただけで、せいぜい猫が人の言葉を喋ったら、それを『ねこまた』っていうんだって思っていただけで、ええと」

そう言うと、猫又はかくりと項垂《うなだ》れた。

「それが妖怪だったなんて、知らなかったの」

「そうだったのですか。ならばあなたは、人間を襲ったりはしないのですか」

「まさか。人間を。なんで。ご飯くれるのに。それに」猫又は、包帯が巻かれた左脚を差し出した。「怪我だって、治してくれるのに」

隆一郎は淡々と猫又と話しつつも、内心ではやはり、ひどく驚いていた。伝承空想上のものだと考えていた妖怪に実際に出くわしたのだから、驚かないはずはない。ただそうは見えないのは、彼の人並み外れて冷静沈着な性格の業だ。もし仮に猫又が彼に危害を加えるものだったとしても、その口調には大して変わりはなかったかもしれない。

「なるほど。ところであなたは、どうして猫又になったんですか」

「ええと」猫又は大きな目を右上に向けると、鼻をひくりと震わせた。「なんでだろう」

よくわからない。そう言いたげに猫又は首を傾げた。

「生まれた時は、普通の猫だったんですか」

「うん。随分前に、ここで生まれたの。この長屋も、まだ新築だった」

「いつごろのことですか」

「よく覚えてない。でも、人の言葉がわかるようになったとき、周りの人たちはみんな、くろふねがどうとかっていっていたような」

「黒船襲来といえば、百年ほど前の話ですね。あなたは、わたしより随分と年上なのですね。といいますか、この長屋が百年存在しているというのも驚きですが」

「えへへ。戦争の時も、周りは随分焼けちゃったけど、ここだけは残ったんだよ」

なぜか、我がことのように自慢気に、猫又は胸を張った。

「最初から人の言葉が喋《しゃべ》れたのですか」

「ううん。最初に言葉がわかるようになったのは、確か十六のとき。気がついたらね、周りの人たちが何をいっているかわかるようになったの。でも、まだ喋ることはできなかった。頑張って声を出そうとしても、ナァナァとしか声が出なかったの。それができるようになったのは、それからまた十六年ばかり経ってから」

「三十二歳のときですね。では尻尾が分かれたのは」

「言葉が喋れるようになったのと同時。急にね、尻尾が割れたの。パカって。それで、嬉《うれ》しくなって、道行く人に声を掛けていたら、『ぎゃあ、猫又だ』って叫んで、みんな逃げちゃった」

「その時に、あなたは自分が猫又だと自覚したんですね」

「うん。でも、猫又だってばれるとみんなに怖がられるから、普段は喋らないようにして、尻尾も一本にまとめてるの。でも、そんなあたしが、まさか妖怪だったなんて」

毛に覆われた猫の貌《かお》がそうなるはずはないのだが、隆一郎には、どことなく猫又の顔がサッと青くなったように見えた。

「妖怪だからといって、全部が全部忌み嫌われるものでもありませんから、安心なさい。それにしてもあなたは、それからずっとこの長屋で暮らしているのですか」

「うん。ここにいれば、誰かが何かをくれるから」

「飼われたりはしなかったのですか」

「ううん。だって、飼ってくれた人を怖がらせたくなかったから」

「なるほど。では仲間の猫たちは」

「死んじゃった。随分前に。だから今は、あたしひとり」

「そうですか」

少々不憫《ふびん》な話のように、隆一郎には思えた。猫又には親兄弟も仲間もなく、また自分を飼ってくれるものもなく、ただ百年をこの長屋でひっそりと暮らしてきたのだから。

隆一郎は、努めて優しく、猫又に問う。

「ところで、言葉以外に、何かできるようになったことはないのですか」

「あるよ。あるある」

猫又は、なんだか嬉しそうに言った。

「確か、六十四のときだったかな。立てるようになったんだよ」そういうと猫又は、ヒョイと後ろ脚だけで立ち上がった。「ほら」

隆一郎の目の前で、猫が二足歩行をしていた。前脚はなぜか前へならえをするときのように前に突き出している。その滑稽《こっけい》な姿に、隆一郎は思わず噴き出した。

「あ、リューイチローひどい」猫又は腰に前脚、いや、手を当てて憤慨した。

「すみません、あまりに可愛らしいもので、つい。といいますか、あなた、わたしの名前を知っているのですね」

「うん。最初に自己紹介してくれたでしょ。鯵《あじ》のほぐし身をくれたとき」

「そうでしたね。そういえば、あなたの名前は」

「猫又」

「それは、妖怪の名称ですよ。あなた自身の名前は」

「ないよ」

「ないのですか」

「うん」猫又は頷くと、寂しそうに言った。「誰も名づけてくれなかったから」

「そうだったのですか」

ふと、会話が途切れる。

立っていた猫又は、前脚をそっと下ろすと、その場に箱座りになった。

「リューイチロー。お願いがあるの」

「お願い。どのようなことですか」

「もしよかったら、あたしに名前をつけて」

「わたしが、ですか」

「うん」

目を瞬《まばた》かせつつ、隆一郎は訊き返す。

「名前は大事なものです。それをわたしがつけてしまって、よいのですか」

「うん」猫又は、目を細めた。「リューイチローに名づけてほしいの。だって、あたしが猫又だってわかっても、怖がらないで話してくれた初めての人なんだもん」

「わかりました。それならば」隆一郎は腕を組むと、十秒ほど熟考した後、猫又の二本のしなやかな尻尾に目を留めて、言った。「あなたの尻尾は双《ふた》つに分かれています。これにちなんで、『お双』というのはどうでしょうか」

「お双」猫又は、しばし目を閉じた後、にこりと笑った。「うん。お双。気に入ったよ」

「よかった。では、あなたは今日からお双です。お双さんと呼ぶことにしましょう」

「ふふふ」

お双はそう含むように笑いながら、二本の尻尾をそれぞれ、不規則にゆらゆらと左右に振った。名をつけられたことが余程嬉しかったのか、喉《のど》をゴロゴロと鳴らしてもいる。

そんな様子に、猫又といえども猫なのだなあと思いつつ、隆一郎は訊いた。

「ところでお双さん。あなたは何か特殊な能力をお持ちではないのですか」

「特殊な能力、って」

「例えば、人を化かすであるとか。幻を見せるであるとか」

「ええとね、ごめんなさい。あたし、そういう難しいことは何もできないの。できるのはせいぜい、喋ったり、立ったりすることだけ」

「そうなんですか」

眉根《まゆね》を下げ、少しだけ残念だという表情を見せた隆一郎に、お双は言った。

「あ、そうだ。あとひとつだけ、できることがあったんだった」

お双は突然、くるりと一回転した。すると。

「わっ」

ポンと紙鉄砲を鳴らすような音とともに、少女が縁側に立っていた。

身体の模様と同じ、白と灰と黒の三色模様の袖《そで》なしワンピース。肩口までの黒髪はつややかに輝き、毛先はピンと外側に跳ねている。

「人間にも変身できるんだ、あたし」

そう言って、少女の姿のお双は、無邪気に微笑んだ。

さしもの隆一郎も、これには「おおッ」と声を出して驚いたのだった。

＊

　というのが、半年ほど前の出来事。

　今やお双は少女の姿のまま、我が物顔で隆一郎の部屋に居座っている。たまには猫の姿に戻り、その辺りを徘徊《はいかい》しているようだったが、本人いわく、人間の姿の方が走るのも速いし、自由に五指も動かせるから、こちらの方が便利であるらしい。

　少女の姿となったお双は、六畳間の卓袱台《ちゃぶだい》の前、たった一枚しかない座布団《ざぶとん》の上を独占すると、隆一郎に堂々と、毎日の三食を要求した。

「だって、リューイチローはあたしの名前を付けたもん。名前を付けたってことは、飼うってことでしょう。リューイチローの部屋に住んで、リューイチローからご飯を貰《もら》うのは、あたしの権利であり、義務なの」

　少ない仕送りが、お双の飯代でさらに少なくなってしまうなあ。そう愚痴を零《こぼ》しつつも、隆一郎は、学問一筋のモノクロームな生活の中に突然現れた猫又お双と、彼女と過ごす生活とに、本心ではいたく愉《たの》しんでいるのだった。

　こうして隆一郎とお双とは、下町の古長屋で、こっそりと不思議な共同生活をするようになったのだが、そんな二人の下に、その奇妙な話が持ち込まれたのは、明くる五月の下旬のことだった。

2

「お双さん、しっかりとお行儀よくしているのですよ」

「うん」

「大家さんに会ったら、まずはきちんとご挨拶《あいさつ》をするように」

「うんうん」

「ご飯も最初にいただきますと述べてから。食べる時もガツガツしてはなりません。あなたは、紛《まが》いなりにも、女の子なのですから」

「うんうんう、って、紛いなりにもって何」

隆一郎は「すみません」と頭を掻《か》いた。「失言でした。あなたは、確かに女の子なのですから、くれぐれも粗相のないように」

「うんうんうん」

「本当にわかっているのですか」

「わかってるわかってる。大丈夫大丈夫」

三歩先を落ち着きなくくるくると、満面の笑みではしゃぎ回る人間姿のお双を見ながら、隆一郎は、本当に大丈夫なのだろうか、と溜息《ためいき》を吐《つ》いた。

長屋から駅の方へ、ゆるゆるとした坂道を上ると、乾物屋だの八百屋だのといった商店がぽつりぽつりと現れ、人通りも増えてくる。この坂道は近所の小学校の通学路にもなっており、学帽を被《かぶ》った子供たちがそこここを走り回っている。

このまま真っ直ぐに進むと、賑《にぎ》わう商店街、そして路面電車の停留所がある大通りに突き当たる。隆一郎とお双の目指しているのは、その大通りの向かいにある玩具《がんぐ》屋だ。

実はこの玩具屋の主人は、二人の住む長屋の大家だった。

大家は名前を千牧近衛《ちまきこのえ》といい、とうに還暦を過ぎた好々爺《こうこうや》だ。古くはこの辺りの大地主であったらしいのだが、戦中戦後のどさくさに不動産を失い、今は駅前の玩具屋兼自宅と古長屋を所有するだけになってしまったのだという。

詳しくはわからないが、要するに千牧氏は、あちらこちらに散々騙《だま》されて土地を失ったということなのだろう。だが当の本人は、大してそれを気にするでもなく、鷹揚《おうよう》かつ飄々《ひょうひょう》と、暢気《のんき》に独り暮らしを楽しんでいるようだった。

もっとも、独り身の侘《わ》びしさからか、千牧氏はしばしば店子《たなこ》連中を自宅に呼び、ささやかな夕食会を開くのを趣味としていた。

店子連中といっても、三月まで向かいの部屋に住んでいた学生は卒業とともにいなくなり、つい先週まで隣室にいた青年も、あまりの安普請に辟易《へきえき》して遂《つい》には引き払ってしまったため、今ではあの古長屋に住んでいるのはもはや隆一郎ただひとりとなっていた。したがって、夕食会に呼ばれるのも隆一郎だけになってしまうのだが、かく事情を聴いたお双は案の定、こうわがままを言った。

「あたしも、行く。行きたい」

　さすがにそれは難しいでしょうと隆一郎は説得したのだが、百年以上を生きた猫又の頑固さは予想以上で、しまいには口を尖《とが》らせ「テコでも動かない気概で、あたしは絶対に行く」と、矛盾したことを言う始末。

　隆一郎は仕方なく、電話口で「実は千牧さん、わたしには妹がおりまして云々《うんぬん》、是非千牧さんにお会いしたいと云々、ご迷惑はお掛けしませんので云々」などと、心苦しさを感じながらも嘘を述べてみたところ、千牧氏は優しい口調でこう言った。

「ホウ、それなら是非、二人でいらっしゃい」

　かくして、隆一郎とお双は二人連れ立ち、大家である千牧氏の自宅兼玩具屋を目指し、歩いているのだった。

　それにしてもお双は、人様の夕食にお呼ばれするなど、百年以上も生きてきた癖に初めての経験であるのか、顔は紅潮し、目は爛々《らんらん》、鼻をひくひくさせていて、見るからに興奮している様子だ。

　隆一郎は、きっとお双は楽しみで仕方ないのだなと微笑ましく思う一方、しかし問題だけは起こしてはくれるな、さもなくば長屋を追い出されてしまうから、と、ほんの少しの不安を感じてもいるのだった。

＊

件《くだん》の玩具屋は、木造には珍しい三階建ての建屋だった。

戦前は蔵のような家だったというが、空襲できれいに焼けてしまい、今はモダンな洋風の家屋が建っていた。軒下には「おもちゃ」と黒字で横書きされた白木の看板を掲げ、通りに面したガラスの陳列棚には、ブリキの機関車とか、色とりどりな積み木とか、碧《へき》眼《がん》金髪の西洋人形とかいった玩具が、なんとも行儀よく並べられている。

引き戸を開けると、扉に取り付けられた二つの牛鈴がカランカランと音を立てた。

「お邪魔します」そう言いつつ、隆一郎は薄暗い店内に足を踏み入れる。

だが、返事がない。

「お邪魔します、千牧さん」念のためもう一言。だがやはり応答がない。「はて、お留守だったのでしょうか」

しかし、時間は間違えていない。約束には几帳面《きちょうめん》な千牧氏が、この時間にいないはずはないのだが。訝《いぶか》る隆一郎に、お双が首を横に振りつつ、横からひそひそ声で言った。

「ううん、リューイチロー。千牧さん、お留守じゃないよ」

「そうなのですか」

「千牧さん、隠れてるだけだよ」

ぱちくりと瞬《まばた》きながら、大きな目で隆一郎を見つめるお双。

彼女が言うのなら、そうなのだろう。隆一郎は軽く咳《せき》を払うと、改めて店の中で声を張った。「千牧さん。葛切です。いらっしゃるのでしょう」

すると。

「おやおや、ばれていたようですね」

ひょっこりと、奥から人が現れた。和装で、まるでお地蔵様のような風体の、小柄で頭の禿《は》げ上がった初老の男性だ。

「さすが、葛切君にはイタズラも通用しませんねえ」

「悪戯《いたずら》だったのですか」

「なに、客がなく暇なのです。こうでもして時間を潰《つぶ》さないと、何ともつまらない」

そう言うと千牧氏は、悪童のような表情でにっと笑った。

つられて口元を綻《ほころ》ばせつつ、隆一郎は改めて、深々と頭を下げた。

「こんばんは、千牧さん。今日はお世話になります」

「葛切君は相変わらず丁寧ですね。感心感心。そして、ええと、そちらがこの間言っていた、妹さんですか」

「はい。わたしの妹の」

「葛切双と申します。本日はお招きいただき、本当にありがとうございます」

隆一郎は、驚いた。

さっきまであれほど興奮していたお双は、それが嘘のように嫋《たお》やかに、かつ淑《しと》やかに、招きへの礼を述べ、お辞儀をしたからだ。頭《こうべ》を垂れる時、どこで覚えたのかワンピースの端を両手で抓《つま》み、最後ににこりと微笑を浮かべさえしたのだ。

「兄ともども、本日はお世話になります」

「ほう、ほう。これはまた可愛らしくて、しっかりとしたお嬢さんだ。葛切君も兄として、さぞ鼻が高いことでしょう」

そのお双の完璧《かんぺき》な所作に、千牧氏は目を細めて相好を崩した。

隆一郎は啞然《あぜん》としつつも感心した。さすが百年以上を生きた猫又だけのことはある。

「さ、お二人が来て今日はもう店じまいです。こんな所で立ち話もなんですから、こちらの居間へいらっしゃい。もう用意もできていますから」

手招きつつ奥へと入る千牧氏。

その後に続きつつ、隆一郎は、ふと横にいるお双に言った。

「ところでお双さん、よく先ほどは千牧さんが隠れているとわかりましたね」

さすがは猫、いや猫又。勘が鋭いのだろうか。だがお双は。

「ううん」首を左右に振ると、天井の隅を指差す。「そこのひとが、そういうふうに言っていたの」

そこには、つうと絹糸のように艶《つや》やかな命綱で垂れ下がる、一匹の大きなジョロウグモが、八脚を空中で動かしていた。

「なるほど」隆一郎は得心する。「お双さんは、蜘蛛《くも》に聞いたのですね」

「うん」

こくりと頷《うなず》くお双。

そう、これは半年に亘《わた》る共同生活で隆一郎が知ったことだったのだが、お双には、人語を解し、二足で立ち、人の姿に化ける以外にも、ちょっと変わった力があったのだ。

それは、獣や鳥、虫などの動物と意思疎通ができる能力《ちから》。

庭に下りてくる雀や、痩《や》せた野良犬、果ては蚯蚓《みみず》や蟷螂《かまきり》とも、お双は話すことができるのだ。きっと今も、お双は、垂れ下がるジョロウグモからこっそり聞いたのだろう。

千牧氏は留守なのではなく、単に隠れているだけなのだよ、と。

それにしても、と隆一郎は含み笑いを浮かべつつ感心する。これは人智を超えた、何とも不思議な能力じゃないか。いや、それこそ妖怪変化《ようかいへんげ》の猫又なのだから、そのくらい、当然持ってしかるべき能力なのかもしれないけれど。

＊

振る舞われた食事をがつがつと食べるということもなく、行儀よく食物を口に運ぶお双。むしろ隆一郎の方が、箸《はし》を取り落とすなどみっともないところを見せてしまったくらいで、夕食会はつつがなく過ぎていった。

そして、最後の果物も平らげた後、食後の紅茶を啜《すす》ると、ふと千牧氏は言った。

「さて、それではいつもの余興を見せるとしましょうか」

「今日は、どんな手品を見せていただけるのですか」と、隆一郎は訊《き》く。

ふふふ、と千牧氏は笑った。「今日はですね、トランプ手品をお見せしたいのです」

そう言いながら千牧氏は、懐から一束のトランプを取り出した。背に青い幾何学模様が印刷された、幅の広いポーカー用のトランプだ。

千牧氏はそのトランプを慣れた手捌《てさば》きで切り始める。

「ねえねえ」お双が隆一郎の肘《ひじ》を突《つ》きながら、ひそひそ声で訊いた。「余興って何」

隆一郎も、ひそひそ声で返す。「手品ですよ。千牧さんは、手品が大層お好きなんです。わたしが夕食に呼ばれた際には必ず、新しく覚えた手品を見せてくれるのです」

「ふうん」きょとんとした目で、お双は首を傾げた。「トランプって何」

「お双さんは、トランプを見たことがないのですか」

「うん」

「トランプというのは、西洋のカルタのことです。スペード、ハート、クラブ、ダイヤの四種類の記号と、十三種の数字かアルファベットが組み合わされた合計五十二枚の札に、場合によっては道化師《ジョーカー》一、二枚を加えた一揃えを使った遊び道具です」

「なんとなくわかった。でも、それを手品に使うの」

「そうです。トランプは手品でよく使われる小道具なのです」

お双は瞳《ひとみ》をきらきらとさせながら言った。「なんだか面白そう」

千牧氏はさっさと、トランプを取り落とすこともなく、流れるように切り交ぜる。

「まずはこうやって、トランプをしっかりとシャッフルします」

あまりに速く切っているので、その最中に何かの種を仕込むのは難しいだろう、と隆一郎は考える。職業手品師ではない千牧氏には、そこまでの技量はないはずだ。

「さて。これより、あなた方にこの五十二枚のカードの中から一枚だけ選んでもらいます。選び方は、そうですね、私がこれからトランプの束の一番上から順繰りに、あなた方だけに見えるようにゆっくりと、一枚ずつカードを示していきますので、気に入ったカードがあれば、すぐに『これ』と大きな声でおっしゃってください。いいですね」

そう言うと千牧氏は、トランプの束を左手に持ち、その束の一番上のカードから一枚ずつ、隆一郎とお双だけに見えるように、ゆっくりと示していった。

「お双さんが選んでよいですよ」隆一郎が耳打ちすると、お双は無言で頷く。

ハートの4。スペードのQ。ダイヤのJ。スペードの7。

カードは次々と示されていくが、お双はなかなかこれとは言わない。選ばれなかったカードは、千牧氏が左手に持つ束の一番下にそのまま戻された。

そうして、何枚かのカードが捲《めく》られた後、お双が不意に叫んだ。

「これっ」お双が決めたのはハートのAだった。「このカードがいいです」

「本当にこのカードでよろしいですか」千牧氏は、そのカードの表が自分には見えないようにしながら、二人にそれをぐいと見せつける。

「はい。これでお願いします」

「わかりました。あなたが選んだこのカード、マークと数字をよく覚えておいてください。よろしいですか。ではそのカードは、こちらの束の中に戻してしまいましょう」

そう言うと千牧氏は、トランプの束の間に、お双の選んだハートのAを裏向きのままそっと差し込むと、再度そのトランプを念入りに切り始めた。

お双はその一連の所作を、瞬《まばた》きもせず食い入るようにじっと見つめている。

「さて。これで今、あなたが選んだカードがどこにいったかは、完全にわからなくなりました。私はもちろん選ばれたカードを見ていませんから、表を見たとしても、もはやそのカードがどれだかはわからないはずですね」

そこで千牧氏は一息を吐《つ》くと、おもむろに低い声で言った。

「しかし、私にはそれがわかるのです。なぜなら私には超能力があるのですから」

「超能力」

お双が訝《いぶか》しげに呟《つぶや》く。それを聞いた千牧氏は、にやりと不敵な笑みを浮かべた。

「そう。超能力です。私は超能力を持っているのです。世の中には、解明不能の超能力と呼ばれるものが様々存在するといわれています。例えば瞬間移動《テレポーテーション》。例えば念動力《テレキネシス》、例えば透視能力《クレアヴォヤンス》。しかし私が持っているのは、特に精神感応《テレパシー》と呼ばれるものです。これは、人が脳で考えるときに生ずる念動波を感知できるという特殊能力のことです。私はこのテレパシーという超能力を、大変苦心して会得したのです。つまり、私には、あなたの考えていることが、手に取るようにわかってしまうのです」

千牧氏は、それまでの彼からは想像もつかないほど気味の悪い声で、ふふふと笑った。

「これから、このカードを一枚ずつ、机の上に表向きに出して行きます。最初のうちはまったく違うカードが出るでしょう。しかし、いつかはあなたが選んだカードが現れるはず。その時、お双さん、あなたの頭の中には、『これだ』という念動波が渦巻くのです。私はそれを超能力により感知し、選んだカードを当ててご覧に入れましょう」

よいですね、それでは始めますよ。そう言うと千牧氏は、トランプの束から一枚ずつ、表向きに机の上に置いていく。

ダイヤのJ。ハートの9。クラブのJ。スペードの2。

お双は無言で、その次々と捲られていくカードを凝視している。隆一郎もまた、これが手品だとはわかりつつも、知らず知らず手にじっとりとした汗を握る。

そして、十何枚目かに捲られたカードは、ハートのA。

お双の喉《のど》が上下する。

「ふふふ」

千牧氏は、ゆっくりと顔を上げた。

「あなたは今、考えまい考えまいとするあまり、むしろ『これだ』と強く念じてしまいましたね。無理もありません。だめだだめだと思えば思うほど、考えてしまう、思考とはそういうものなのです。だから、私にはそれがわかってしまう、読み取れてしまうのです。お双さん。あなたの選んだカードはこのハートのAで、間違いありませんね」

「は、はい」

かすれ声で答えるお双。

彼女は目を真ん丸にした驚きの表情のまま、机の上に置かれたハートのAを、いつまでも食い入るように見つめ続けていた。

隆一郎もまた、見事だといたく感心した。

だが、どうやってカードを当てたのだろうか。隆一郎の見ていた限り、例えばカードをすり替えるとか、こっそりと盗み見るといった挙動はなかった。千牧氏の手つきにも不自然さはなく、またカードも終始伏せたままだった。

そっと後ろを見てみても、鏡のようなものはない。千牧氏がお双にカードを見せたときに、光線の反射を利用して覗《のぞ》き見たというわけでもない。

お双が呟く。「こ、これが、ち、超能力」

「お双さん、これは手品ですよ」隆一郎はお双の耳元で言った。「超能力ではありません。千牧さんはそれらしいこともおっしゃっていましたが、それは手品に神秘性を与えるための前口上です。そもそも冒頭、千牧さんははっきりとトランプの手品を見せるとおっしゃっています。だからこれはあくまでも手品であって、超能力ではないのです」

「じゃあ、どうやってカードを当てたの」

「それは」隆一郎は言葉に閊《つか》えた。「残念ながらわかりません。しかし間違いなく、どこかに種があります。手品とはそういうものです」

千牧氏は場のカードを集めながら、ふふふと不敵に笑う。

「どうですか葛切君。この手品の秘密がわかりますか」

隆一郎はふうむと唸《うな》りながら、顎《あご》に手を当て答える。

「率直に申し上げれば、まったくわかりません。しかし」隆一郎は場に一枚だけ零《こぼ》れ落ちたクラブの9を抓《つま》み上げると、それを繁々《しげしげ》と眺めた。「もしかすると、カードに何らかの仕掛けがあるのではないでしょうか」

「ほう」千牧氏は手を止めた。「どうしてそう思うのですか」

「この類《たぐい》の手品のトリックには、四つの類型があります。ひとつ目の類型は、本当に超能力であるという場合。これは、先ほど千牧さんがおっしゃったテレパシーのようなオカルトだけではなく、例えば表情や瞳孔《どうこう》の微妙な変化から心情を読み取る読心術や、心理学や催眠術を応用して任意のカードを選ばせる人心操作術、といったような術をも含みます。しかし、おそらくこれらは違うでしょう。なぜならば、これらの術は確実に成功するとはいえない、あくまでも偶然の域を出ないものでもあるからです」

「ふむ」

「二つ目の類型は、千牧さんがハートのAをわたしたちに見せた時に、何らかの形で千牧さんもそれを覗き見るという方法です。しかしこれも違います。この部屋にはどこにも鏡のようなものはありませんし、机も壁も木製でつや出しがなく光線を反射しません。盗み見る物理的な方法がないのです」

「では、三つ目は」

「はい。三つ目の類型は、補助者を用いるという方法です。つまり、千牧さんの代わりに誰かがカードを見て、千牧さんに秘密の合図を送るのです。しかし」

「今ここには私たち三人しかいませんから、それは明らかに違いますね。ということは、残るひとつの類型しかないということになりますね」

「はい。その残る四つ目とは、わたしたちがカードを選んだ際に、何らかの方法によりそのカードにシールや傷などの目印をつける、という方法です」

「なるほど、なかなかによい線を衝《つ》いていますね。しかし」千牧氏はカードの束を隆一郎に差し出した。「どうぞ確認していただいて結構です。ただ、このカードには、折り目もなければ、印も痕《あと》も見つからないでしょう」

「…………」隆一郎は再度、言葉に詰まった。

「ねえ、やっぱり超能力なんじゃないのかな」

不安気に言うお双に、隆一郎は、腕組みをしながら答えた。

「もし本当に超能力だとすると、あなたの心の内は今も、次々と千牧さんに読み取られていることになってしまいます」そして、ひそひそ声で、少しだけ脅かした。「あなたが実は猫又だということも、もうばれているかも」

「にゃッ」身体をびくりと震わせるお双。

隆一郎は口を真一文字に結んだまま、しばし黙考していたが、やがて言った。

「すみません、千牧さん。これ以上は、わたしにはわからないようです」

「降参、ということでよいですか」

「はい。白旗です」

両手を挙げる身振りをした隆一郎に、千牧氏は悪戯《いたずら》っぽい笑みを見せた。

「手品とは仕掛けがわかってしまうと途端につまらなくなるものです。本当ならば種を明かさないままにここで切り上げるのが最上でしょう。しかし先ほど、葛切君は実によいところまでこの手品のトリックに肉薄しました。もしこのまま種がわからないままとなれば、却《かえ》ってひどい消化不良に苛《さいな》まれてしまうかもしれません。そこで、今日だけは特別に、トリックをお教えすることにしましょう」千牧氏は、お双の顔を見て言った。「お双さんも、手品の種が知りたいでしょう」

こくり、とお双は無言で首を縦に振った。

「よろしい、それではお教えしましょう。といっても実はこの手品の種は、そんなに仰々しいものでもないのです。むしろ、驚くほど簡単なものなのです。あなた方は、トランプには上下の別がある、というのをご存じですか」

「はい」隆一郎は頷《うなず》いた。「ハートのAなどであれば絵柄のマークの向きで、スペードの9などであればマークの配置で、上下が区別されています」

「それを手品に応用すると、どうなると思いますか」

「ああ、なるほど」

隆一郎ははたと手を打った。

「わかりましたよ、千牧さん。トランプは初め、すべての上下をきちんと揃えてあったのですね。そして、わたしたちが選んだカードは、その中に上下を逆にして入れたのですね。そうすれば、選んだカードがどれだかわかります。それだけ図柄の上下が逆になりますから」

なるほど。でもね、とお双が横から口を挟んだ。

「あたし、千牧さんがカードを捲《めく》ってから、戻すところまでをじっと見てたけど、別にハートのAを逆にして戻してはいなかったよ」

よく見ていましたね、と感心しつつ、隆一郎は答える。

「わたしもそのことには気がつきました。確かに千牧さんは、カードを上下逆にすることなく、トランプの束に戻していました。では、どの機会でハートのAは上下逆になったのでしょうか。ここが、実にうまいやり方だと思うのですが、千牧さんは、わたしたちに見せたカードではなく、左手に持っていたトランプの束のほうを素早く引っくり返して逆向きにしたのです。それは、千牧さんがわたしたちにハートのAを、これ見よがしに示した瞬間に行われたのでしょう。わたしたちはカードの方に気を取られていて、その素早い動きにまったく気がつかなかったのですね。そして、なぜそんなことをしたかといえば、あからさまにカードを逆向きに戻すと、お双さんのような注意力のある者がトリックに感づいてしまうおそれがあったからです」

「ご名答」と、千牧氏は言った。

「しかし」それでもまだわからないことがひとつ、隆一郎にはあった。「カードの中には上下の別がないものもあります。例えばハートの2やダイヤのAといったものは、図柄が完全な点対称です。こういったものの上下をどう判別しているのかは、やはりわからないのです。もしかしたら、そもそものようなカードは最初から入れられていなかったのでしょうか」

「そんなことはありませんよ。ほら」千牧氏は、トランプの束から一枚のカードを引っ張り出した。「これをご覧なさい。ダイヤの8です。点対称のカードも、ちゃんと初めからデッキに入っていますよ」

「確かに」隆一郎は考え込む。だとすれば、千牧氏はカードの上下を、どうやって区別していたのだろうか。

「実はですね」ややあってから、千牧氏はにやりと口角を上げた。「そういう点対称のカードにも、実は上下を見分ける術《すべ》があるのです」

「そうなのですか」隆一郎は驚いて言った。「あるようには見えませんが」

「それは先入観というものです。もっとよく、じっくりと確かめてご覧なさい」

千牧氏に促され、二人は机の上に置かれたダイヤの8をじっと見つめた。

「あっ」先に気づいたのはお双だった。お双は、白魚のような細い指先で、カードの縁、上と下の端を指し示して言った。「見て。ほんの少しだけ幅が違う」

隆一郎も目を凝らす。するとお双が言うように、カードの縁の幅がほんの少しだけ異なっている。「確かに。一ミリメートルほどでしょうか、幅に差異がありますね」

「そう」千牧氏は首を縦に振った。「トランプというのは実は、僅《わず》かばかり図柄が中心から偏って印刷されているものなのです。それは、よく見てみなければ気づかない程度の些細《ささい》な偏りですが、しかし手品の仕掛け人にとっては重要な手掛かりとなります」

「つまり、幅が僅かに狭いほうを上として見ていたということなんですね。これは、どんなトランプでもそうなのですか」

「ええ。疑うのであれば、試しに一揃《ひとそろ》え、うちの店にも置いてありますが、どこかでトランプを買って確かめてご覧なさい。新品のカードは上下が揃えてありますから、すべて、片一方の端に偏って図柄が印刷されているのを確認できるはずです」

「なるほど」

隆一郎とお双は、二人で同時に感嘆の溜息《ためいき》を吐《つ》いた。

上下が逆になっていただけ。蓋《ふた》を開けてみれば何のことはない単純なトリックだ。しかし単純であればあるほど、人の意識というのはそれを看過しがちなものでもある。

すべてのカードの上下が見分けられるのだという事実、そして右手のカードに意識を集中させている間にこっそりと左手の束を百八十度回転しているという事実。これら事実が意識の看過を誘発し、単純な種を見事に手品へと昇華させたのだ。

隆一郎は、こうした手品を見るたびに、ごく当たり前の事実でも、その組み合わせの妙が魔術を生み出すということや、裏を返せば、いかに魔術的に見える現象でもそこには必ずトリックがあるのだということに、いつも深く感心させられるのだった。

＊

「ところで」千牧氏はトランプを懐にしまうと、机の上で手を組み、真面目な顔つきで話を変えた。「葛切君は確か、大学で物理学を研究する、研究者なのでしたね」

「まだ院生ですから、研究者と言えるほどのものではありませんが」

「科学に疎い私より知悉《ちしつ》していることは確かです。そこで、物理学についてひとつお尋ねしたいことがあるのです」

「どのようなことですか」

「物理学的に、物体が忽然《こつぜん》と消え失《う》せるとか、いきなり物体が出現するとかいったことは、起こり得ると思いますか」

「物体の消失、あるいは出現、ですか」隆一郎は、数秒考えてから答えた。「それは、物理学的には起こり得ない現象です。質量保存の法則という大原則があるからです」

「ふむ」

「もっとも、物理学はまだ発展途上の学問です。もしかすると、消失や出現を根拠づける未知の原理がある可能性は否定できません。あるいは、物体が消失、出現しないまでも、消失、出現したように見せかけるといったことはできると思います。つまり、先ほどの手品のように、何かの仕掛けを用いれば」

「なるほど」

千牧氏は、懐から使い込まれた愛用のブライヤーパイプを取り出すと、慣れた手つきで草を詰め、マッチで火をつけた。

そして、紫煙を燻《くゆ》らせながら言った。「実は、ある魔術の話をしたいと思うのです」

「魔術、ですか」

「ええ」千牧氏は目を細めて頷いた。「私が今さっきご覧に入れたような、子供騙《だま》しの手品ではありません。もっと大掛かりで、不可思議で、実に奇怪な魔術なのです」

千牧氏は、パイプの灰を一度、卓上の大理石でできた灰皿にとんと落とすと、居住まいを正し、その不思議な話を語り始めた。

＊

私の知り合いに長命寺是清《ちょうめいじこれきよ》というものがいます。

長命寺家は古くは武家であったものが、明治維新後に子爵位を賜り、その後の明治、大正、昭和を通じ、歴代の当主が貴族院にて要職を歴任したという、大変由緒ある家なのですが、おそらく葛切君は知らないでしょう。戦後の制度廃止以降、華族が表舞台に出るということがあまりなくなってしまったからね。

だが長命寺家といえば、やはり文祥区《ぶんしょう》にそれは美しい庭園を所有し、ここ大東区内にも大きな屋敷を擁するなど、資産家としても知られていて、いまだ政界や財界などにも顔が利く名家なのです。

私はたまたま是清さんの兄是亮《これすけ》氏と旧制中学が同じで、家も近かった縁から、長命寺家とは懇意にさせてもらっていたのですが、是亮氏は戦前、残念ながら三十を待たずして夭逝《ようせい》してしまいました。今は弟の是清さんが家督を継いでおります。

さて、長命寺家の現当主是清氏には、三人の子がおります。奥方を早くに亡くし、後妻を取らないまま男手ひとつで育てられたと聞いていますが、使用人を雇える家柄とはいえ、大変なことであったでしょう。

この三人のお子は、みな二十歳前後で、年長から順に、長女桜《さくら》、長男竹蔵《たけぞう》、次女梅《うめ》というのですが、特に長女の桜さん、これがまあ、ちょっとびっくりするほど美しい女性に育ちましてね。立てば芍薬《しゃくやく》座れば牡丹《ぼたん》、歩く姿は百合《ゆり》の花などとはよく言いますが、まさにその言い回しがぴたりと当て嵌《は》まる佳人なのです。

性格も大変にお淑《しと》やかで、女学校をご卒業されてからは、たまには散歩されることもあるようですが、一日の大半を、部屋で詩集を読んだり、ピアノを弾いたりして過ごしているのだそうです。よく言う深窓の令嬢というものですね。最近は、令嬢などと言いながらその実、ただ家が成金というだけで、中身はその辺の不良少女と大して変わりはしないような乱れたものが多いですが、桜さんは間違いなく本物のご令嬢です。

こういう、奥方がいないという一点を除けば、絵に描いたような旧華族のご一家なのですが、そんな長命寺家に、ひと月ほど前、ある事件が起こったのです。

朝、外を散歩されていた桜さんが、何者かにいきなり殴られたのです。

昏倒なさった桜さんは、うなじを何針も縫う大怪我をされました。幸いにして命に別条はなく、大事なお顔にも傷は残りませんでした。一方、当の殴った犯人が誰だったのかはわかりません。後ろから襲われたため、桜さんは犯人を確認できなかったのです。

腹立たしい話ではあります。しかしまだ貧しいものも多く、戦争で心を病んだものもいる世間には、元華族を相手に謂《い》われのない鬱憤《うっぷん》を募らせる者がいても仕方のないことなのかもしれません。是清さんも、まずは桜さんに大事がなかったということに安堵《あんど》し、それ以上は犯人を追及せず、警察沙《ざ》汰《た》にもしないことを決めたわけです。

ですが、事件はこれでは終わりませんでした。

いえ、これこそが事件の始まりだったのです。

桜さんが暴漢に襲われたまさにその日の夕方、ある郵便物が長命寺家に届きました。

どこにでも売られているようなごく普通の茶封筒に封緘《ふうかん》された、何の変哲もない手紙だったそうです。他の郵便物に交じり、当たり前のように郵便受けに入れられていたその手紙は、歪《いびつ》な文字で、長命寺家の住所と「長命寺是清殿」という宛名だけが、群青色のインキで書かれており、奇妙なことに切手が貼られていなかったといいます。

「だったそうです」とか「といいます」とか、曖昧《あいまい》な表現に終始してしまうのは、残念ながらその手紙はすでに捨てられ、消失しているからです。したがってこれから申し述べる手紙の文面も、概《おおむ》ね是清さんの記憶によるもので、一言一句相違ないとは言えないのですが、もし多少異なっているとしても、おそらくその不気味さは伝わるでしょう。

そして、その切手の貼られていない手紙の緘を、お屋敷の一階にある書斎で剝《は》がしたところ、中には一枚の三つ折りにされた白い便箋《びんせん》が入っており、宛名と同じ群青色のインキで、次のように書かれておりました。


前略　まずは不躾《ぶしつけ》な手紙を送り付けること、どうかご容赦いただきたい。

実は小生、先日、貴家に大変な迷惑を掛けた者であります。

というのも、貴家のご令嬢、桜殿に怪我を負わせてしまったのは、この小生なのです。

そう、あれはただの鬱憤晴らしの行為でありました。しかし、その結果がまだうら若き乙女の桜殿に禍が及んでしまったこと、大変に申し訳のないことであったと、今では大きく反省しているのです。

言うまでもなく、愚行に見あうだけの責任を小生は果たさなければなりません。しかし、娘を傷物にしてしまったことに対する対価は、そうそう償えるものではない。

そこで小生は思うのです。かくなる上は、小生が桜殿を娶《めと》るしかなかろうと。

むろん貴方は、婿たる小生の能力を危惧《きぐ》されるでしょう。しかしご心配めさるな。小生はこれでも、他の人間が持ちえない大きな能力、「魔術」の使い手であるのです。

魔術を使い桜殿を幸せな妻とする。魔術師たる小生は貴方にそうお約束しましょう。

むろん、こう手紙に書いただけでは理解してはいただけますまい。

そこで、どう考えても魔術としか考えられない現象をお見せすることで、貴方に魔術を信じてもらいたい、そう考えているのです。

そう、三日後。貴方の書斎に、ある物体を出現させてご覧に入れましょう。

その物体は、魔術によって、小生が出現させたものであることを、今ここに、前もってはっきりと示しておきましょう。草々

　それはまるで、一画一画を定規で引いたかのような、角張った字体で書かれていました。文字から書き手を鑑別する筆跡鑑定の方法があると聞きますので、それを防ぐために工作をしたものでしょうか。

　是清さんはこの奇妙な手紙を一読してまず、「何を馬鹿なことを」と嗤《わら》ったそうです。無理もありません。突然手紙を寄越し、娘を娶ると一方的に告げた上に、自分は魔術師だ、魔術を信じろと強要するなどいかにも気が触れている。

桜さんを襲ったのは自分であると不穏な告白もしてはいる。しかし、あの事件は近隣

で噂になってもいたこと。とすれば大方、近所の悪童によるつまらぬ悪戯《いたずら》か何かだろう。そう考えて是清さんはそのまま手紙を破って屑《くず》入れに捨ててしまったのだそうです。

とはいえ、後から随分と細かく文面を思い出してもいるのですから、是清さんにしてもこのとき、何やらただならぬ気配を感じ取っていたのかもしれません。

さて、それからしばらくは何もなく、そんな一連の出来事があったということさえ忘れかけた三日後のこと。

是清さんが書斎に入ると、机の上に見慣れぬものが置いてあるのに気づいたのです。

それは、鮮やかな赤紫色の花でした。

萼《がく》の下で折り取られたツツジの花が一輪、是清の机の上にそっと置いてあるのです。

窓から風にでも吹かれて入り込んだのだろうか。初めはそう思ったらしいのですが、書斎の窓は内側から鍵《かぎ》を閉められたままです。かといって、書斎の扉を開けていたわけでもなく、誰かが無断で入ってきたということもないようです。

つまりこのツツジは、どこからやってきたものかがわからない。

妙なこともあるものだ。しかしそのとき、同時に是清さんの頭の中で三日前のあの手紙の文面が甦《よみがえ》っていたことも確かだったようです。是清さんは思ったそうです。「もしや、魔術師が魔術によって出現させるといったものが、このツツジなのか」と。

しかし、人間とは、より合理性のある解釈を好む生き物です。

是清さんも、これが魔術の類《たぐい》というよりは、使用人が掃除するため部屋に入った際に、肩口にでも載っていた花が落っこちたものだろう、そう考えて納得したのです。そして、それ以上深くは考えぬまま、是清氏はツツジをぽいと屑入れに捨ててしまったのだそうです。

しかし、このちょっとした不思議は、今にして思えば、魔術師が繰り出す魔術のほんの序の口に過ぎなかったのです。

二通目の手紙は、それからしばらく後、五月の初めごろに現れました。

郵便受けに入れられていたのではなく、現れたと言ったのは間違いではありません。この二通目の手紙は、郵便受けを介さず、屋敷の中に直接現れたのです。

それを最初に発見したのは、長命寺家の使用人でした。

余談になりますが、この使用人というのは、幼少の時分に両親を亡くし、親類もいなかったという女なのですが、それを憐《あわ》れんだ是清氏が、まだ幼かった彼女を引き取り、以来住み込みの使用人として、かれこれ十五年ばかり雇っているものなのだそうです。

彼女は屋敷の掃除全般を行うのですが、朝はまず玄関から掃き清める習わしだったのだそうで、その日も朝五時ごろに箒《ほうき》を手に玄関を出ようとしたところ、玄関のすぐ内側に置いてある靴箱の上に、何やら見慣れぬものが載っているのに気がついたのです。

おや、昨日戸締りをしたときには、こんなものは見かけなかったのに、何かしら。

そう訝《いぶか》しんで手に取ると、それは茶封筒に入った手紙でした。

誰か家人がお忘れになったものかもしれない。そう考えながら表面を見ると、何やらおかしな角張った文字で「長命寺是清殿」という宛名だけが書いてある。

主人宛ての信書の封を勝手に切ることはできませんから、まずは是清さんが起きてくるのを待ち、それから彼女は報告をしたわけです。

手紙を受け取った是清さんは、それが一週間前に郵便受けに届いたものと同じ体裁をとっていることにすぐ気がつきました。

急ぎ封を鋏《はさみ》で切り、内容物を確認すると、またも中身は一枚三つ折りの便箋です。

そこには、こう書かれていました。


前略　先日の小生からの贈り物は受け取って頂けましたか。

小生宅の庭の垣根にはツツジを植えているのですが、最も大きな一輪を是非とも見ていただきたくお贈りしたのです。どうです、立派なツツジでしたでしょう。

言うまでもなく、これは小生の出現魔法によって、貴方の書斎に出現させたものです。

出現魔法というのは、魔術の中では初歩のもの。小生は難なく行えるのです。

しかし貴方は、おそらくこれが何かの偶然だと解釈していることでしょう。

例えば、誰かの肩口に載ったツツジの花弁《かき》が誤って落ちたものだ、などと。

ご安心を。疑《うたぐ》り深い貴方のことですから、これしきのことで魔術の実在を信じるとは、当の小生さえ露ほども思ってはいません。貴方には、もっと証拠が必要なのです。

そこで再度、三日後、今度は貴方の書斎から何かを消失させてご覧に入れましょう。

消失魔法は、出現魔法に比べると、少しだけ困難です。しかし、それでも、魔術を極めた魔術師である小生には、何の苦もないのです。草々
追伸　この手紙もまたツツジと同様、出現魔法を用いて、玄関先の靴箱の上に出現させたものなのですよ。

さすがにちょっと、是清さんは気味が悪くなったそうです。

単なる悪戯にしては手が込み過ぎているし、魔術というのはほら話としても、犯人である自称魔術師は、少なくとも屋敷の中の実情、つまり書斎があるとか、玄関先に靴箱があるとかいったことについて十分に知悉《ちしつ》しているように思えるのです。

是清さんは、手紙を見つけた使用人の女に、「戸締りはこれまで以上に厳しくしておくように」と申しつけた上で、その手紙は書斎の机の抽斗《ひきだし》の一番下にしまっておくことにしました。また念のため、桜さんには外出をしないよう言い渡したのです。

ところで、魔術師が「何かを消失させる」と予告した三日後とは、是清さんが財界の要人と会合を行うという日でありました。

終日屋敷におれば安心ではあるのですが、長命寺家当主としての必要大事な用務ですから、そういうわけにもいきません。是清さんは朝、家人の全員に、くれぐれも不審者を敷地には入れないように、また桜さんにも不用意に外に出ぬようにとしつこく伝えた上で、書生を連れて外出したのです。

やがて、一日が過ぎ、予定をすべて終え深夜に帰宅した是清さんは、真っ先に書斎に向かいました。

魔術師の予言は胡散臭《うさんくさ》いが、その一方で、消失という表現は、窃盗という意味に取れなくもありません。書斎にある貴重品類が盗まれていないか、念のため確認しておくべきだと考えたのです。

しかし、書斎には特に異常はありませんでした。

宋《そう》代白磁の壺《つぼ》などの高価な調度品も、壁に掛けてある油絵も、棚の奥に隠してある手提げ金庫も、消失などしていなかったのです。一応、金庫の中身の現金や証券、本棚の蔵書の巻数までも確認してみましたが、特に何も紛失はしていない。

やはりただの悪戯であり、杞憂《きゆう》だったか。是清さんは書斎の椅子に腰掛けると、ほっと安堵《あんど》の息を吐《つ》きました。しかし、安心すると今度は、こんなに性質《たち》の悪い悪戯を誰がやらかしたものか、一体犯人は誰なのかと訝しくなります。

そこで、何か手掛かりはないか、そうだ、先日の手紙をもう一度調べてみよう、と抽斗を開けたのですが、奇妙なことに、いくら探しても手紙が見当たらない。

一番下の抽斗にしまっておいたはずのあの魔術師からの手紙が、どこにもないのです。

机のすべての抽斗を開け、また周囲にも落ちていないかを探りましたが、やはり手紙は見つかりません。

すぐに使用人を呼び出し、掃除をするときに部屋に茶色い封筒は落ちていなかったか、と訊《き》きましたが、彼女はそんなものは見ませんでした、としか言いません。

もしかしたら、無意識のうちに捨ててしまったのだろうか。

首を捻《ひね》る是清さんの疑問が、より不気味な形で解けたのは、次の日のことでした。

翌朝、長命寺家の長女である桜さん、先ほど大変美しい深窓の令嬢と言いましたが、彼女が是清さんの書斎を訪ねて、こう言ったのです。

朝方、わたくしが起きましたら、枕元にこのようなものが置いてありました。どなた様からのものかは存じませんが、お父様宛てになっているのでお持ちしたのですが。

桜さんが差し出したのは、あの見慣れた群青色の奇妙な筆跡で宛先が書かれた、茶色の封筒でした。

是清さんが、戦慄《せんりつ》を覚えつつ中を検《あらた》めると、果たして一枚の便箋《びんせん》が入っています。

そこにはこう書いてありました。


前略　小生の消失魔法はご堪能いただけましたか。

もうおわかりだろうと思いますが、小生が消失させたのは他でもない、小生がお出しした手紙そのものです。貴方が机の抽斗に大事にしまい込んだ、小生の手紙ですよ。

小生の目的はあくまでも、貴方に魔法の実在を理解してもらうこと。単なる泥棒と思われないためにも、金品ではなく、経済的価値のない手紙を消失させたのです。

どうでしょう。これで魔術の存在を信じていただけましたか。そして、安堵して桜殿

いったものをかたくなに信じようとしているのに違いありません。

否、まだ足りないかもしれませんね。貴方はまだ、魔術の実在よりも、科学や文明といったものをかたくなに信じようとしているのに違いありません。

仕方がありませんから、もう一度だけ、貴方の書斎に魔術を施したいと思います。それをいつにするか、今回はあえて言いますまい。

しかし、三度《みたび》魔術を目の当たりにした暁には、是非とも小生を信用し、桜殿との婚姻を認めていただきたいものですね。草々

何とも奇怪な話ではありませんか。

魔術師は、是清さんの書斎の抽斗にしまわれた、自らの差し出した手紙を消失させ、代わりに桜さんの部屋に、新たな手紙を出現させたのです。

是清さんは、魔術師の予告したとおりに事が進んでいるということもさることながら、その手紙の中で、魔術師が桜さんを娶《めと》ることに強いこだわりを見せていることにも、大層不安を覚えました。

その不安はやはり後々、最悪の形で的中することになるのですが、それはまた後ほど申し上げるとして、話を元に戻します。

この三度目の予告では、魔術師はいつ、何をしようとしているのか、まったく是清さんにはわかりませんでした。手紙にはただ、魔術を施すということだけしか書かれてお

らず、それがいつかは予告していなかったからです。

そこで是清さんは、まず家人全員にこの不可解な悪戯《いたずら》を告げた上で、桜さんの外出禁止、また屋敷の一階の部屋について施錠を厳重に行うべしと言ったのです。

余談になりますが、長命寺家の屋敷というのは大変広く、部屋が十も二十もあります。というのも、この屋敷は外国の要人のための宿泊施設、ホテルとして建てられた経緯があるからなのです。そして、もともとは客室として造られた二階の部屋は、ちょっと変わった仕組みを持っていました。

それは、扉が閉まると自動的に鍵《かぎ》が掛かってしまうということです。しかも、この鍵を開けるためには、部屋の中にいても、外にいても、鍵を使う必要があるのです。

この仕組みは、外国のホテルではよくあるオートロックと似ています。日本人旅行者が部屋を出るとき鍵を持っていかずにひどい目に遭ったという話は、聞いたことがあるでしょう。ただ長命寺家の扉はこれと少し違います。オートロックならば部屋の内側にいるときには鍵は不要ですが、長命寺家の場合、部屋の中にいても、ロックを解除するためには鍵が必要なのです。より煩雑なのですね。

一方、一階の部屋はそんな煩雑なオートロックにはなっていません。鍵はありますが、ごく普通の鍵ですし、普段から書斎も含めてわざわざ鍵を掛けることはしていません。

しかし是清さんは、それらの部屋にも、必ず鍵を掛けておくように申しつけたのです。

屋敷の中なのに、いちいち部屋の鍵を掛けなければならないというのは面倒《めんどう》ですが、是清さんは万が一を考えたのですね。

もちろん、部屋の掃除をしなければならない使用人には、大変不便な話でありますので、一階と二階のどの部屋も開けることができるオリジナルキーの鍵束を、使用人の女にだけは渡しておいたのだそうです。

また、玄関や勝手口、窓に至るまでも、厳重に錠をした上で、これを決して外してはならないと申しつけました。

長命寺家の洋風の屋敷は、煉瓦《れんが》積みの大変頑丈な建物で、日本建築のような板張り障子の軟弱さはどこにもありません。その上ですべての入口を施錠するのですから、屋敷はさながら石牢《いしろう》のようになるわけです。

これだけの守りを施せば、たとえ魔術師といえども侵入は不可能だと思われました。

しかし、魔術師とは、まさに不可能を可能とする魔術を操る存在なのだということを、是清さんは思い知らされるのです。

三度の予告から十日ほど、長命寺家には何も起こらず、平穏な日が続きました。

あまりに何もないせいで、是清さんは、もしかしたら厳重な戸締りが奏功したのかしら、あるいは、あれはやはり、ただの悪戯だったのかしらと思ったほどです。

しかし、事件はやはり、予告から十日目、五月半ばのある日に起こってしまうのです。

まず、それに気がついたのは、是清さんの言いつけに素直にしたがい、家の中で大人しく過ごしていた桜さんでした。

その日の昼下がり、いつものとおり桜さんが食堂での昼食を終えて自室に戻ってくると、またもや、何やら見慣れぬものがあるのに気がついたのです。

それは、一枚のトランプでした。

裏側が赤い格子模様の、一枚のカードが伏せて置いてあるのです。桜さんがおそるおそるそれを捲《めく》ると、それはハートのAでした。

長命寺家にはトランプはありません。

あっ、もしかしたらこれは。そう思った桜さんは、すぐ書斎にいる是清さんに、カードを見せに行きました。

もちろん是清さんにも、そんなカードに見覚えはありません。ですから即座に、これは魔術師の仕業に間違いない、そう確信したそうです。

しかし、不思議なのはそれだけではありませんでした。

是清さんにかくかくしかじかと説明をしている途中、桜さんが突然「ああっ」と驚きの声を上げたのです。

どうしたのだ、と是清さんが訊《き》くと、桜さんは目を真ん丸に見開いたまま、今、窓の外で、大きな黒い人影がふっと現れ、ふっと消えたと言うのです。

窓を背にして桜さんの話を聞いていた是清さんは、すぐに振り返り、窓の向こうを見てみましたが、特に人の気配はありません。

何かの見間違いではないのかね。そう言う是清さんに、桜さんは青い顔で、いいえ、わたくしは間違いなく見ました、にやりと不敵な笑みを浮かべた道化師《ピエロ》のような格好をした人がいたのです、と強く主張するのです。

念のため、是清さんはもう一度、窓の外を確認してみましたが、やはり人影などどこにも見えません。

さりとて、よもや桜さんに限っては、つまらない嘘など吐《つ》く理由もない。うーむと黙り込んでしまった是清さんでしたが、ふと、視界の片隅に、妙なものを見たのです。

部屋の隅、白磁の壺《つぼ》を置いた棚の下の方。ついさっきまで何もなかったはずのその場所に、何やら赤いものが落ちている。どちらかというと白や黒や茶を基調とした彩度の低い書斎で、是清さんには、その妙なものだけがやけにはっきりと浮かび上がるように見えたそうです。

近くで見てみると、それは、今しがた桜さんが持ってきたものとまったく同じ柄の、一枚のトランプでした。

おそるおそるそのカードを捲ると、それはスペードのAでした。そして、その伏せられたカードの下に、小さく折り畳まれた便箋《びんせん》が一枚、置いてあったのです。

そこには、あの奇妙な字体で、びっしりと、こう書かれてありました。

前略　小生の魔術はいかがですか。さすがにもう、あなたも魔術の存在を疑えなくな

ったのに違いありません。

今しがたあなたにお見せした魔術は、三つありました。うち二つは出現魔法、すなわち貴方と桜殿の部屋にそれぞれ一枚ずつトランプを出現させるというものです。

そしてもうひとつの魔法が、瞬間移動術です。

先ほど、小生が書斎の外にいたのを、貴方はご覧になりましたか。

実は小生、書斎の外に出現し、貴方がたが話しているのをこっそりと見ていたのです。

おっと、今から捜しても無駄ですよ。この文面を貴方が読んでいる今ごろ、小生はすでに姿を消しています。かようにして、小生はどこにでも自在に出現し、消失するという瞬間移動を行えるのですよ。

さて、小生の魔術をご堪能いただいたところで、本題に入りましょう。

かねてより申し上げているとおり、小生は貴方の娘、桜殿を貰い受けるつもりでいる。

そのために魔術をお見せして、小生という男が桜殿に相応《ふさわ》しい者であることを示してきたのですが、一方貴方は、どうやらこの婚姻を是とはしていないらしい。

かくなる上は仕方ない、小生は、貴方に、最後の魔術を見せて進ぜよう。

その魔術とは、すなわち人体消失魔法。

文字どおりこれは、人間をまるで煙のごとく消失させる、数ある魔法の中でも最も難しい術のうちのひとつ。しかし、当代最高の魔術師を自負する小生には、決して不可能な魔法ではないもの。

この術を、貴方の愛娘《まなむすめ》である桜殿に掛けてご覧に入れる。

つまり小生は、人体消失術という魔法を使って、桜殿を我がものとするのです。

その魔法を使う日時は、五月二十八日の夜、日付の変わる午前零時。

それまではくれぐれも、父娘《おやこ》の最後の時間をつつがなく過ごされますよう。草々
追伸　念のため申し上げておきますが、いかなる防御を用いても小生の魔術を妨ぐことはできません。たとえ警察その他いかなるものの助力を乞うたとしても、それはまったくの徒労に終わると、断言させていただきましょう。

＊

「かくして、魔術師は桜さんをさらうと予告したのです。日時は五月二十八日の夜零時」千牧氏は、乗り出していた身体を再度椅子の背凭《せもた》れに預けた。「すなわち明後日《あさって》の夜に」

「何とも不思議な話ですね」隆一郎も、目の前で手を組みながら訊いた。「それにしても、魔術師とは一体、何者なのでしょうか」

「今のところはわからないとしか言いようがないですね。とはいえ文章の書き方、桜さんを妻にしたいなどと嘯《うそぶ》いていること、そもそも桜さんに狼藉《ろうぜき》を働いたという乱暴さからして、粗野な男という印象を私は持っていますが。ところで」

一旦《いったん》言葉を区切ってから、千牧氏は続けた。「魔術師は、いくつかの魔法を用いました。出現の術、そして瞬間移動術です。どうでしょう、葛切君。これらの魔術に、何かトリックがあると看破できますか」

隆一郎は、しばし考えてから答える。「最初のいくつかの魔法、つまりツツジが書斎に出現したとか、手紙が靴箱の上に出現したとか、その手紙が書斎の机の抽斗《ひきだし》から消失したとかいったことについては、わからなくもありません」

「それは魔術ではないと」

「ええ。お聞きした限り、長命寺家では普段、几帳面《きちょうめん》に施錠しておく習慣はなかったようです。だとすれば屋敷の中に外部の人間が入り込んだ可能性が指摘できます」

「誰かが屋敷の中に忍び込み、物を置いたり取ったりしたということですか」

「はい。魔術師は昼間、人気《ひとけ》がないのを見計らい、屋敷の中へと侵入すると、家人の目を盗んで、書斎にツツジを置き、抽斗から手紙を盗み、あるいは靴箱の上に手紙を置いた。これはそれほど難しいことではありません」

「しかし、靴箱の上に手紙が発見されたのは早朝です。だとすれば魔術師は深夜に侵入したことになりますが、さすがに夜は戸締りも厳しくするのではないでしょうか」

「おっしゃるとおり、夜間の侵入は困難です。ですので、侵入したのはおそらく昼間でしょう。そのまま屋敷のどこかに隠れ、夜、家人が寝静まったのを見計らってから、手紙を置いたのではないでしょうか」

「ふうむ」千牧氏は、再びパイプに火を入れると、煙を一口だけ吹かした。「なるほど、それはわかりました。では、それ以外の魔法は。つまり、桜さんの部屋にトランプが出現したことや、瞬間移動術により魔術師本人が書斎の外に現れたこと、そして書斎にトランプと手紙が出現したこと。この三つについてはどうでしょうか」

「………」

さすがの隆一郎も、口を噤《つぐ》んだ。その様子を、横でじっと見ていたお双が、ふと思い出したように言った。

「あの、千牧さん。桜さんは、書斎の外に人影を見たんですよね」

千牧氏は、視線をお双に移した。「桜さんは、はっきりと見たと言っています」

「それが何かの見間違い、ということはないですか」

「その可能性はありますね。例えば、揺れる立木が人の姿に見えたとも考えられますから。しかし桜さんは、それが道化師、つまりピエロであって、しかもにやりと笑っていたという実に細かいところまで目撃したそうです。そこまで細かく観察できているのに見間違いというのも、少し考えづらいのではないでしょうか」

「それは確かに、そうですね」お双もまた、返す言葉を失い、黙り込んでしまった。

そんな黙りこくる二人の様子を慮《おもんぱか》ったのだろう。千牧氏は、目尻《めじり》を下げた。

「まあ、今この場ですぐに何らかのトリックを見破る、というのは難しい話でしょう。そもそも長命寺という家があることも、あなた方は今日初めて耳にしたようですしね」

千牧氏は、左手のパイプを右手に持ち替えた。「ところで、魔術という言葉で惑わされていますが、この魔術師某《なにがし》が言っていることは、実は法律上の略取、すなわち誘拐の予告に他ならず、したがって本来、この件は警察の管轄であるはずです。だから是清さんは、この手紙を読んだ後、すぐに警察に相談をしたのだそうです。しかし」眉間《みけん》に皺《しわ》を寄せると、千牧氏は言った。「警察は、話が荒唐無稽《こうとうむけい》過ぎる、子供の悪戯《いたずら》か何かだ、犯罪性も少ない、などとあれこれ抗弁して、動こうとしないのだそうです」

「役所というのは、杓子定規《しゃくしじょうぎ》なのですね」

「それでも、長命寺はそれなりの名家ですから、あまり無下にするわけにもいかなかったようで、渋々ながら、もし何かあればすぐに刑事を寄越すことだけは約束したそうです。ただ、それ以上は何もしないと」

「事が起こってからでは遅いでしょうに。しかし、それでは不安ですね」

「そのとおりです。そこで葛切君、他でもない君に頼みがあるのです」

そう言うと、千牧氏はぐいと前に身を乗り出した。「君に、長命寺家に予告があった明後日の夜、私と一緒にその屋敷に行ってほしいのです」

「長命寺さんのお屋敷に、わたしが、ですか」

「はい、君に」目を瞬《しばた》かせる隆一郎に、千牧氏は言った。「是清さんは私にこう言いました。『もはや警察は当てにならない。ならば信用に足る人々の助けを得て、桜を守るしかない。だから千牧さんにも我が家に来てほしいのです』しかし、私のような老いぼれが何をできるでしょう。桜さんを守るには、私などではいかにも心もとない。そこで、私は申し上げたのです。私が信頼する青年がいます。彼を同行させてもよいのなら、是非お助けしましょう、と」

「それが、わたしだと」

千牧氏は、いかにも、と笑みを零《こぼ》した。「葛切君の人柄は、この一年でよくわかりました。君は実直で真面目な青年だ。それに、科学を専攻していて、魔術や魔法にも惑わされないだけの知性を持ち合わせている。この件について、葛切君、君は適任なのです。是非とも快諾して、一緒に長命寺家に行ってはくれまいか」

「それは光栄なことです。しかし」困惑顔で、隆一郎は言った。「本当にわたしのような人間が伺ってもよいものでしょうか。面識もないわたしがお邪魔しては、むしろ長命寺さんご一家にご迷惑をお掛けしてしまうのでは」

不安気な隆一郎に、千牧氏は請け負った。「案ずるには及びません。是清さんは、私が信頼して連れてきたものならば、すべて無条件に信頼すると言いましたから。それにこの話は、まさに事件の渦中にある桜さんがお望みのことでもあるのです」

「桜さんの」

「そうです。桜さんから直々に、『千牧さんなら、頭のよい方を知っているのでは。その方にも来ていただければよいのでは』と、是清さんに申し出があったそうなのです」

なるほど、そういうことならば、ことさらご迷惑にもなるまい。そう思う隆一郎に、千牧氏は「ただ、困ったことがありましてね」と、やや目を眇《すが》めて言った。「私は、本当は葛切君を含めて二人の助っ人《すけと》を連れて行きたいと考えていたのです」

「二人」

「ええ。それなのですけれど、適任が葛切君ひとりしかいないということに、実は困っていたのです。しかし、その問題も今日、あっさりと解決してしまいました」千牧氏は口角を上げると、お双を見た。「お双さん。あなたも是非、長命寺家に来てください」

「にゃッ」突然の指名に、お双は一瞬ハッとした顔をしたが、すぐにきらきらと目を輝かせて言った。「行っていいんですか、あたしも」

「だめです、それはだめです」隆一郎はすぐ、そのやり取りを遮った。「双は行ってもご迷惑をお掛けするだけです。それに」

そんなことをすれば、お双が妖怪《ようかい》猫又だとばれてしまうかもしれない。当初は、千牧氏に会わせるのも躊躇《ちゅうちょ》したくらいなのだ。ましてや見も知らぬ家に同行させるなど。

しかし千牧氏は「葛切君、そう堅いことは言いなさんな」と言うと、はっはっはと高らかに笑った。「大丈夫ですよ。私は今日お双さんに初めてお会いしましたが、いやさすが葛切君の妹君だけあって実に聡明《そうめい》です。お双さんならば、よもや是清さんも、もちろん桜さんも、文句のひとつも言いますまいよ」

「しかし」

「いいからいいから」千牧氏は、手を上下にひらひらと振りながら言った。

「いいからいいから」千牧氏を真似しつつ、その横でにこにこと笑顔を振りまくお双。結局、二人に押し切られるようにして、隆一郎は千牧氏の申し出に首肯せざるを得なくなってしまったのだった。

若干腹立たしくもあったが、一方で隆一郎の横でえへへと可愛らしく微笑むお双を見ていると、「まあ、仕方がないか」と、怒気もいつしかどこかへ消えているのだった。

こうして隆一郎とお双は、二日後、千牧氏とともに、その不思議な話の舞台である長命寺家を訪ねることとなったのだった。

3

昼なお昏《くら》い、そんな鬱蒼《うっそう》としたブナやナラの林が、戦中の再三の空襲にも奇跡的に焼け残り、大東区内のある地域に広がっていた。

隆一郎の住む古長屋から路面電車で十五分、そこから歩いてまた十五分。住宅地からはやや離れた閑散とした地域にあるその林の中央に、二階建ての建物が見えていた。

西洋風の赤煉瓦《あかれんが》。長命寺家の邸宅だ。

「うわあ、大きいねえ」お双が思わずそう嘆息したのも、無理はない。

二階建ての西洋館は、高さこそ二階建てだが、横方向にはえらく長く、隆一郎の目測で五十メートルはあった。しかもその周囲を広大な林がぐるりと取り囲んでいて、そこはすべて長命寺家の敷地なのだ。

「ここが、長命寺子爵のお屋敷です」千牧氏も建物を見上げながら言った。「家柄相応に立派でしょう。ただ、辺りに住んでいる童どもには、この屋敷のことを『ばけもの屋敷』などと呼ぶ不届き者もあるようですが」

ばけもの屋敷。ひどい言われようだが、この洋館には確かに、ばけものとは言わないまでも、相応の不気味さがあった。

薄暗い中に見慣れぬ洋館。周りを囲む鬱蒼とした林。門の横あたりからは、ところどころ斜めに根曲がり竹が突き出ていて、それを切り落としたと思《おぼ》しき白い断面も、隆一郎の胸の高さあたりに円い口を開けている。その何ともおどろおどろしげな印象に、悪童らが口さがなく言うのも仕方のないことかもしれない。

「何だか、怖いね」同じ印象を抱いたのか、お双もそう、ぽつりと零すように言った。

「猫又でも、こういう所が怖いと思うのですか」隆一郎は、千牧氏には聞こえないよう、こっそりとお双の耳元で訊《き》いた。

「当然だよ。猫又だって、怖いものは怖いもん。幽霊が出るかもしれないし」

そう言うと、お双はぷくうと膨れた。大福餅《だいふくもち》のような白い頬がさらに丸くなる。

それにしても、妖怪変化でありながら幽霊を怖がるとは。

「さて、参りましょうか」

千牧氏に導かれ、隆一郎は、お双とともに、緑青《ろくしょう》が浮く尖った柵《さく》の合間にある狭い門から、長命寺家の敷地の中へと足を踏み入れる。

敷地に入り二十メートルほど。じめじめとした土の上を歩いた先に、西洋館の玄関があった。木製の立派な開き扉で、中央に円い真鍮《しんちゅう》製のドアノッカーが設《しつら》えてある。

「戦前、子供の時分、このドアノッカーは現役でした。私もこれで是亮さんを呼び出したことが何度かあります。もちろん今は、こちらを使いますが」

そう言うと千牧氏は、扉の横に取り付けられた黒い小さなボタンを押した。

特に何の音もしなかったが、おそらく中では呼び出し音が響いたのだろう、ほどなくして、静かに扉が開く。

「どちら様ですか」

扉の向こうには、濃鼠《こねずみ》の地味な上下を着た使用人らしき小柄な女が立っていた。

細面の顔に、狐を連想させる吊《つ》り上がった目と、薄い唇。髪は頭の上で団子にまとめた、おそらくは二十歳を過ぎたくらいの、少々きつい印象のある女だ。

「こんにちは。是清さんとお約束をしている、千牧ですが」

「千牧様ですね。聞いております」その女は、傍らに立つ隆一郎とお双とを順繰りに、品定めをするようにじろじろと見た。「あなたがたは」

「葛切隆一郎君と、妹の双さんです」千牧氏は、その女に訊き返した。「今日一緒に行くと是清さんには言っておいたのですけれど、聞いていませんか」

「はあ、わたくしは何も聞いてはおりませんが」女は、不審そうに目を眇める。

「電話で是清さんにお話をしているので、大丈夫なはずです」

「そうですか、それならよろしいのですが」怪訝《けげん》そうな顔を解かずに、女は答えた。

「まあ、是清さんには許可をもらっているんです。とにかく、上がらせてもらいますよ」

そう言うと千牧氏は、ずかずかと屋敷の中に入っていった。

隆一郎とお双も、何となく気が引けながらも、千牧氏を追って扉を潜《くぐ》る。

玄関を入ってすぐ、広々とした空間が広がっていた。周囲の三面には大きな窓が開いていて、重厚な黒いカーテンが両脇にまとめられている。床には素人目にも高価だとわかるペルシア風の絨毯《じゅうたん》が一面に敷かれ、その奥には、二階へ上がる幅広な階段があった。扉の脇には、背の高い靴箱と、黒電話の載った棚がある。

ここは確か、大広間だ。

隆一郎は、頭の中に屋敷の略図を思い浮かべる。屋敷の間取りは、事細かに千牧氏から事前に教えてもらっていた。屋敷は広い。慣れていないと、どこに何があるかわからなくなるだろうからという千牧氏の配慮だった（図1「長命寺邸の間取り図」参照）。

洋館は二階建て。一階には大広間と食堂、浴場や是清氏の書斎などがある。一方二階には、談話室と、そこから延びる廊下、その両側には十三のローマ数字で区別された個室があり、是清氏以外の家人の名前も書いてある。実は、家人は皆、この部屋のいずれ

図1　長命寺邸の間取り図

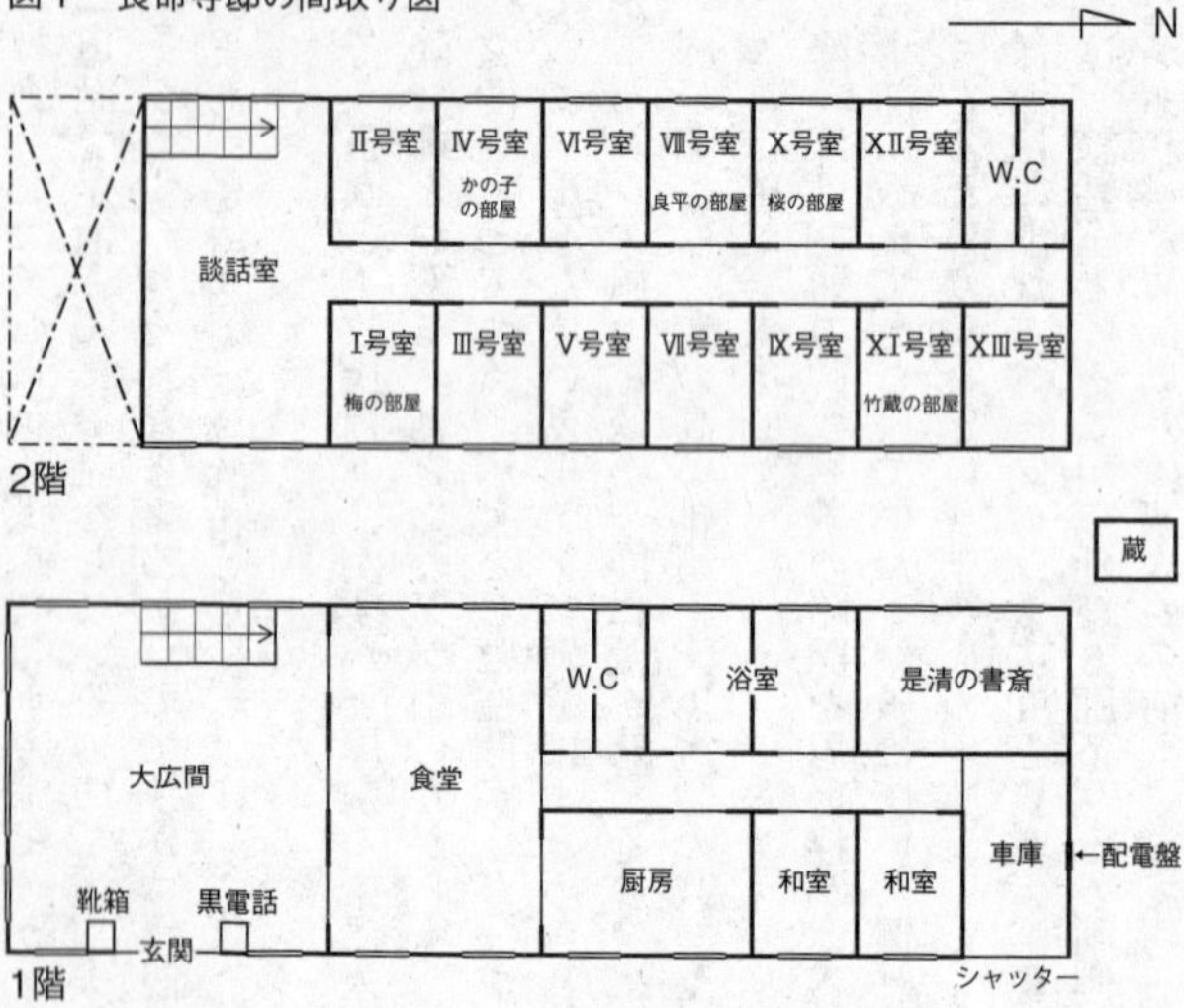

かを自室に充てられており、特に各人の誕生月と部屋番号は一致しているのだとか。

また、洋館の外には江戸の代から建っているという古蔵があった。壁面を覆うツタの葉が、周囲の緑に溶け込んでいて、千牧氏は笑いながら、長命寺家の人間と私以外には、見てもそこに蔵があると一目ではわからないでしょうね、と言った。

「長命寺を呼んでまいります」

使用人の女は、そそくさと大広間の奥へと消えていった。

「今のは、この屋敷の使用人、萩《はぎ》かの子さんですね」

その使用人の女、かの子がいなくなったのを確かめると、千牧氏は言った。「有能な使用人と聞いています。少し癖がある子ですが」

「他にも使用人の方がいらっしゃるのですか」

隆一郎の問いに、千牧氏は言った。「使用人はかの子さんひとりです。後は是清さんの秘書の代わりを務められている方がひとりいますが、彼は書生なので使用人とは違いますね。だから、今や常時雇いは彼女だけです。まあ」

千牧氏は眉根《まゆね》に皺《しわ》を作った。「その件については、またいつか、お話ししましょう。ところで葛切君」そう言うと、千牧氏は話を変えた。「かの子さんは、例の話で、手紙を発見した使用人でもありますよ」

「手紙って、玄関脇の靴箱の上で見つかった、あの魔術師からの手紙のことですか」

お双が訊くと、千牧氏は微笑みながら、今しがた入ってきた扉の辺りを指差した。

「そうです。そこの靴箱の上にあったのだそうです」

その先には、黒い靴箱があった。天板はちょうど隆一郎の胸の高さにあり、もしそこに茶封筒が載っていれば、すぐに目につくだろう。

「ご覧のとおり、靴箱は家の中にあります。扉と窓を戸締りしてしまえば、もはや外にいる人間が手紙を置くことはできないでしょう」

「確かに、そうですね」千牧氏の言葉に隆一郎が頷《うなず》いた、そのとき。

「ようこそ、皆さん」

不意に、低い声が響く。

振り向くと、食堂の扉の前にひとりの紳士が立っていた。

焦げ茶の背広を上品に着こなし、立派な白髪雑《ま》じりの口髭《くちひげ》を蓄えた、初老の男。彼は歩み寄りつつ、右手を差し出して言った。「よくおいでいただきました。同じ区内でも、ここは少し不便な場所にあります。来られるのには随分と難儀したでしょう」

「いえ、そんなに大変ではありませんでしたよ。それに、たまには歩かなければ、脚がなまってしまいます」千牧氏が、同じく右手で握手に応《こた》えた。「最近は動かない日が多いので、贅肉《ぜいにく》ばかり増えてしまって」

「文字どおり、髀肉《ひにく》の嘆《たん》ですな」そう言うと、初老の紳士は気持ちのいい声で笑った。「劉玄徳《りゅうげんとく》にはほかに肖《あやか》るべきことがたくさんあるはずなのですけれど、小人《しょうじん》にはなかなか難しいものですね。ああ、是清さん、ご紹介しましょう、こちら、今回の件で助《すけ》っ人《と》を引き受けていただいた、葛切隆一郎君と、妹君の双さんです。葛切君は帝都大の大学院で物理学を専攻する研究者で、将来は湯川先生の後を継ぐであろう俊英です」

その大袈裟《おおげさ》な口上に恐縮しながら、隆一郎は頭を下げた。「葛切隆一郎と申します、はじめまして。今夜はご迷惑をお掛けしますが、お世話になります」

「はじめまして、葛切双と申します」お双もまた、にこにこと、かつ千牧氏の家で見せたのと同じ優雅さで挨拶《あいさつ》をした。

「長命寺是清です。お二人の助力、本当に心強く思います」紳士はそういって頭《こうべ》を垂れた。「事情はすでにお聴き及びでしょう。お二人ともどうか桜を守ってやってください」

二回りは年下の隆一郎や、実年齢はともかく見た目は少女のお双にも、躊躇《ためら》うことなく頭を下げられるというところに、是清氏の懐の深さが窺《うかが》えた。

それから是清氏は、三人を誘った。「さあ、家人も紹介しましょう。二階に家人を集めてありますので、どうぞこちらへ」

大広間の奥の階段を上る是清氏。隆一郎たちもその後をついて、階段を上っていく。

＊

天井は茶色の板張り、床は幾何学模様の絨毯張り、そしてところどころに吊られたガラスのシャンデリア。二階の談話室は、そのほかにも暖炉や、家具調度品などが置かれた、広い部屋だった。

その中央に置かれたソファに、二人の男とひとりの女が腰掛け、談笑している。

彼らは、是清氏が上がってきたのに気づくとすぐに席を立った。

「その方々が、今夜のお客様」女が甲高い声を上げた。「小柄だが、やけに肉付きのいい若い女だ。彼女は隆一郎と目が合うと、言った。「あら、いい男」

「挨拶もそこそこに品定めか、不躾《ぶしつけ》な奴め」中肉中背の、意地悪そうな顔をした男が言った。だがその口調は、無礼を咎《とが》めるというよりは、むしろ茶化《ちゃか》しているようだ。

是清氏は顔を顰《しか》めた。「お前たち、止めないか。これからひとりずつ紹介するから、そこに並ぶのだ」そう言うと三人を、隆一郎たちの前に立たせた。

「長命寺家の家族を紹介しましょう。まず、一番右にいるのが、次女の梅」

先ほどの肉付きのいい女が、ぺこりと頭を下げた。「長命寺梅です。はじめまして」

赤紫色のひらひらとした派手な洋服を着て、右手の指には大きな翡翠《ひすい》の指輪を嵌《は》めている。厚化粧のせいで彼女の歳がはっきりとわからないが、頰に残る子供っぽさからすると、まだ十代後半といったところだろうか。

はじめまして、と応じる隆一郎に、すぐさま梅は訊《き》く。

「葛切さんは、お仕事は何を」

「大学で物理学の研究をしています」

梅は、途端に目を輝かせた。「まあすごい、その若さでご教授でいらっしゃるの」

「いいえ、そんな大層なものではありません。ただの学生です」

「え、学生」それを聞いた梅は、すぐに表情を変えた。「ああ、そうですか。それは大変ですわね」隆一郎に関心をなくしたのか、梅は仏頂面でそっぽを向いてしまう。

慌てて是清氏がたしなめる。「梅、なんという失礼をするのか、葛切さんに謝りなさい」しかし梅は、悪びれることもなくつんとしたままだった。

是清氏はすまなそうに言った。「まったく、申し訳ない。後で厳しく言っておきますから。それで、梅の隣にいるのが、長男の竹蔵です」

「どうも」梅を茶化していた意地悪そうな顔の男が、不敵な笑みを浮かべながら、一歩前へと進み出た。「長命寺竹蔵です。まァ、よろしくどうぞ」

灰白色の背広を着た竹蔵は、ネクタイも締めずに、首元をだらしなく開けたシャツに、両手もポケットに突っ込んだまま、踏ん反り返るようにして隆一郎を見ていた。髪の毛だけは丁寧に後ろに撫《な》でつけている。二十歳くらいだろうか。おそらく隆一郎より年下だが、その態度は随分と傲岸《ごうがん》に見えた。

「はじめまして。葛切隆一郎です」

それでも丁寧に頭を下げた隆一郎を、竹蔵は見下すように一瞥《いちべつ》した。

「ふうん。葛切君ね。どうも。ところで、そちらのお嬢さんは」竹蔵はお双に身体を向けると、ねっとりとした口調で言った。「きみだよ。名前は」

「あの、葛切、双です」

顔を引っ込めたお双に、さらに竹蔵はずいと顔を突き出した。「双ちゃんっていうのか。へえ。可愛いねえ。今度、自動車で、ぼくと一緒にどこかに遊びに行きませんか」

何も言わずに、隆一郎の後ろに隠れるお双。

隆一郎は、お双を庇《かば》うよう一歩前に出た。「竹蔵さんは、車の運転ができるのですか」

「当たり前じゃないか。運転くらいできて当然だ。それこそ男の嗜《たしな》みというものだ」竹蔵が不遜《ふそん》に鼻をふんと鳴らすと、それを見ていた梅がぷっと噴き出す。

馬鹿にするような態度。少々憤慨するが、お陰で竹蔵の興味がお双から逸《そ》れたことに、隆一郎はほっとした。

「いい加減にしないか、二人とも」さすがの是清氏も、堪忍袋の緒が切れたのか、眉間《みけん》に皺を寄せて大声を上げる。「初対面のお客人に対して、失礼にもほどがある。部屋に戻っておりなさい」

「はいはい」

退室を命じられた二人は、謝罪するでもなく、だらだらと談話室を後にした。

「あたし、あの人たち嫌い」お双が隆一郎の後ろで、こっそりべーと舌を出す。

「本当に失礼ばかりで、申し訳のないことです」梅と竹蔵がいなくなったのを見計らうと、是清氏は項垂《うなだ》れた。「あんな軽薄なものどもに育ってしまったのは、やはり私の教育が悪かったせいなのでしょうか。それともやはり、母親がいないとだめなのか」

「まあまあ。元気でいいではないですか」千牧氏は、是清氏を慰めた。「ところで、彼のことも二人に紹介を」

「おお、そうでした、これは失敬」是清氏が、もうひとりの大柄な青年を紹介する。

「彼は柏良平《かしわりょうへい》君です。もう長いことうちで書生として働いてもらっています」

「柏といいます」四角い輪郭に、太い眉《まゆ》と二重瞼《ふたえまぶた》。武骨な南方系の顔つきの良平が、右手を差し出した。「どうぞ、はじめまして」

「はじめまして、葛切隆一郎です」隆一郎も、その右手を握り返す。

良平は、無表情なまま、しばらくの間、何かを確かめるように隆一郎を見つめた後、ふと思い出したように言った。「長命寺先生には、高校を出てから色々と勉強をさせてもらっています。もう五年になります」

「ということは、今、おいくつですか」

「二十四です」

自分と同い年か。そう思う隆一郎に、良平はやはりじっと隆一郎の表情を窺うような仕草をしつつ、言った。「葛切さん、あなたは先ほど大学で物理の勉強をされているとおっしゃっていましたが、具体的にどういった分野を専攻しているのですか」

「専攻は」隆一郎は一瞬言葉に迷ってから、言った。「核物理学です。主に中間子《メソトロン》の研究をしています」

答えに躊躇いがあったのは、専攻がきちんと理解されるかわからなかったからだ。物理学は専門的な学問なので、専攻を言っても、大抵の人はきょとんとしてしまう。

だが、その心配は杞憂《きゆう》だった。

良平は、滔々《とうとう》と述べた。「中間子《メソトロン》。京大の湯川先生が予言なさった粒子ですね。僕も少しばかり齧《かじ》りました。素粒子の世界には神秘が多く興味深いものです」

隆一郎は驚いて言った。「柏さん、素粒子の物理学を学ばれたのですか」

「いえ、独力で勉強したのみです。本当は、大学に通いたいのですが」

僕は、大学に行けなかったのです。相変わらず表情を変えないままそう言うと、次いで良平は隆一郎の後ろのお双に声を掛けた。「あなたも、はじめまして」

「はじめまして」お双は、先ほどの竹蔵の件があったからか、隆一郎のシャツをぎゅっと握り締めたまま、警戒した声で言った。「双、といいます」

「双さん。そうですか、葛切双さん。あなたは高校生ですか」

「はい、あ、いえ、その、あの」

実際は隆一郎の部屋に居付く猫又は、なんとも曖昧《あいまい》に答えた。

千牧氏がふと、是清氏に訊いた。「ところで、桜さんはどちらに」

「桜は、部屋におります」是清氏は、ソファに腰掛けた。「今日も終日、部屋にいさせるつもりです」

「そうですか。桜さんも紹介したかったのですが」千牧氏も、是清氏の正面に腰掛けた。

「でも、その方が賢明かもしれませんね」

「魔術師なるものが、いかなる行動に及ぶかわからない以上、警戒するに越したことはないと思うのです。ですから今、桜を葛切君たちに紹介できないのは心苦しいのですが、どうかご容赦を。後ほど夕食時には、皆で食堂に集まります。桜もその場には同席させますので、紹介はそのときに。おお、そうだ、まったく気づかず申し訳ない」

そう言うと是清氏は、テーブルの呼び鈴をチリンチリンと鳴らした。

ほどなくして、階下からかの子がやってくると、慇懃《いんぎん》に言った。「何かご用でしょうか、旦那《だんな》様」

「お客様にお茶を用意してくれたまえ」

「かしこまりました」かの子は頷《うなず》くと、機敏な仕草でさっと階下に戻って行った。

それを見届けたように、良平もまた「僕も、これで」と、素早く場を辞する。自分がいないほうがよいと判断したからだろうか。

こうして、終始表情を変えなかった良平の背を見送ると、是清氏は深く溜息《ためいき》をひとつ吐《つ》いた。それから、隆一郎たちにソファを勧めると、おもむろに口を開いた。

「お二人とも、魔術師に関する経緯は、すでにお聞き及びですか」

「はい。千牧さんから伺っています」

「ならばご存じでしょう。魔術師なる輩《やから》は、今夜零時、桜を、人体消失術を用いて消失させる、と言っています」是清氏は、胸のポケットから小さく折り畳んだ紙片を取り出すと、それを隆一郎に手渡した。

「もしかして、これは、例の」

「ええ。トランプの下に出現した魔術師からの手紙です。どうぞご覧ください」

紙片は、薄い便箋《びんせん》を小さく丁寧に折り畳んだものだった。隆一郎が注意深く開くと、果たして、便箋は群青色の小さな文字でびっしりと埋め尽くされている。

「読みにくい」便箋を横から覗《のぞ》き込むと、お双は目を細めた。

「筆記具は、万年筆でしょうか」隆一郎は、そのこまごまとした文字にじっくりと目を通す。「なるほど、この角張った体裁では、誰が書いたものか、判別はできませんね」

「ええ。せめて魔術師が誰かわかれば、対抗のしようもあるのですが」

その時、階下からかの子が上がってきた。手には銀の盆を持ち、その上に四つの湯気が立つティーカップが載っている。

「お紅茶をどうぞ」盆の上のカップを、かの子はひとりひとりの前に丁寧に置いた。ハッカのような、すうっと爽《さわ》やかな匂いが紅茶から立ち上る。

「変わった香りがしますね」隆一郎が言うと、かの子は平板な口調で答えた。「ハーブティです。イヌハッカが入っています」

隆一郎も、ダージリンなどの普通の紅茶を多少は知っていた。だが、ハーブティなるものは、見るのも飲むのも初めてだ。

カップを手に取る。色は見慣れた琥珀色《こはくいろ》ではなく、それよりももっと黄み掛かっている。一口啜《すす》ると、これまでに味わったことがない鼻に通る香りが広がった。

不思議な味だ。だが、不味《まず》くはない。

「リ、リューイチ、ロー」

ふと気づくと、隆一郎の横で、お双がおでこに一杯の脂汗を掻《か》いていた。

「どうしたのですか」

隆一郎が訊《き》くと、お双は固まった姿勢のまま、目の前のカップをじっと見つめて言った。「こ、このお茶、またたびの匂いがする」

「またたび」そういえば、と隆一郎は、昔読んだ植物図鑑の記述を思い出す。イヌハッカ。英名は確か「猫噛み《キャットニップ》」。またたびと同じ猫を陶酔させる化学物質を含んでいるとか。

「もしかして、酔っ払ってしまったのですか」猫がまたたびに酔うのは有名な話だ。

「違うの。あのね、あたし、またたびが苦手なの」

ぶるぶると震えるお双に、隆一郎は訊く。「またたびは猫の好物ではないのですか」

「確かに、好物だったよ。でも、今は違うの」青い顔で、お双は言った。「昔、あたしを見るたびに、皆が皆してまたたびをくれたの。嬉《うれ》しがったけれど、来る日も来る日もまたたびばかりで。リューイチローも、毎日同じものばかり食べていたら嫌になるでしょ。あたしも、気がついたら、またたびを見るのも嫌になっちゃって」

「なるほど」隆一郎も、戦中のひどい食糧難の時代、寝ても醒《さ》めてもかぼちゃばかりを食べさせられていたせいで、今や大のかぼちゃ嫌いとなっていた。「その気持ち、大変よくわかります」と、隆一郎は大きく何度も首を縦に振った。

「おや、もしかして、ハーブティは苦手でしたか」お双がこくりと頷くと、是清氏はすぐに言った。「そうですか。これは失礼した。桜が好きな銘柄なのですが、てっきりあなたのような若い女性も好きなのだろうと、勝手に思い込んでいた。すぐに別のものを持って来させましょう。何がいいですか」

お双は、小さな声で「に、日本茶を」と言った。

やがて、目の前からティーカップが下げられ、日本茶の入った瀬戸物と代えられると、ようやくお双は少しほっとしたように小さく息を吐く。

「本当に、またたびが苦手なんですね」隆一郎は、変に感心した。「しかし、猫なのにまたたびが苦手とは、面白いものです」

それを聞いたお双は、ぷくりと膨れた。「猫だって、好き嫌いはあるんだもん。人間も、お酒を飲めば酔っ払うけど、皆お酒が好きなわけじゃないでしょ」

「それはごもっとも」お双の言葉に、下戸の隆一郎は大きく頷いた。

お双が茶を啜ったのを合図に、是清氏が話を再開する。

「私は再三、魔術師に魔法を見せられました。どれも、常識では説明のつかない現象ばかりで、正直に申し上げれば、私は、魔法の存在を信じ始めているのです」

しかし、と挟んで、是清氏は強い口調になる。「手紙をご覧いただいておわかりと思いますが、魔術師は卑怯《ひきょう》な男です。桜の前にちらりと姿を見せた以外、我々の前には一切現れない。そればかりか、あまつさえ桜に横恋慕して、誘拐まで企《たくら》んでいる」

拳《こぶし》を握り締め、是清氏は続ける。

「仮に魔法が本物であったとしても、私はこの卑劣を断固阻止しなければならない。そのためにわざわざ、皆さんにもおいでいただいたのです」是清氏は、頭を深々と下げた。

「千牧さん、葛切君、そして双さん。くれぐれも、お力添えをお願いいたします」

「面を上げてください、是清さん」千牧氏が慌てて言う。「言われずとも、できることなら何でもするつもりです。私たちはそのために、ここに来たのですから」

隆一郎も、言葉を加えた。「そうです。わたしは部外者ですが、魔術師のやり口にはまず共感できません。だからこそ、失礼を承知と思いつつ、お邪魔しているのです」

お双も、平たい胸を大きく張る。「あたしもです」

「心強い言葉、誠に感謝します」

是清氏は、三度頭《こうべ》を深く垂れた。

＊

それから屋敷の中を一廻《ひとまわ》りし、屋敷内の案内を受けると、是清氏は「七時から一階の食堂で夕食をご馳走《ちそう》します。それまではどうぞ、お寛《くつろ》ぎを」と言って階下の書斎に戻り、談話室のソファには、千牧氏と隆一郎とお双の三人だけが残された。

壁際に置かれた大きな振り子時計は、六時半を指していた。大分遅い時間だが、季節はもうあとひと月で夏至だから、窓の外はまだ夕方の明るさを保っている。

「晩餐《ばんさん》までにはまだ、少しだけ時間がありますね」千牧氏が呟《つぶや》くように言った。「それまでは、ゆるゆるとお話でもしていましょうか」

その言葉に、隆一郎は、周囲には三人以外には誰もいないことを確認してから言った。

「千牧さんに、お訊きしたいことがあります」

「どうしたんですか、葛切君。藪《やぶ》から棒に」

「実はわたしには二点ほど、先ほどから気になっていることがあるのです。もし千牧さんがそれをご存じなら、教えてほしいのです」

千牧氏は、ややあってから答えた。「私が話せることでしたら」

「ありがとうございます。では早速、質問の一なのですが、これは、先ほども少しお話しし掛けたことなのですが、使用人の数についてです。この建物は大変に大きく、かつ広いですね。この談話室だけでも何十畳もあり、ここから向こうに延びる廊下も大層長くて、両側にたくさんの扉があるのが見て取れます」

談話室からは、北方向に一本の廊下が延びており、それがずっと続いているのが見えた。廊下の突き当たりははっきり見えないほど向こう、三、四十メートルは先にある。廊下の両側には、同じような造作のたくさんの扉がずらりと並び、それがぼんやりとした白熱電球の灯《あか》りに照らされていた。それは、隆一郎がかつて一度だけ泊まったことのある帝國《ていこく》ホテルのようだった。

「これほどの設備を維持するのは大変なことでしょう。少なく見積もっても三、四人は使用人が必要なはずです。しかし先ほど千牧さんは、『今や常時雇いは彼女だけです』とおっしゃった。もしかして――」

隆一郎はそこで、一旦《いったん》言葉を区切った。「昔はもっと使用人がたくさんいたということですか。それが、今はひとりだけになってしまっている。ここから先はわたしの想像ですが」隆一郎は声を潜めた。「使用人の数を減らさざるを得ないのには、何か芳しくない理由があるのではありませんか」

「…………」無言のまま、なかなか答えようとはしない千牧氏に、隆一郎は言った。

「おっしゃりにくい話であれば結構です。わたしも、人様のお家の事情に土足で踏み込むつもりはありません。そこで、質問の二を訊きますが」

隆一郎は、一拍を置いて訊く。「長命寺さんは先ほど、『魔術師は、あまつさえ桜に横恋慕して、誘拐しようとまで企んでいる』という言い方をされました。横恋慕とは、他人の恋人や妻に懸想することを意味する言葉です。つまり桜さんには、どなたか将来を約束された方がいらっしゃる、ということなのですか」

千牧氏は目を瞑《つむ》ると、数秒沈思黙考してから答えた。「ふむ、私が君を連れてきたのは、やはり正解だったようです。いやはや、大した洞察力だ」

千牧氏は、パイプを取り出すと、机の上に置かれた特大のマッチ箱からマッチを一本拝借し、それで流れるような動作で火を付けた。「誤魔化《ごまか》しても仕方ありませんから、包み隠さず話しましょう。ただし、他言無用でお願いします。もちろん、お双さんも」

隆一郎とお双が頷《うなず》いたのを見て、千牧氏は、説明を始めた。

「まず、一点目の質問について、葛切君の言うとおり、長命寺家が使用人の数を減らしたのは事実ですが、それにには理由があります。実は、長命寺家はかつて子爵家として、多くの土地財産を所有する大華族だったのですが、戦後、その大半を失っています。こういう言い方はあまり好きではありませんが、いわゆる『没落華族』なのです」

戦後、華族階級が消滅するとともに各爵家は様々な特権を失った。このため、明治維新後に士族が次々と没落したように、爵家の中には経済的に困窮する没落華族が多数出た。長命寺家もまた、そんな爵家のひとつだったのだ。

「是清さんは、仁義を宗《むね》とし貴族の義務《ノブレスオブリージュ》を尊ぶ、気高い精神をお持ちの方です。しかし、それは裏を返すと、真っ直ぐ過ぎる性格だということでもあります。戦後の動乱期に、そこをしたたかに付け入られたようです。悪い連中に次々と騙《だま》され、気がついたときには、財産のほとんどを失っていたのだとか」

千牧氏が苦々しげな顔つきなのは、彼もまた、戦後人に騙された経験があるからだろう、と隆一郎は察した。あるいは、是清氏と千牧氏とが懇意にしている背景には、お互いそういう似たところを持っているからかもしれない。

「今や、長命寺家の財産は、文祥区の庭園と、この土地屋敷だけと聞いています。庭園は抵当に入り、人手に渡るのも時間の問題でしょう。それだけに留《とど》まらず、莫大《ばくだい》な借金もあり、その額数千万円に及ぶとか」

「数千万円、ですか」隆一郎は嘆息した。大学を卒業した勤め人の初任給が月一万円に届かないことを考えると、あまりにも莫大な金額だ。

「ええ。ですから、経済的な逼迫《ひっぱく》を凌《しの》ぐため、この数年は次々と使用人を解雇せざるを得なかったのです。今や住み込みのかの子さんだけしか残っていないという状況には、そういう背景があるのです」

「しかし」隆一郎は、先刻の竹蔵と梅の言動を思い浮かべながら、言った。「失礼ながら、ご家族の方、つまり竹蔵さんと梅さんが、そういう家の事情を理解されているようには見えなかったのですが」

「そうですね。おそらく、ですが」千牧氏は一服、煙を味わってから答える。「あの二人は逼迫した懐事情を知りません。是清さんは、あの二人に対して、長命寺家の経済事情を伝えていないのです」

「なぜですか、大事なことのはずですが」

「容易に想像がつくでしょうが、竹蔵さんと梅さんはいつもあんな感じの方々です。是清さんは、そんな人間には言ってもわからないだろうとお考えなのです」

「ふうむ」

「じゃあ桜さん。桜さんには伝えているのですか」傍《はた》から訊《き》いたお双に、千牧氏は言う。

「桜さんにも言っていないでしょうね。ですが、それは言ってもわからないからではなく、むしろ心配を掛けさせたくないがために、言わないでいるのだと思います」

頷く隆一郎に、なおも千牧氏は続ける。

「そして、二点目の質問について。つまり、桜さんに誰かいい人はいるのかという点ですが」千牧氏は、パイプをことりと机の上に置いた。「桜さんには、婚約者がいます」

「婚約者ですって」好奇心旺盛《おうせい》な声で、お双が尋ねる。「それって、どなたですか」

目を細めつつ、千牧氏は答える。「さる資産家の御曹司ですよ。資産家と言うよりは成り金と言った方がいいかもしれませんが。大福《おおふく》商事という会社をご存じですか」

「大福商事」隆一郎は、その会社名に聞き覚えがあった。「存じています。最近は新聞でよくその名を見掛けますね」

「そう、しかもあまり穏やかでない記事上で読まれたはずです。大福商事は、闇市でなした財を元手に、その後いわゆる高利貸をしてのし上がった会社です。今も随分とあくどいやり口をしているようです」

新聞でも、主によからぬ話題で紙面に上る会社だ。

「現社長は大福義満《おおふくよしみつ》という、金儲《かねもう》け以外には興味のない男です。まったく、不届きな輩《やから》と言ってよいでしょう」

「なるほど」頷きつつも、隆一郎には、千牧氏のその言葉にはやや偏見があるように聞こえた。千牧氏と大福氏には面識などはないはずで、そこまで悪くいう筋合いも本来はない。だが、おそらく千牧氏は、かつて大福氏のようなしたたかな人間に騙されたことがあるのだろう。だから同類の大福氏に対しても、つい毒を吐いてしまうのだ。

「さて、その大福氏には何人かの息子があり、そのひとりが大福誠《まこと》という男です」

「その方が桜さんのご婚約のお相手なのですね」

「そうです。婚約は二か月ほど前でしたでしょうか」苦々しげに、千牧氏は言った。

「なるほど、婚約相手がどなたかはわかりました。しかし」隆一郎は、さらなる疑問を口にする。「片や旧華族の令嬢、片や高利貸の息子、どこに接点があったのでしょう」

「実はですね」千牧氏は、長い溜息《ためいき》を吐《つ》いた。「私は先ほど、是清氏が莫大な借金をしていると言いましたが、その借金の債権者が、件《くだん》の大福商事なのです」

「ああ、金銭貸借の貸方、借方の間柄だったのですね。とすると、少し悪意のある見方となるかもしれませんが」隆一郎は、憚《はばか》りつつ言う。「桜さんが大福家に嫁がれること と、借金の存在とは、やはり関係があるということになる」

「そのとおり。実はこの婚姻によって、膨大な借金が帳消しにされる約束になっている ようなのです。ちなみに、桜さんが大福家に嫁ぐのではありません」千牧氏は憤慨した 口調で言った。「大福誠を、長命寺家が婿に取るのです」

「婿取りですか。珍しいですね。しかし、跡継ぎはすでに竹蔵さんがおられるのでは」

跡取りがいない家ならば、婿や養子を取るのはそう珍しいことではない。しかし長命 寺家には、すでに跡継ぎとなる男子がひとりいる。

疑問を呈する隆一郎に、千牧氏は答えた。

「大福家のものを婿に入れる。それが、大福家側の条件となっているようです」

「竹蔵さんの存在を知っていて、あえてそうするというわけですね。やや常識には反し ますが、しかし、だとすれば」隆一郎は、顎《あご》に手を当てる。「嫁を取らずにあえて婿に 出すという大福家の目的も、透けて見えますね」

「ええ」千牧氏がすぐに頷いた。「長命寺家と繋《つな》がり、大福家の名を上げようという狙 いがあるのでしょう」

「いわゆる箔付《はくづ》けをしようということですね」

「そうです。それだけならばまだいいのですが」千牧氏が、怒りを言葉に表した。「彼 らは、あわよくば長命寺家を乗っ取ってしまえと考えているようです。そういう腹黒い心から、大福家は長命寺家だけでなく、多くの名家と姻戚《いんせき》関係を結んでいるのです。実に腹立たしく、かつ、けしからぬこと」

すでに相当の財をなしている大福家に不足しているのは、家柄だ。大福義満は由緒のある家に子息を婿入りさせ、姻戚関係を結ぶことで、大福家の名前に箔を付け、あわよくば乗っ取りを企《たくら》んでいるのだ。

本当だとすれば、汚い手口だ。是清氏もさぞ憤慨したことだろう。しかし、そうだとすると却《かえ》って隆一郎には訝《いぶか》しい。「そのような、下心のある婚約の申し出を、長命寺さんはよく承諾されましたね」

「苦渋の決断だったのでしょう」千牧氏は一転、辛《つら》そうな顔になった。「桜さんは、是清さんが目に入れても痛くないほどの愛娘《まなむすめ》。それを結婚させるのも、婿入りさせるのも、喜んでできるはずがない。しかし、それでも、旧子爵家たる長命寺家を、是清さんの代で潰《つぶ》すわけにはいかなかったのでしょう。その懊悩《おうのう》は庶民の私にはわかりませんが、大変に思い悩んだ結果であるだろうことは、容易に推し量り得ます」

「…………」

返す言葉に詰まった隆一郎に代わり、横で聞いていたお双が、おずおずと訊いた。

「桜さんは、この結婚をどう考えているのでしょうか。もしかしたら桜さんにだって、ほかに好きな人がいるかもしれませんよね」

「確かにそうです。しかし、桜さんは下の二人とは違い、自分よりも父君の意向を尊重するような、大変に従順で奥ゆかしい娘なのです。だから、是清さんがそういう話を持ってきたなら、たとえすでに好いた方が別にいたとしても、縁談を拒否することはないのではないでしょうか。現に桜さんは、この縁談を笑顔で承諾したといいます」

そう言うと千牧氏は、再び長い溜息を吐き、それきり黙り込んでしまう。

隆一郎もまた、どうにもいたたまれない気持ちに襲われた。

戦争が終わり、自由を謳歌《おうか》できる世の中になったと言われてはいても、いまだ、親の都合に振り回され、自分が好いた相手と想いを遂げることすらままならないのだ。

隆一郎には恋の経験はなく、恋人と引き裂かれる心情がいかなるものかは推し量ることしかできない。それでも、親の都合で人生を左右されるものの気持ちはよくわかる。

隆一郎もまた、志す学問の道を親によって阻まれているといえなくもないからだ。

「お双さん」隆一郎はふと、お双に訊いてみる。「お双さんは、こういう話を聞いて、どう思いますか」

「…………」お双は、真剣な眼差《まなざ》しで、しばらくの間考えてから、呟《つぶや》くように答えた。

「あたしは猫又だから、人間の都合はよくわからない。嫁入りとか婿取りとか、人間のしきたりは複雑で、よく理解できないから。だからあたしは、とやかく言っちゃだめな気がする。でも」

お双は一息継ぐと、隆一郎の顔を見る。「たとえ結ばれなくても、好きな人がいるっていうだけで、あたしには羨《うらや》ましいかな。だって」寂しげな顔で、言った。「あたしはずっと、仲間もいなくて、一人ぼっちだったから」

「…………」

隆一郎は、何も言えなかった。

お双は、猫又だ。百年以上を生きる、妖怪《ようかい》だ。

普通の猫どもとはすでに同類ではなく、人間からもその正体を知られてはならない。

だからどちらからも距離を置いていただろう。何より、猫と人間、どちらも仮に仲よくできたとして、人間は猫又よりも長生きはできず、先にこの世を去ってしまうのだ。

そう、彼女は猫又になってからずっと、一人ぼっちで暮らしてきたのだ。

「でもね」精一杯の作り笑顔で、お双は言う。「今は、リューイチローが飼ってくれているから、寂しくはないよ」

だがその隆一郎もまた、きっと、お双よりも先に死んでしまうだろう。

ふと隆一郎は、お双の、今は見えない二股《ふたまた》の尻尾《しっぽ》が、寂しげに揺れたような気がした。

4

午後七時になった。

窓外では、藍色《あいいろ》の空に星が浮かび、カァカァと遠くで鴉《からす》の鳴く声が聞こえてくる。

不意に、談話室の年代物の振り子時計が、七回、幽玄な鐘の音を響かせた。

　隆一郎は眉《まゆ》を顰《ひそ》めた。あまり好きにはなれない音だったからだ。怪談を思わせる不気味さがあるからというのもそうなのだが、宮城《みやぎ》の実家にある古時計の鐘と似た音色が、窮屈な実家と、煩《うるさ》い両親を思い出させるのだ。

「七時になりましたね。さて、晩餐《ばんさん》をいただきに参りましょうか」

　千牧氏の促しがなければ、隆一郎はいつまでも負の感情に囚《とら》われていたかもしれない。

　階段を下り、大広間から両開きの扉を潜《くぐ》ると、そこに食堂があった。

　広い食堂の中央には、白いテーブルクロスが掛かった食卓。そこにはすでに是清氏と、良平が座っている。

「ああ、千牧さん」良平が三人に気づき、手を挙げた。「皆さんの席は向かい側です。どうぞそちらに」

「うちの三人も間もなく下りてきます。どうぞお掛けを」是清氏も、微笑んで勧めた。

　言われるがまま、千牧氏を上座として、隆一郎、お双の順に並んで座る。

　黒檀《こくたん》でできた重厚な肘掛《ひじか》け椅子《いす》が、食卓の前にずらりと整列する様に、隆一郎は、さすが没落したとはいえ長命寺家とはいかにも名家なのだなと感心する。

「う、動かない」椅子は重く、お双は椅子を引くのにさえ難儀しているようだった。

　隆一郎が、横から椅子を引くのを手伝ってやると、ようやく椅子はがガッと音を立てて動いた。「ありがと」お双は澄まし顔でお礼を言うと、そこにちょこんと座る。

「ははは、女性の力では、重すぎますか」是清氏は、遠くを見るような目で言った。「戦前に比べれば、客人がくることも目に見えて減りましたし、もう我が家にはこんな前時代な椅子は不要なのかもしれませんね」

その独白にも似た言葉に、千牧氏が話題を変えた。

「ところで、おさんどんは、今はどなたがなさっているのですか」

「食事の用意ですか。それはかの子さんにお願いしています」

「彼女は、炊事も担当しているのですか」

「ええ。あれこれと仕事を押し付けてしまうことは、本当に心苦しいのですが」

事実、広大な屋敷の管理のみならず炊事まで切り回すのは、小柄なかの子ひとりでは大変なことだろう。

やがて食堂に、竹蔵と梅がやってくる。

梅は、一同に挨拶《あいさつ》するでもなく、無言ですたすたと歩いて食卓についた。続いて入ってきた竹蔵はといえば、「やあやあ皆の衆」などと喧《やかま》しく何かを口走りながら、ばたんと音を立てて、乱暴に椅子に腰掛ける。

「竹蔵、お客人の前だ、行儀が悪い真似はやめなさい」

そう是清氏が咎《とが》めるものの、竹蔵は、意地悪そうな顔をさらに歪《ゆが》めて言った。「このくらいいいでしょう。今はもうそういう堅いことを強いる時代ではないのです」

「しかしお前は、折角の会席の場に遅刻さえしているのだぞ」

「遅刻。それがどうしたというのです。巌流島《がんりゅうじま》で勝ったのは宮本武蔵《むさし》でしたよ」

「ああ言えばこう言うか」是清氏が眉根を押さえ、深々と溜息《ためいき》を吐《つ》いたその時。

すっ。

突然、鮮やかな色が食堂に舞い込んだように、隆一郎は錯覚した。

お双もまた、思わず目を丸くしていた。

薄い水色の、ひらりとした薄絹の洋服を着た、すらりと背の高い女性。栗色の雑《ま》じった、腰まで伸びたつややかな髪。顔の造作はガラス細工のように繊細で、長い睫毛《まつげ》と、潤んだ目、薄紅色の果実のような形のよい唇。しかし、何よりも目を惹《ひ》いたのは、その真っ白で、透きとおるような肌。

年齢は、隆一郎と同い年くらいだろうか。彼女は、食卓の前にいる隆一郎とお双に、嫋《たお》やかに一礼した。

「はじめまして、長命寺桜と申します」

ガラスの器を弾《はじ》いたような、美しく澄んだ声色。

「桜さん、お久しぶりですね。お元気でしたか」千牧氏が目尻《めじり》を下げて問うと、桜は口角を上げて答えた。「はい。お陰様で。千牧様もお元気そうで何よりですわ」

その可憐《かれん》な表情は、まるで一輪の花のようだ。

「桜さんにもご紹介しましょう、こちら、葛切君兄妹《きょうだい》です」

千牧氏が紹介する。桜にうっとりと見惚《みと》れていた隆一郎とお双は、慌てて我に返る。

「葛切隆一郎です」「葛切双です」二人は同時に言うと、ブリキの玩具《おもちゃ》のようにぎくしゃくとお辞儀をした。

そのさまが可笑《おか》しかったのか、ふふふと目を細めて笑うと、桜は言った。

「隆一郎さんと、双さんですね。今日はわざわざおいでいただいて、本当にありがとうございます。そして、先ほどお越しになった際にはすぐにご挨拶できなくて、申し訳ありませんでした」

頭を下げると、桜の長い髪がするりと肩口から流れ落ちる。隆一郎にはそれが、とても美しく魅力的に見えた。だが、一瞬見えた彼女のうなじには、いまだ白いガーゼがテープで当てられている。桜の怪我はまだ完全に癒えてはいないのだ。

「さあ、桜も掛けなさい」是清氏が桜を促すと、彼女は滑るようにして歩き、ふわりと食卓についた。

「これで全員が揃ったね」確認すると、是清氏は手元の呼び鈴をチリンチリンと鳴らした。「じゃあ、かの子さん、お願いします」

＊

長命寺家の晩餐は、隆一郎の想像とは随分と違っていた。

上流階級の食事といえば、フランスの料理のように、手の込んだ料理が次々と供され、かつ何本ものナイフとフォークを使い、しかも物音ひとつ立ててはならないなどマナーにも大層厳しいものと、隆一郎は思い込んでいた。

だから、マナーの違背なくきちんと会食できるか否かを気に掛けていたのだが、実際にはそんな肩肘張った晩餐ではなく、白米にわかめの味噌汁《みそしる》、胡瓜《きゅうり》の漬け物に酢のもの、そしてかれいの煮付けという、馴染《なじ》みのある品々ばかりだった。

意外だったが、もしかしたら、経済的に逼迫《ひっぱく》する中で、毎日のように豪華なものを供することは難しいのかもしれないし、そもそも料理人ではないかの子に和食以外のものは作れないのかもしれない。

とはいえ、想像と異なりはしていたものの、隆一郎にとってこれらの料理は、これまで食べ慣れていたものばかり。まったく気兼ねなく美味《おい》しくいただくことができた。

もっとも、さすがは元華族というべきか、皆大変に行儀よく食事をしていた。粗野な竹蔵でさえも箸を美しく使い、卓上を汚すことなく、煮魚を丁寧に平らげている。お双も、こちこちになりながらも、粗相することなく、どうにか箸を進めているようだった。

食事が終わり、かの子が皿を下げると、是清氏は言った。

「さて、食後の飲み物は何がいいですか。日本茶も、紅茶も、珈琲《コーヒー》もご用意できますので、どれでもかの子さんに申し付けてください。ああ、ハーブティはやめておきましょう。双さんが苦手なようですからね」

各々がそれぞれ、飲み物をかの子に頼むと、桜がお双に訊《き》いた。

「お双さんは、ハーブティが苦手なのですか」

「えっ。ええ、ああ。はい」少々しどろもどろになりながら、お双は答える。「全部が全部、苦手ではないんですけれど、あた、じゃない、わたしは、さっきの、例のイヌハッカのお茶だけは、ちょっと」なぜか照れたような顔で、お双は言った。

「ああ、少しつんとして癖がありますものね。わたくしは好きなのですけれど、苦手な方のほうが多いですよね。では、他のハーブティを召し上がったことはありますか」

「いえ、ありません。いつも飲んでいるのは、出涸《でが》らしの煎茶《せんちゃ》ばかりなの、なんです」

焦っているせいか、うまく舌が回っていない。のみならず余計なことを口走る。隆一郎が忸怩《じくじ》して聞いていると、桜は首を小さく傾げて訊いた。

「お双さん、薔薇《ばら》の香りはお好き」

「薔薇、ですか」お双も倣うように、少し首を傾げた。「はい、好きです」

「そう、それならよかった」破顔すると、桜は言った。「実は、後で双さんにプレゼントしたいものがあるの。どうか楽しみにしてらしてね」

「おや、桜は双さんに何を贈るのかね」会話を聞いていた是清氏が、口元を綻《ほころ》ばせる。

「ごめんなさい、これは秘密の贈り物なのです」桜は、父親ににこりと微笑みを返す。

「秘密だと」是清氏は、渋い顔を作った。「おや、娘に親にもいえぬ秘密があると聞けば、父親としては気になるが、教えてはくれないのか」

「ごめんなさい、お父様」

「是清さん、たとい父親と娘であっても、秘密は穿鑿《せんさく》してはならないものですよ」千牧氏が口を挟む。

「それは、そうだが」なおも渋い顔の是清氏に、千牧氏は悪戯《いたずら》っぽい口調で言った。

「秘密《プライバシー》というものは、家族といえども尊重されねばならないものです」

「しかし、ううむ」返す言葉がないのか、是清氏は唸《うな》った。

「おやおや。あなたのお父様は、いまだ子離れができていないようですね」

千牧氏のその言葉に、桜は肩を竦《すく》めて答える。「そうなんです、千牧さん。お父様ったら、いつもこんなふう。あれはしてはだめとか、これはこうしなければならないとか。わたくしだって、もういい大人ですのにね」

是清氏は益々《ますます》、渋い顔になってしまった。

その会話はさながら、千牧氏と桜が結託して是清氏を遣《や》り込める、という構図だった。だが当の是清氏が、困った体でありながらも決して嫌なふうでないのは、おそらく、そういう会話を一種の愉《たの》しみとして捉《とら》えているからだろうと、隆一郎には思われた。是清氏は本心から娘の秘密を暴きたいなどと考えているのではない。単に、掛け合いを愉しんでいるだけなのだ。そのことを、千牧氏も桜もよくわかっている。

だから、このやり取りは、見ていて微笑ましいものだった。

にもかかわらず、そんな和やかな雰囲気を、梅の一言が台無しにしてしまう。

「あらお父様。お父様はいつも、お姉様のことばかり気に掛けるのですね」梅は、顎《あご》を突き出すと、きんきんと耳障りな、甲高い声で言った。「私のことなど、ちっとも穿鑿なさらないのに。秘密なら、私にだってたくさんありますのよ」

その棘《とげ》のある言葉に、是清氏の顔色がさっと変わる。

そこに竹蔵が、追い打ちを掛ける。

「ははは、梅よ、親父殿の依怙贔屓《えこひいき》が今に始まったことじゃないのは、お前もよく知っていることじゃないか。もっとも、ぼくやお前がわかっていても、当の親父殿はとんとわかっておられないようではあるがね。姉貴ばかりが優遇されるせいで、ぼくらが今まで、どれだけ不遇を託《かこ》ってきたか」

へらへらと、軽薄に笑いながら言うその内容は、しかし悪意に満ちている。

「お前たち、何だその言い草は。お客人もいるのだぞ」

是清氏が、厳しい言葉で二人をたしなめるが、梅と竹蔵の二人はむしろ食って掛かる。

「言い草も何も、親父殿の贔屓は本当のことでしょう」竹蔵は踏ん反り返って抗議する。

「今度の縁談だって、姉貴を嫁に出すでなく、どこの馬の骨とも知らん男をわざわざ婿に入れるとは、一体どういう了見なのですか。ぼくは聞いたことがないですよ、嫡子をさし置いて他家の男を長命寺の家に入れるなど。そんなに姉貴を手放したくないのですか。そういうのを贔屓というのではありませんか」

「そのとおりだわ」梅も負けずに言う。「お父様がお姉様ばかりお構いになるせいで、私はいつも貧乏籤《くじ》ばかりを引いているわ。着物だって、私にはお下がりばかり。どうでもいいことだけれど、私には大事なこと。だって、私もこの家の娘なんですもの。そう、お姉様は今度結婚するけれど、そのお相手だって、本当だったらこの私が」

「いい加減にしないか」

堪《たま》らず、是清氏が大声で一喝した。

言いたい放題の二人も、さすがに一瞬息を飲んで、言葉を止める。

しかし、ややあってから、竹蔵はちっと舌を鳴らした。「親父殿は、いつもそうだ」ぶつぶつと毒突きながら、目の前の珈琲を砂糖も入れずにずずずと下品な音を立てて啜《すす》る。梅もまた、ふんと鼻を鳴らすと、そっぽを向いてしまった。

こうして、折角の食後の団欒《だんらん》も、彼ら兄妹《きょうだい》のせいで、むしろぴんと張り詰めたようになってしまったのだった。

眉間《みけん》に皺《しわ》を寄せたまま、是清氏ははあーと長い溜息《ためいき》を吐《つ》く。ちょうどそのとき、階上の談話室で、振り子時計がぼうんぼうんと、微《かす》かな音を響かせる。

「先生、八時になりました」

良平がそっと、小声で是清氏に囁《ささや》いた。

是清氏は無言で頷《うなず》くと、小さく咳払《せきばら》いをしてから、居住まいを正した。

「お客人には、大変見苦しいところをお見せしてしまい、誠に申し訳ない。しかし今夜は、こんなつまらないことで内輪《うちわ》揉《も》めしている場合ではない。皆も知ってのとおり、桜を消失、いや誘拐せしめんと、魔術師が今夜零時に犯罪予告をしているのです。その時刻まであと四時間。我々は何としてもそれを防がなければならないのです」

是清氏は、桜に言った。「桜、お前はまた、部屋に戻っていなさい。そして、部屋からは決して出ないように。良平君、君は桜を部屋まで連れて行ってくれたまえ」

「はい」桜の後ろを、良平が追うようにして、二人は食堂を出て行く。

去り際、桜はお双の傍《そば》に駆け寄り、彼女に何やら耳打ちをした。それを聞いたお双は、「わかりました」と嬉《うれ》しそうに返事をすると、それから二人して何やら微笑み合った。

桜と良平の姿がなくなった後、隆一郎はお双に訊いた。

「お双さん、桜さんはあなたに、何を耳打ちされたのですか」

「ん。それは秘密」お双は、澄まし顔で答えた。「秘密《プライバシー》なの」

是清氏は言った。「他の皆様方には、特に行動を制限はしませんので、どうぞご自由にお過ごしを。ただし、十一時になりましたら、一旦《いったん》二階の談話室にお集まりいただくようお願いいたします。それと、かの子さん。魔術師が決して入って来られないよう、くれぐれも戸締りはしっかりと、厳重に」

「かしこまりました、旦那《だんな》様」かの子は、なぜか今しがた桜と良平が出て行った扉を、険しい表情で見つめながら、頷いた。

それから是清氏は、竹蔵と梅に向かって、眉間に皺を寄せて厳しく言った。「お前たちは、決して余計なことをしてはならない。それだけは肝に銘じておきなさい」

竹蔵は、やれやれとばかりに、西洋人のような両手を上に向ける仕草をし、一方の梅は、返事をすることもなく、相変わらずそっぽを向いたままだった。

　こうして、どうにも気まずい雰囲気を纏《まと》いつつも夕食会は終わり、一同は、食堂を後にしたのだった。

＊

「竹蔵さんと梅さんは、いつもああなのです」

　談話室に戻り、ソファに深々と腰掛けると、千牧氏は大きな息を吐いてそう言った。

「小さい時分は、二人とも可愛らしく聡明《そうめい》な子たちだったのですが」

　季節は春、とはいえ広い談話室は、夜ともなればしんと冷え込む。談話室には千牧氏と隆一郎、お双の他には誰もいない。隆一郎とお双は、千牧氏の向かいに並んで座った。肌寒いせいか、お双は隆一郎にぴたりと身体をくっつけた。

「もしかしたら、戦中戦後の一貫しない教育で、彼らの考え方が捻《ね》じくれてしまったのかもしれませんね」千牧氏はそう言ったが、隆一郎にはそれは違うように思われた。同様の教育を受けたのは、彼らだけではない。桜も、良平も、他ならない隆一郎自身もそうなのだ。とすれば、彼らが捻《ひね》くれてしまった背景には、何か別の原因がある。

　隆一郎は言った。「竹蔵さんと梅さんが、何を考えてらっしゃるのか、その真意はわたしには計りかねます。なかなか難しい方のようですね」

そもお双さん。わたしはそうは言っていませんよ」

隆一郎は、眉根《まゆね》を揉みながら答える。「身も蓋《ふた》もない言い方をしてはだめです。そも

「それって、あの二人は馬鹿ものだってこと」お双が、あっさりと言い放つ。

そのやり取りに千牧氏は、ははははと高らかに笑った。「確かに、あの二人は決して馬鹿ものではないでしょう。とはいえ竹蔵さんは、かつて高い学費を払って入った私学を放逐された過去があると聞いていますし、梅さんも、高校には進学しませんでした」

「学のあるなしだけが、智恵を証明するものではありません」

「そのとおりです。しかし、能力があるのに勿体《もったい》ないことだとは思います」

「それに比べて桜さん、すてきな人ですよね」お双が言った。「あたし、憧《あこが》れます」

千牧氏は、うむと頷いた。「そう。桜さんはとても頭がいい娘《こ》です。女学校から三田《みた》の短大も出ておられます。その上あの美貌《びぼう》。是清氏が桜さんを目に入れても痛くないほど可愛がる理由がわかるのではありませんか」

「確かに」靡《なび》く栗色の髪を思い出しながら、隆一郎は頷いた。

「いずれにせよ、これでお二人とも、長命寺家の方々について、概《おおむ》ね理解していただけたと思います。ところで」

千牧氏は、目の前で腕を組むと、隆一郎に訊《き》いた。「どう思いますか、葛切君」

「どう思うか、とは」

問い返す隆一郎に、千牧氏は言った。「魔術師に関してですよ。奴は今夜本当に来る

のでしょうか。今の時点で何か気づくことがあれば、教えていただきたいと思います」

隆一郎は、しばし考えてから答えた。「すみません。率直に申し上げて、いまだはっきりとしたことは、わたしには何もわかりません」

「そうですか」

残念そうな千牧氏に、隆一郎は言う。「しかし、気になったことがないわけでもありません。この点、まず逆にご意見をお聞きしたいのですが」

「どのようなことですか」

隆一郎は、一拍を置いてから言った。「先ほどの夕食会での竹蔵さんですが、わたしが見る限り、彼は『桜さんが婿を取る』という事実よりも『嫡子たる自分を差し置いて他家の男が家に入る』という事実に対し、拒否反応を示しているように思えました」

「確かに、そうかもしれませんね」

「竹蔵さんは、自分が長命寺家の跡取りになりたい、と強く思われているのではないのでしょうか」

千牧氏は、ふうむと唸《うな》ると、顎《あご》を摩《さす》りながら答える。「これまで、竹蔵さんがはっきりと『自分が家督を継ぐ』と主張したことはないと思います。しかし、彼は見てのとおりの人間です。それがわかっているからこそ、是清さんは彼を厳しく躾《しつ》けているのですが、竹蔵さんにとって、それは鬱陶《うっとう》しいだけとしか映っていないようです。だからこそ、少なくとも是清さんは、竹蔵さんを後継とすることを躊躇《ためら》われているのかと」

「だからこそ、大福誠氏を婿入りすることにも首肯できたというわけですね」そう言うと隆一郎は、姿勢を正した。「それでは、そのことも踏まえて、今、魔術師について、わたしが考えていることを申し述べましょう」密着していたお双も、隆一郎から離れるとすっと背筋を伸ばした。

「魔術師について。それが誰かということは、残念ながらとんとわかりません。そもそも架空の存在である可能性もありますから。しかし、思うに、魔術師が現実の人間であるとするならば、その者はすでに、この屋敷に侵入しているのではないかと思います」

「なんですって。魔術師はすでに、この屋敷の中のどこかにいるということですか」

「そうです。先ほどこのお屋敷を一廻《ひとまわ》りした際に気づいたことですが、この建物は、予想以上に堅牢《けんろう》で、侵入しにくい造りとなっていますね」

長命寺邸は、煉瓦《れんが》造りの頑強な建物だ。入口も玄関と車庫入口の二か所にしかない。

「魔術師は外にいると仮定します。すると魔術師は、本当の魔法を使わない限り、まずこの石造りの屋敷に何とかして侵入することを考えねばなりません。ですがそれは困難です。日本家屋と異なり、屋根裏、床下の隙間もなければ、壁を鋸《のこぎり》や玄翁《げんのう》で破ることもできないからです」

「だから、魔術師は現時点ですでに屋敷の中におり、どこかに隠れている。そう考えるのが自然だ、ということですか」

「すでに屋敷の中にいるというのは、そのとおりです。しかし」隆一郎は、声を潜めた。

「隠れてはいないと思います」

「葛切君、それは、まさか」

眉を顰《ひそ》め、語尾を濁した千牧氏の後を、隆一郎は継いだ。

「はい。わたしは、家人のどなたかが魔術師なのではないかと疑っています」

千牧氏は、じっと隆一郎の目を見ながら問う。「どうしてそう思うのですか」

隆一郎は、指を二本、立てて示す。「理由は二つあります。ひとつは、魔術師の行った一連の魔法は、家人の仕業と考えれば説明しやすくなること。もうひとつは、この屋敷には隠れ場所が少なく、見知らぬ誰かが隠れるのは難しいということです」

魔術師の行った魔法、例えば靴箱の上に茶封筒が出現するという魔法は、家人の仕業だとするとその魔法性は大きく失われる。夜、自室を脱け出してこっそりと茶封筒を置いてくればいいだけのことだ。

また長命寺邸は広い屋敷だが、ものを収納する場所には乏しい。洋館には、押し入れや納戸がないからだ。これは、人が隠れる場所に乏しいことをも意味する。現に、隆一郎のいる談話室には、人ひとりが隠れられる空間はどこにも見当たらない。

「外から誰かが侵入しても、隠れる場所はない。一方、この家の誰かが魔術師であると考えれば、魔法についてはもちろん、隠れる場所についても説明できる」

「そのとおりです」千牧氏の言葉に、隆一郎は頷《うなず》いた。「だから、繰り返しになりますが、家人のどなたかが魔術師なのではないかと、わたしは疑っているのです」

「具体的に、それは誰なのでしょう」

「さすがにそこまでは。家人の方は皆、それなりに疑わしいのです。つまり、竹蔵さん、梅さん、柏さん、かの子さん、そして長命寺さん」

「えっ、長命寺さんも」

「もちろんです」不思議そうな顔のお双に、隆一郎は諭すように言った。「たとえお父上であってもです。それ以外の方も、改めて不可能性が証明されない限り、除外することはできません」

「つまり、疑惑から除き得るのは、暴行を受け略取対象ともなった桜さんだけだと」

「そういうことになります」千牧氏に、隆一郎は再度頷いた。

隆一郎が学ぶ物理学。それは、厳密性が問われる学問だ。

そのような世界で研究をしている隆一郎は、可能性がどんなに低いとしても、それがゼロでない限り疎《おろそ》かにしてはいけないという信念を持っていた。それこそが、理の世界における原理原則だからだ。

そう考えると、容疑の射程から是清氏だけを除外する理由は存在していない。だからこそ、原則に則《のっと》り、是清氏もまた疑惑の対象とせざるを得ないのだ。

「ではどなたが魔術師と考えられるのか。残念ながら、そこまではわかりません。しかし先ほどの話を踏まえれば、竹蔵さんはやや怪しげに映ります」

「その理由は」

問う千牧氏に、隆一郎は答えた。「竹蔵さんには動機があるからです。竹蔵さんは次の家督を執りたいと思っている。しかし、大福誠さんが婿入りすれば、その家督を彼に奪われる」

「桜さんがいなくなれば、それを阻止できる。それが動機ですか」

「はい。そうなれば婚約は破談となり、竹蔵さんに家督が回ってくるでしょう」

「なるほど、しかし」千牧氏は、少し心配そうな顔になった。「この場合の、桜さんがいなくなるとは一体、どういう意味でしょうか」

「わかりません。いかに疎ましくとも、血を分けた実の姉君です。よもや危害を加えるとは思えませんが」

しかし、危害を加えない保証もない。そのことは、隆一郎は口にしなかった。

「ふうむ。葛切君の言いたいことはよくわかりました。しかし」千牧氏はゆっくりと、ソファの背凭《せもた》れに体重を預けた。「どうにも釈然とはしないのですが、そもそも竹蔵さんは、こういったことができる人でしょうか」

「というと」

「あの竹蔵さんがここまで緻密《ちみつ》に画策できるかということです。それに、魔術師のあの不可思議な魔法のイメージと、竹蔵さんの人格とは、どこかちぐはぐでもあります」

「確かに」

それは、隆一郎自身も感じている乖離《かいり》だった。

魔術師のすることは、どこかおどろおどろしく、繊細で、嫌らしい。竹蔵も嫌らしい言動を取るが、そこにはおどろおどろしさや繊細さはない。それが同一人物の仕業だと、直感的に首肯しがたいと千牧氏が言うのも、もっともなことなのだ。

だが、直感とは時に事実と大きく異なることがある。こと複雑な情緒を持つ人間であればこそ、意外な側面というものも存在しうることを、忘れてはならない。

直感は大事だ。だが直感とは、常に疑うべきものでもあるのだ。

ふうむ、と隆一郎が唸ったそのとき、不意に廊下の向こうに人影が見えた。

5

良平だった。

どこかの部屋から出てきたのか、それとも、最初からずっとそこにいたのか。

いずれにせよ、廊下の二十メートルほど奥に彼はいた。隆一郎には、良平が随分と遠くにいるように感じられた。改めて見れば、実に長い廊下だ。

良平はこちらに向かって、ゆっくりと歩みを寄せる。左手には何か短い棒のようなものを握っている。

やがて彼は、談話室で寛《くつろ》ぐ隆一郎たちの所まで来ると、言った。

「桜さんは、ご自室にお籠《こ》もりです。千牧さんも、皆さんも、どうかこちらでごゆっくりなさってください」

静かな口調だ。表情は変わらない。だから内心も読めない。

そのとき、お双がふと、顔を顰《しか》めた。

「おや」敏《さと》く察した隆一郎が、そっと問う。「どうしたのですか、お双さん」

お双は、一瞬俯《うつむ》いたものの、すぐに顔を上げた。「う、ううん。大丈夫」

「気分でも悪いのですか」

「あー、うん。ちょっと匂いがね」

「匂い」とは、何の匂いだろうか。

だがお双はすぐに、「あ、でも平気平気。大丈夫だよ。もう大丈夫」と表情を元に戻すと、良平に訊《き》いた。

「あの、良平さん、桜さんのお部屋って、どちらにあるのですか」

「この廊下の左手、十号室です」すぐに、良平は答えた。「扉に掛かっているプレートに、ローマ数字で『X』と書いてありますから、すぐにわかります」

「ローマ、数字」

きょとんとした顔のお双に、隆一郎は言った。「アルファベットで表現された数字の表記法ですよ。十はエックス、ばってんで示されます」

「ばってん」お双はばってん、ばってん、と何度も独り言のように繰り返すと、「ありがとうございます」と、何かを得心したかのように、良平に頭を下げた。

そんな様子を、少し訝《いぶか》しく思う隆一郎を尻目《しりめ》に、千牧氏は「ところで」と良平に尋ねた。「桜さんのご様子はいかがですか」

「さあ、どうでしょう」良平は、一呼吸を置いて答えた。「よくはわかりません。あまり僕に本音をお話しにはなりませんから。しかし、かなり参られてはいるようです」

「参られている」

「ええ。強がっていると言うべきでしょうか。やはり魔術師が怖いのだということなのでしょう。現に桜さんは、実際にご覧になってもいるのですし、なおさらです」

「魔術師のことですね。あの、道化師《ピエロ》のような格好でいたという」

「そうです」隆一郎の問いに、良平は、じっと眼差《まなざ》しを動かすことなく答える。「見てしまったから、なおのこと恐ろしいのでしょう」

「もしかして」千牧氏が訊いた。「良平君も見たのですか。その道化師を」

「いえ、僕は見ていません」良平は、すぐに否定した。「しかし、伝え聞く限りでは、顔を真っ白に塗り、原色の三角帽を被《かぶ》り、だぶだぶの繋《つな》ぎを着た魔術師が、窓の外でにやりと笑った後、ふっと消えたのだとか。何とも、薄気味の悪い話です」

瞬間移動術。物体出現、物体消失の謎は何とか説明ができても、これだけは隆一郎にもまったく見当が付かない。

ふうむ、と唸《うな》っていると、千牧氏が、良平の持っている棒を指差した。「ところで、何ですか、その、お持ちのものは」

「これですか」良平は、その棒を目の高さに掲げた。「懐中電灯です」

良平が親指でカチカチとスイッチを操作すると、棒の先端がぴかぴかと明滅した。

「何かあると困るので、念のため」

用意のいいことだ。だが何が起こるともわからない以上、準備には万全を期すべきだ。

「まあ、こんなものの出番はないほうがいいとは思いますが」そう言うと良平は、ほんの少しだけ口角を曲げた。

その表情が、何を意味するものか。無言で推量する隆一郎の横で、千牧氏は、良平にもソファに掛けるよう勧めつつ、言った。「ところで良平君。つかぬことを訊きますが、君には、件《くだん》の魔術師というものに、何か心当たりはあるのですか」

「心当たり。さあ」首を傾げつつ、良平は言った。「残念ながら何も。しかし、ちょっと気になることが、あると言えばある」

「なんですか、それは」

「皆さんはもちろん、桜さんが今、ご婚約をされているというのをご存じかと」

「ええ」隆一郎は頷《うなず》いた。「お相手は、大福商事の御曹司、大福誠さんですよね」

「その誠氏に、何者かが嫌がらせをしていると聞いたことがあります」

「嫌がらせ、ですか」

「ええ。誰からともわからない、大変に無礼な内容の手紙が、ひと月ほど前から度々、誠氏に対して送り付けられているのだとか」

「いわゆる、怪文書というものですね」

千牧氏の質問に、良平は首を縦に振る。「そうなります。具体的な被害が出ているわけではありませんから、大福家側では受け流しているらしいのですが、問題はその文書の出所です」

「出所。誰なのですか」

「竹蔵さんです」

「竹蔵さん」隆一郎は、眉《まゆ》を顰《ひそ》めた。「どうして彼の仕業だとわかるのですか。具体的に差出人の名前が書いてあるわけではないでしょう」

「ええ。しかし、あくまでも推測ですが」隆一郎の問いに、良平は淡々と続ける。「聞けば、怪文書にはしつこく『家督は竹蔵に継がせるべき』と書いてあるとのこと、また僕の知人で郵便局員をしている者も、以前、竹蔵さんが何度も、郵便局のポストに分厚い封書を投函《とうかん》しているのを目撃しています」

「つまり、その二つの事実を組み合わせることにより、竹蔵さんが怪文書の差出人だと推し量り得ると」

「そうなります」

「何か、いけ好かない」隆一郎の横で、お双が顔を顰める。「手紙で嫌がらせだなんて」

確かに稚拙な嫌がらせだ。少々呆《あき》れるが、とはいえ、このような手口は、むしろ竹蔵のイメージとしっくり合うようにも思われる。

「もちろん、僕はこのことを竹蔵さんに直接問い質《ただ》したわけではありません。しかし」

一旦《いったん》言葉を切ると、良平は、やけに低い声で述べた。「これが例の魔術師と関係がないとも言い切れない。僕は、そう思うのです」

＊

先生に報告があるからと良平が一階に下りると、再び談話室に三人が取り残される。

振り子時計がちょうど午後九時を指し、あの不愉快な鐘の音をぴったり九回響かせる。

気づけば、ついさっき、二階に上がってきたばかりだと思っていたのに、もう一時間が経過している。時というのはぼやぼやしているとあっという間に過ぎ去るものだ。アインシュタイン博士の相対論は、時間とは相対的に伸縮するものだと説いたが、あるいはこれも、似たようなものなのだろうか。

「ちょっと、失礼します」

不意にお双が、階下へ下りて行こうとした。

「おや、お双さん、どちらへ行かれるのですか」隆一郎は訊いた。

しかしお双は、なぜかもじもじとしながら、無言で隆一郎を睨《にら》む。

何のことかわからず、隆一郎が戸惑っていると、見兼ねた千牧氏が小声で言った。

「葛切君。察しなさい」

「ああ」なんだ、雪隠《せっちん》か。やっと理解した隆一郎は、大声で言った。「お手洗いなら一階にもありますが、二階の奥にもありますよ。一緒について行きましょうか」

「結構ですっ」お双は、つっけんどんにそういうと、ひらりと階段を下りて行った。

「おや、お双さん、何を怒っているのでしょう」

きょとんとする隆一郎に、千牧氏は興味深そうに言った。

「ふーむ、『秀才といえども疎き女心』」

「何のことです」

「さて、何のことでしょうね。おお、そうだ」千牧氏は、老境らしからぬ素早さで腰を上げると、「私も、是清さんに話があったのでした」と言い、階段をさっさと下りて行ってしまった。

こうして隆一郎は、いきなり、ひとり談話室にぽつんと取り残された。

しんと静まり返る部屋。こち、こちと、規則正しく打たれる振り子の音。

手持ち無沙汰《ぶさた》な自分に、照れ隠しをするように、隆一郎は改めて辺りを見回した。

部屋の中央と四隅に吊られたシャンデリアが、輪郭のはっきりしない橙色《だいだいいろ》の光を降り注いでいる。薄暗いのだが、洋風建築にあまり馴染《なじ》みのない隆一郎には、それが却《かえ》って幻想的に見えた。しかし、幻想的なのはそのせいだけではない。中央に、ソファとテーブルの一式があるほか、壁際に、暖炉と、調度品がポツポツと置いてあるだけの部屋。

なにしろ広すぎる。非現実的に思えるのもそのせいだと、隆一郎は気づいた。何しろ、普段はせせこましい六畳一間に二人、正確にはひとりと一匹が押し込まれているのだ。それが途端に、広い空間にひとり放り出されたのだから、現実感が伴わないのも、当然のことだ。

そして、どうにも落ち着かなかった。

仕方なく隆一郎は、気晴らしに館の中をぶらつくことにした。

いや待てよ、自分がいないとお双が戻ってきたときに不安に思うのでは。ふとそういう心配も頭を過《よぎ》ったが、なに、出歩くのもほんの十分ほど、すぐに戻ってくれば大丈夫だろうと思い直し、隆一郎もまた、腰を上げると、階段を下りることにしたのだった。

＊

一階の大広間は、三面ほとんどすべてが床まで届く黒いビロードのカーテンで覆われていた。一か所だけ覆われていないのは玄関だが、その扉はぴたりと閉じられている。広間の中央に大きなシャンデリアが下がっているほかに灯《あか》りはなく、広い空間の四隅は光が届かず真っ暗だ。隆一郎はふと、まるでそこから先は壁ではなく、どこか別の世界にでも続いていくかのように錯覚した。

大広間には、誰もいないようだった。

物音ひとつしない。隆一郎はゆっくり部屋の中央に歩み寄ると、天井を見上げた。シャンデリア。談話室のものよりもひと回り大きく、かつ古い。ところどころ金のメッキが剝《は》げ、真鍮《しんちゅう》の台金が露出している。無数の豆電球が、浅い椀《わん》型の小さな台座に取り付けられていた。おそらく、かつてその台座には本物の蠟燭《ろうそく》を立てていたのだろう。

しばらく、隆一郎がぼんやりと天井を見上げていた、その時。

「ふふ、ふふふ」

不意に、どこからか押し殺したような笑い声が、背後から聞こえた。

それは、男のものとも女のものともつかない、薄気味の悪い声。

隆一郎はさっと振り向き、その声のした方向に目を凝らす。だがそこには、ただ黒い闇が広がるばかりだ。

眉を顰めつつ、隆一郎はややあってから思う。もしかして、気のせいだったのかしら。

だが、徐々に暗さにも目が慣れてくるにつれ、彼はふと妙なことに気づいた。

部屋の角、その奥で、どろりと垂れ下がった黒いカーテンが、微《かす》かに靡《なび》いているのだ。

窓が開いて、風でも吹き込んでいるのだろうか。

いいや違う、と隆一郎は首を横に振る。是清氏は先刻、「くれぐれも戸締りはしっかりと、厳重に」とかの子に命じていた。その命に、かの子はきちんとしたがったはずで、ならば窓が開いているはずもない。

だとすると。

「ふふふ」またも不気味な笑い声が聞こえた。今度は気のせいなどではない。

しかも、今度はもっと驚くべきことが起こったのだ。

隆一郎の目前、その不気味な声がした辺り。そこをよく見ると、ビロードのカーテンの上を、何かがゆらゆらと動いているのだ。

思わず隆一郎は息を飲んだ。

それは、顔。眉の下まで黒い髪の毛が垂れ下がった人の顔だったのだ。

しかもその顔には、あるべき首から下が付いていなかった。つまり、黒いビロードを背景にして、不気味な顔だけが、上へ、下へと動いているのだ。

顔の中央で、口が横に裂け、ぬらりとした紫色の口中が見えていた。

今やそこから、「ふふふ、ふふふ」という笑い声が、疑いようもないほどにはっきりと隆一郎の耳に届いていた。

何という不気味な出来事だろうか。ぼんやりとした薄明かりに照らされ、人間の顔がゆらゆらと空中に浮き、笑い声を発しているのだ。

もしかすると、これこそが魔術師なのだろうか。顔だけとなった魔術師が、禍々《まがまが》しい魔術を駆使して、厳重に戸締りをしたはずの邸内に現れたということなのだろうか。

しかし一方、隆一郎は、それを見ても驚愕《きょうがく》の表情を見せることなく、ただ悠然と笑っているだけだった。

なぜなら隆一郎には、それが何なのか、すでにわかっていたからだ。

「悪戯《いたずら》は止めませんか。竹蔵さん」

ゆらゆらと動いていた顔が、ぴたりと止まり、その醜怪な笑みもすぐにつまらなそうな表情に変わった。「何だ、ばれてたのか」

「ええ。少々びっくりはしましたが、すぐ気づきました。それにしても、面白いですね。薄暗がりでカーテンの切れ目から頭を出すというだけで、こんなふうに見えるとは」

小さいときに見たサーカスを、隆一郎は思い出していた。黒い緞帳《どんちょう》を背景に、ピエロの首だけが胴を離れ、何メートルも宙を舞って見せるという出し物だ。

あのころは驚いたものだが、今にして思えばあれも単純な原理だ。実はピエロには胴の役をするものと首の役をするものの二人がいるのだ。胴役のものは顔を緞帳の後ろに隠し、首役のものは首から下を緞帳の後ろに隠す。それから首役のものが首だけを出したまま、緞帳の後ろで梯子《はしご》を上り下りすれば、まるで首が宙を舞ったように見える。

竹蔵がやったことも、これと同じトリックであることは明らかだった。

彼は、黒いカーテンの向こうから出てくると、前に垂らした髪の毛を掻《か》き上げ、右手で丁寧に後ろに撫《な》で付けながら言った。「さすがに大人には通用しないな。梅はまだ小さいころ、これで号泣したのだぜ」

隆一郎は尋ねた。「ところで竹蔵さんは、ここで何をなさっていたのですか」

「ぼくがか。ああ、これだよ、これ」そういって竹蔵は、煙草を吸う仕草をした。「暗闇を見ながら煙を呑《の》むのが、ぼくは好きなんだ。きみは、ええと、確か」

「葛切です」

「そうそう、葛切君だったな。きみ、煙草はやらないのか」

「ええ。噎《む》せてしまうので」

「なんだい、軟弱だな」そういうと、へへへと竹蔵は下卑た笑いを見せた。「車もそうだが、煙草も大人の男の嗜《たしな》みというものだぜ」

「そうですね」決してそうは思わないが、面と向かって反論する理由もない。相槌《あいづち》を曖《あい》昧《まい》に打って、その場を去ろうとした隆一郎に、竹蔵が不意に言った。

「ところで葛切君。きみは大学で科学を勉強しているんだろう」

「ええ。物理学を専攻しています」

「科学の中の科学《サイエンス・オブ・サイエンス》だな。数学は科学の女王だとのたもうた学者がいたが、とすると物理学は差し詰め、科学の王といったところか。さて、そんな科学に詳しいきみに訊《き》きたいんだが、きみ、魔術師は本当にいると思うかい」

「魔術師」不意な質問に、隆一郎は目を細める。

「そう、魔術師だ。今夜、姉貴を消してみせると嘯《うそぶ》く例の魔術師だよ。きみは、本当にそんなものがいると思うか」

竹蔵の言葉は、先刻までとは打って変わったような真剣味を帯びている。まるで隆一郎の内心を覗《のぞ》こうとしているかのようだ。その問いに、隆一郎はややあってから答える。

「どうでしょうか。わたしにはわかりません。いるかもしれないし、いないかもしれない。しかし、少なくともわたしは、魔術師のよからぬ企《たくら》みを防ぐ手助けをするため、ここにお邪魔しています」

「助《すけ》っ人《と》か、そいつは実にご苦労な話だ。だが」竹蔵は、ふんと鼻から息を吐いて言った。「ぼくの考えを申し上げれば、魔術師などいないと思う」

「なぜ、そう思われるのですか」隆一郎が訊くと、竹蔵はすぐ、神妙な面持ちで言った。

「すべて、親父殿の芝居だからさ」

「是清さんの芝居」意外な言葉に、隆一郎は思わず鸚鵡《おうむ》返しのように答える。

「そうさ。これはすべて親父の猿芝居、つまり狂言なんだ。ぼくらはその狂言にしてやられた。

芝居とはどういうことか。隆一郎は、数秒を置いてから訊いた。

「そう言われるのには、何か根拠がおありなのですか」

「もちろん、あるとも」竹蔵は頷《うなず》いた。「きみに内情を暴露するのはいささか心苦しいのだが、この家はね、実は負債塗《まみ》れなんだよ。何千万も借金をして、首が回らなくなっている。それこそ、もう、にっちもさっちも行かない状態だ」

竹蔵は、ククと喉《のど》の奥で笑うと、無言の隆一郎に続ける。「資産家と言いつつ、長命寺家はすでに資産の大半を失っている。親父殿はぼくらにそれを必死で隠しているようだが、わざわざ帳簿に目を通さなくとも、そのくらいのことは簡単にわかるものさ。使用人だとか食事だとかを注意深く見ていればね。このままで行きゃあ、そうだな、長命寺家はあと数年で破産してしまうだろう」

「破産、ですか」

「そうさ。まあ持って十年だな。それくらいのところまで追いつめられているんだよ。だから、その状況を何とかして打破すべく、親父殿は、借金相手と縁組を行ったんだ。姉貴を人身御供《ごくう》に、しかも婿取りと、借金をちゃらにすることとを交換条件にしてね」

「その相手が、大福誠さんだと」

「なんだ、よく知ってるじゃないか。さすがは助っ人だな。まあ親父殿にしてみれば、ぼくではなく、姉貴に家督を譲るいい口実にもなると思ったのだろうな。なにしろ、ぼくは親父殿に随分と嫌われているからね。それにしても、この縁談にぼくは焦った。大福誠などという男に家に入られては、ぼくの計画が台無しだ」

「計画とは」

「ああ、大したことじゃないよ。忘れてくれ。それにしても、親父殿は高邁《こうまい》な思想をお持ちだが、しかし折角の資産を運用するという才がまったくないのだね。うまく立ち回れば、大福への借金を返せるどころか、新たな財も成せるというのに。しかし、だ」竹蔵は悔しそうに下唇を嚙《か》んだ。「結局この縁組についても、大福氏の方が一枚上手なのは明らかなのだな。大福氏はね、誠に婿入りをさせるだけじゃなく、家督も執らせて我が長命寺家の乗っ取りを企んだというわけだ。もっとも、さすがの鈍感親父も、最近ようやくそのことに気づいたようだがね」

「ふうむ」頷きつつ隆一郎は、それまでの竹蔵の印象を改めねばならないと感じていた。竹蔵は、言動や周囲の評価に反し、思いのほか思慮深く、頭が切れる一面もあるのだ。

「しかし今さら、縁組を理由もなしに白紙には戻せない。そこで親父殿は考えた。娘がどこぞの誰かにさらわれてしまえばよいとね。そうすれば、婚約を履行しなくてもよい、いい口実になる」

「ははあ、それで魔術師というわけですか。婚約不履行の責をすべて委細不明の魔術師に押し付けてしまおうと。しかしよしんばその企みが成功したとて、借金まで棒引きになるわけではありません。依然として問題は残るのではありませんか」

「そう、そこだよ」竹蔵は、人差し指を立てて隆一郎に示した。「実はね葛切君。親父殿は、姉貴に保険を掛けているのだ」

「保険、ですって」

「そう、生命保険だ。姉貴には小さなときから、月極《つきぎ》め数万円の高額な保険が掛けられている。そんな保険、ぼくや梅にはちっとも掛かっていないことを考えれば、親父殿の贔屓《ひいき》ぶりがよくわかると思うが、それはさておき、姉貴が失踪《しっそう》したとなれば失踪宣告が下りる。失踪宣告が下りればこれは法律的には死んだのと同じことだから、莫大《ばくだい》な保険金も下りる。つまりそれで借金が返せてしまうという寸法だ」

「なるほど」隆一郎は、相槌を打った。

失踪宣告による、保険金の受領。これをもって借金返済に充てる。確かにいい方法のようだが、しかしこれはれっきとした詐欺、犯罪でもある。そんな犯罪に、あの是清氏が手を染めるということがあり得るだろうか。それとも、是清氏ほどの人物でも、法に触れなければならないほど切羽詰まっているということなのだろうか。

竹蔵はなおも、言った。

「だから今夜零時、姉貴は間違いなく消失するだろう。しかし、それは魔術師の仕業ではない。親父殿の仕業なのだよ。すなわち、きみたちは、姉貴の消失を防ぐために呼ばれたのではない。消失の事実に確からしさを与える証人となるべくして呼ばれたのだ。だから、さっきも言ったけれどね」再び、竹蔵はククと笑った。「実にご苦労な話だと思うのだよ。狂言師に振り回されるきみたちにはね」

竹蔵の話は、一貫しており淀《よど》みがなく、説得力もある。

娘が誘拐されたことになれば、当然縁談は御破算になる。保険金で借金も返済できる。是清氏にとっては一石二鳥の方策ではあるのだ。しかも、これまでの魔術師の話がすべて是清氏の狂言であるという前提に立てば、あの不思議な魔法にも説明は付しやすい。

考え込む隆一郎に、竹蔵は言った。

「とにかくだ。姉貴がいなくなれば、家督がぼくに回ってくるのは確実。であれば、魔術師が親父だろうがそうでなかろうが、どうぞお出ましいただきたいと喜んでいるというわけさ。まあそれまでは、ただぼくは馬鹿息子《ボンボン》の役回りのみ演じ奉らん」

竹蔵は、大仰な仕草で懐から紙巻き煙草を一本取り出すと、マッチで火を付け、旨《うま》そうに煙を含んだ。「喜ぶといえば、かの子ちゃんも喜ぶだろうな」

「かの子ちゃん。使用人のですか」

「ああそうだよ。あれ、もしかしてきみは、かの子ちゃんの事情までは知らないのかい」隆一郎が知らない情報があることが嬉《うれ》しかったのか、竹蔵は得意気に言った。「かの子ちゃんは、姉貴がいなくなるのであれば、こんな嬉しいことはないだろうよ。なにせ、良平君に大層ご執心だからね」

「…………」

「察しが悪いなあ、きみは」首を傾げた隆一郎に、竹蔵は揶揄《やゆ》するように口端を歪《ゆが》めた。「要するにだ、良平君は姉貴に好意を持っている。しかしかの子ちゃんは、そんな良平君のことが好きだ。言わば三角関係が成立しているというわけさ」

「ああ、なるほど」隆一郎は得心しつつ訊き返す。「それにしても初耳です。柏さんは、桜さんのことが好きなのですか」

「うん。見ていてわからなかったのかい」

「ええ、ちっとも」隆一郎は、頭を掻《か》いた。無表情な良平から、残念ながら隆一郎は、実直木訥《ぼくとつ》な書生の姿しか察することはできなかったのだ。

「何だい、鈍感だな、きみは。まあもっとも姉貴は別に良平君のことをどうとも思ってはいないから、叶《かな》わぬ恋というやつになるのだろうがね。良平君も、姉貴の名前よりも、苗字《みょうじ》に興味がある風でもあるようだから、そこは構わないのかもしれないが」

名前よりも苗字に興味がある、とはどういうことだろうか。

「とはいえ、良平君が姉貴にご執心なことに変わりはない、この事実にかの子ちゃんは歯嚙みしている。想い人が自分の方を向いてくれないのだから当然だろうな。そのせいかどうかは知らんが、ここのところ姉貴に嫌がらせまでしていたらしいぞ、彼女は」

「えっ、そうなのですか」

「ああ、そうだよ」竹蔵は、大袈裟《おおげさ》に頷いた。

かの子は良平のことを想っている。そう言われてみれば確かに、夕食が終わった後、食堂から桜を伴って良平が消えたとき、かの子はなぜだか険しい顔をしていた。その表情の意味を、今さら隆一郎は得心する。彼女は、激しく桜に嫉妬《しっと》していたのだ。

もちろん、かの子は使用人の立場であり、桜はかの子が仕える家の令嬢だ。上の立場のものが下の立場のものを虐《いじ》めることはよくあるが、よもやその逆があるとは。

「わかる、わかるぞ、きみの考えは」竹蔵はにやりと口角を上げた。「葛切君、使用人がよくもそんなことをできるものだと、そう思っているのだろう。しかし、かの子ちゃんはな、あれでなかなかしたたかなんだぞ。姉貴に自分の仕業とわからないように嫌がらせをしたり、ばれないように梅と結託したりもしているのさ」

そう言うと竹蔵は、懐から取り出した銀色の携帯灰皿に、潰《つぶ》した吸い殻を丁寧にしまい込んだ。「そんなだから、姉貴がいなくなれば、かの子ちゃんは喜ぶのは間違いないと思うんだがね。おや」

突然、竹蔵が階段の方を向いて、目を細めた。

「あれ。ううむ」

「どうなさったんですか」

つられて同じ方向を向いた隆一郎に、竹蔵は盛んに目を擦《こす》りながら言った。

「いや、見間違いかな。今、あの階段を、何だろうか、大きな灰色の、鼠か、鼬《いたち》か、そんなものが素早く上るのが見えたような気がしたんだが」

気のせいかな、と首を捻《ひね》る竹蔵を尻目《しりめ》に、実は隆一郎には、その正体がわかっていた。

戸締りをされた館に、そんな大きな動物が入ってくるはずはない。とすれば、それは、初めから中にいたのだ。そして、初めから中にいるものといえば、人間と、そして。

猫又お双だけ。

おそらく今、お双は、猫の姿になって階段を駆け上がって行ったのだ。人の姿でいればいいものを、なぜわざわざ猫になったのかといえば、きっと竹蔵に絡まれるのが嫌だったからに違いない。

しかし不用心だ。猫の姿で屋敷の中をうろついて、誰かに見付かったら、一体どうするつもりなのだろうか。

今すぐ竹蔵に中座を申し出、お双を捜そう。そう思いつつ隆一郎は竹蔵に、最後に大事なことを訊《き》いておく。

「ところで竹蔵さん、二つばかりお教えを願いたいのですが、よろしいですか」

「ん、なんだね」

「この屋敷には、どの扉の鍵《かぎ》も開けられるオリジナルキーの鍵束がある。そう聞いているのですが、それは、どなたがお持ちなのですか」

「ああ、それか」慇懃《いんぎん》な尋ねぶりが奏功したのか、竹蔵は訝《いぶか》る素振りも見せず、すぐに答える。「あれは確か二つある。どちらも親父殿が保管していたはずだが、今は、うち一束をかの子ちゃんが持っているんじゃないかな。戸締りに必要だからね」

「ということは、もう一束については、変わらず是清さんがお持ちだと」

「そうなるね」

「なるほど。ではもうひとつ。その鍵束で皆さんの部屋を開けることは可能ですか」

「皆さんの部屋って、ぼくらの部屋や、親父殿の書斎のことか」

「ええ。特に、二階の一号室から十三号室について」

「もちろん、開けられる。オリジナルキーだから当然だ。二階の部屋は、それぞれに鍵があるから、それを使っても開けられる。その鍵は、それぞれ各部屋の主に渡されている。例えば」竹蔵は、懐から小さな銀色の鍵を取り出した。その鍵には、「XI」という刻印がなされていた。「これは十一号室、つまりぼくの部屋の鍵だ」

「その鍵で、ほかの部屋の鍵を開けることはできますか」

「そりゃあ無理だよ。これはあくまで十一号室の鍵だからな。もし、どの部屋にも自由に出入りしたいなら、やはりオリジナルキーの鍵束が要るな」

「オートロックにより、部屋の内側にいるときにも、鍵が必要になると聞きましたが」

「そのとおり。我が家はどうにも煩雑な造りをしていてね。扉はオートロックで勝手に鍵が掛かってしまうし、それを開けるためには、部屋の中にいても外にいても、鍵が必要だ。だから自分の部屋の鍵は決して手放せないんだ。それにしても」竹蔵は訝しげに言った。「根掘り葉掘り、いちいちなぜそれをぼくに訊く。何だか怪しいな」

目を眇《すが》める竹蔵に、隆一郎は、澄ました顔で答えた。

「狂言回しにされる側も、何かと苦労が多いのですよ。竹蔵さん」

＊

談話室に戻るが、誰もいなかった。

もちろん、お双の姿もそこにない。

竹蔵が見た、鼠だか鼬だかは、おそらくお双のシルエットに違いない。それが階段を上がって行ったのだから、二階のどこかにはいるはずなのだが。

もしかしたら、猫の姿で家具の裏か下にでも隠れているのだろうか。そう思い、「お双さん」と遠慮がちに呼び掛けてみる。

だがやはり、返事はない。

一体、お双はどこへ行ったのかしら。隆一郎が首を捻っていると、廊下の向こうで、左側の扉が開き、誰かが出てきた。

「あっ、お双さん。あんなところに」

扉から出てきたのは、人の姿のお双だった。

出てきた部屋は、廊下の左側。おそらく桜の部屋だろう。もっとも、長い廊下に同じ扉がいくつも並んでいるので、そこが間違いなく桜の部屋であるという確証はない。

お双は、談話室の隆一郎に気づくと、満面に笑みを湛《たた》えながら、ぴょんぴょん跳ねるようにして駆け出した。

「リューイチロー」

そして、あっという間に隆一郎の傍《そば》まで走ってくると、お双は、よく懐いた犬のように身体を隆一郎になすり付ける。

しかし、隆一郎は、冷ややかに言った。

「お双さん」

「なに、リューイチロー」

「あなた、先ほど、猫の姿になっていませんでしたか」

「あー」お双は、一瞬しまったという顔をすると、視線を逸《そ》らした。「そう、かな」

「竹蔵さんに、見られていましたよ。不用心なのではありませんか」

「んー、そうかもしれないけれど、でも大丈夫、大丈夫」

「大丈夫ではありません。お双さん、あなたが猫又だとばれたら、どうするのですか」

その人のためとあらば、言うべき時には言わねばならない。あえて厳しい表情を作り、隆一郎はお双を咎《とが》める。

だがお双は目を伏せると、口を尖《とが》らせた。「でも、ばれてないもん」

「ばれなかったのはたまたまです。竹蔵さんはあなたのことをしっかりと見ていましたよ。幸い見間違いだと思ってくれたようですが、もし『猫が忍び込んでいるぞ』と騒ぎ出したらどうするつもりだったのですか」

「そのときは、隆一郎が何とかしてくれるもん」

「わたしにだって、どうにもできない場合はあります」

「………」

「ただの猫騒ぎで終わればまだいいでしょう。しかしもし、猫から人へ変身するところを見られていたらどうするのですか。まかり間違えば、あなたが猫又だと露見してしまうのです」

さすがにお双も、ことの深刻さを理解したのか、神妙な面持ちになる。

ようやく、身に染みたようだ。隆一郎は一転、優しく諭すように言った。「お双さん。わたしは、あなたを世間の好奇の目に曝《さら》したくはないのです。下手をすれば、あなたとわたしとが一緒に住めなくなってしまうかもしれない。それでもいいのですか」

「あたし、隆一郎と離れ離れは、嫌だ」

「ならば、どうすべきですか」

お双は大変しおらし気に項垂《うなだ》れると、か細い声で鳴くように言った。

「ごめんなさい。不用意に変身しないように、これから気をつけます」

「わかってもらえれば、いいのです」

　隆一郎は思わず、目に涙さえ溜《た》めたお双の頭を撫《な》でた。お双は、肝心なところで何とも可愛らしい猫又なのだ。

「随分と厳しいことをいって、すみませんでした。それにしても」隆一郎は、いつもの口調に戻る。「今までどこに行っていたのですか」

「あのね」顔を上げると、お双は満面に笑みを浮かべて言った。「桜さんのところ」

　今泣いた鴉《からす》がもう笑う。

　呆《あき》れる隆一郎を尻目に、お双は捲《まく》し立てた。「それでね、部屋に行ったら桜さんが、ああでも、その前に下に行ってね、あたし、色々と盗み聞いてきたの。お手洗いの前に梅さんとかの子さんがいてね、それで」

「ちょ、ちょっと待ってください」勢いに若干たじろぎつつ、隆一郎は言う。「いっぺんにいわれても咀嚼《そしやく》できません。順を追って、ゆっくりと話してくれませんか」

「あ、ごめんなさい」

　ようやく、自分が興奮していることに気づいたのか、お双はぺろりと舌を出すと、可愛らしく深呼吸を挟み、軽く咳払《せきばら》いをしてから、この数十分の出来事を、縷々《るる》話し始めた。

＊

大広間から食堂を抜けて、左手のお手洗いに入って、それで、そこから出ようとしたとき、ちょうど洗面所の前で、梅さんとかの子さんが、ひそひそと立ち話をしていたの。二人とも、なんだか真面目な顔で、辺りを気にしながら話し込んでいた。だからお邪魔をしたら悪いと思って、あたし、その場をそっと立ち去ろうとしたんだけれど、いきなり梅さんが大声で「誰っ」て叫んで、キッとあたしの方を見たんだ。

「そこに誰かいるの」

びっくりしたあたしは、咄嗟《とっさ》に猫の姿になって、用具箱の中に隠れたの。別に何も悪いことをしているわけじゃないけれど、なんだか見付かっちゃいけないような気がして、あたし、必死で息を潜めて、そこにいることがばれないようにしたの。

「おかしいわね、誰もいないみたい」

「気のせいではありませんか、梅様」

「そうかしら。確かに今、あの辺りに影がちらりと見えたような気がしたんだけど」

梅さんはそう言うと、首を捻《ひね》りながら、またかの子さんと話し始めたの。あたしね、その妙に警戒しているような素振りを見て、この人たち、何か悪巧みでもしてるのかしらと思って、その話を盗み聞きすることにしたの。もしかしたら、例の魔術師と関係があるかもしれないから。

　そしたらね。

「とにかく、お姉様なんか、さっさといなくなってしまえばいいんだわ」

「梅様、そのようなことを大声でおっしゃるのは」

「あら、かの子さん、あなただって本当はその方がいいと思っているんでしょう。お姉様のことが疎ましくて仕方がない癖に」

「…………」

「随分と庇《かば》ってあげてるんだから、恩に着なさい。この件については私たち、一蓮托《いちれんたく》生《しょう》なのよ。お姉様がいなくなりさえすれば、あなたは愛《いと》しの良平さんを得られる。私もお姉様の代わりに大福さんと結婚できる。すべては丸く収まるんだから」

「本当に、桜様がいなくなれば、良平さんはわたくしのことを見てくれるでしょうか」

「当たり前よ。今は、ああ、怒らないでね、確かに良平さんがお姉様だけを見ているのは事実。でもそれはね、悪い流行病《はやりやまい》に冒されているだけなのよ。熱に浮かされれば、誰だって正しい判断はできなくなるもの。お姉様がいなくなって、熱さえ冷めれば、良平さんも、自分にとって誰が一番相応《ふさわ》しいかがわかるはずよ」

「そうなれば、梅様も、大福様と結婚できる」

「一蓮托生、ですから」

「そういうこと。何よ、よくわかってるンじゃない」

ここで、梅さんとかの子さんは、二人して怖い顔で笑ったの。ふふ、って。

「まあでもね、私が大福さんと結婚したいのは、あなたと違って、別に恋が理由じゃないんだけど」

「そうなのですか」

「そうよ。確かに大福さんはいい男だけど、それよりも私が狙っているのは、お金よ、お金。使用人のあなたはわからないかもしれないけれど、私、深窓の令嬢の癖して、ちっとも自由になるお金を持っていないのよ。お父様は、お姉様にばかり構って、私には鐚《びた》一文使おうともしない。私のお財布の中はいつも小銭ばかりがちゃらちゃらしているの。アア、こんなつまらない、窮屈な人生は、もうたくさん」

「でも、大福さんは大層倹約家だと伺っています。ご結婚なさっても、お金は自由にならないのでは」

「ふふん。そンなの、どうということはないわ。奥方の座に納まったら、尻《しり》に敷いて言いなりにしてしまえばいいだけのこと。男なんて、単純なものだから」

「な、なるほど」

「それでお金さえ手に入ってしまえば、こっちのものよ。かの子さん、あなた、金は天下の回り物という言葉を聞いたことはある」

「諺《ことわざ》ですか」

「そうよ。資本主義というやつね。そしてお金はね、お金を生むの。寂しがり屋だからね。そして私も寂しがり屋。だから私にはお金が必要。もちろん少額じゃだめ。少ないお金じゃあ、ほんのちょっとのお金しか生んでくれないからね」

「は、はあ」

「だから私は贅沢《ぜいたく》するのよ。お父様にはよく咎められるけれど、それはお父様の考えがちょいとばかり古臭いというもの。さっき言ったのと同じ理屈で、必要な贅沢は、より大きな贅沢を呼んでくれるのよ。これを投資という」

「……………」

「あなたには難しかったかしら。まあいいわ。それより鬱陶《うっとう》しいのは、お兄様よ」

「竹蔵さん、ですか」

「お父様は気がついていないようだけど、お兄様は、ああ見えて相当なタマよ」

「タマ」

「猫かぶりだってこと。お父様の前では馬鹿息子を装っているけれど、裏では全然違う。本当はとても切れるのよ。悪知恵が利く、って言った方がわかりやすいかしら」

「悪知恵」

「そう。お父様はお兄様に完全に騙《だま》されている。お父様だけじゃない。千牧さんだってたぶん、お兄様はどうしようもない男だ、としか思っていないんじゃないかしらね。皆、騙されているのよ、お兄様に」

「なぜ、竹蔵様はそのような、韜晦《とうかい》を」

「長命寺家の跡を継ぐためよ。家長になれば、我が家の財産を思うさま使えるからね」

「竹蔵様はご長男です。何をせずとも、跡取りになられるのではないのですか」

「昔だったら、そうね。でもそんなの、今はどうとでもなる。そういう法律に変わったンですって。だから、誰に家督を継がせるのかはお父様の胸ひとつってこと。お兄様じゃなくて、お気に入りの誰かに家督を譲るのも、お父様次第ってわけ」

「つまり是清様は、お気に入りの桜様に、家督を継がせようとなさっていると」

「そういうこと。だからこそ、お兄様は焦ってるのよ」

「でも、それならなおのこと、なぜ馬鹿のふりをなさるのでしょう。それでは益々《ますます》、是清様の心証を悪くしてしまうだけなのでは」

「それはね、お兄様はいくら努力をしても、お姉様には敵《かな》わないとわかっているからよ。お兄様がどれだけ品行方正な男になったとしても、お父様が目の中に入れても痛くないと思っているお姉様を超えることはできないの。それは、能力的なものじゃなくて、感情的なもの。お兄様が『依怙贔屓《えこひいき》』っていった理由がわかるでしょう」

「でもそれで、馬鹿のふりをする、というのは」

「何よ、鈍いわね。要するにお兄様は、馬鹿を装いながら、この長命寺家の家督を力尽《ちからず》くで奪い取ろうとしているのよ。もはや正攻法じゃ長命寺の家督は継げないとわかっているから、そうやってお父様を油断させて、下剋上《クーデター》の機会を虎視眈々《たんたん》と狙っているのよ。司馬仲達《しばちゅうたつ》も真っ青だわね」

「なるほど」

「そう考えると今回の件は、もしかするとお兄様の差し金なのかもしれないわね。まあ、お姉様をどうするにしろ、私の上にはお兄様がいる。いずれにしても、お兄様をうまいこと操縦しないことには、私たちの思いどおりにはならないわね」

「はあ」

「はあじゃないわよ。あのね、もしお兄様がこの長命寺の家をどうこうできる立場になったとして、もし『梅、お前はあの貧乏学生と結婚せよ』とか、『良平は顔が気に食わないから暇を出してやる』とか言い出したら、どうするつもりなのよ」

「あっ、それは困ります」

「でしょう。まあ、その辺は私がどうとでもするわ。それに、少なくとも今のところは、お姉様が邪魔臭いという点で、お兄様と利害関係は一致しているからね。そのためにこれまでも、色々とやってきたんじゃない」

「そうですね」

あ、悪巧みだ。

そう思ったとき、たぶん背中の毛が逆立っちゃったんだね。間が悪いことに、あたしが入っていた用具箱の中で、たわしがぽとんと落ちたの。そしたら。

「おや、そこにいるのは誰」

二人がまた、きっとこっちを睨《にら》んだの。あたし、緊張で心臓が止まるかと思っちゃった。でもね。

「まただわ」

「でもですね」

「気のせいかもしれませんね」

「ここにいると、何だかひやひやするわね」

「はい。ひやひやします。ですので梅様、あちらの和室に場所を移しませんか」

「そうね。こんなところじゃ、誰が聞いてるかもわからないからね。行こう」

＊

「そう言うと梅さんとかの子さん、二人で和室へ行っちゃった」

ひととおりお双の話を聞いた隆一郎は、しばらくの間絶句した。梅もまた竹蔵と同じく、一筋縄ではいかない女性であったことがわかったからだ。

しかし同時に、そういう会話の端々に至るまでを、きっちりと記憶していたお双にもいたく感心した。だから。

「よく覚えていましたね、お双さん。本当に、あなたは大したものです」隆一郎は、お双を心から褒めた。「それにしても、ひそひそ話をよくそこまで事細かに聞き取ることができましたね」

「それは、あたし、猫又だから」お双は目を細めて答えた。「人間よりも耳がいいの」

「しかし、それにしても、少なくとも穏やかとは言いがたい話でしたね。それからどうなったのですか」

「うん、しばらくして、人の気配がなくなってからそっと掃除用具箱から出ると、もう誰もいなかった。廊下にも、梅さんたちはいなくて、ほっと胸を撫《な》で下ろしていたんだけど、ふと気づいたんだ。『ああそうだ、談話室に戻らなきゃ。リューイチローが待ってる』って。それで慌てて、猫の姿のまま大広間に出たら」

「わたしと竹蔵さんがいたと」

「うん」お双は、こくりと頷《うなず》いた。「何か話し込んでたみたいだったし、邪魔しないように、見付からないように、大広間の暗い端とおって、階段まで忍び足」

「本音では、竹蔵さんと顔を合わせるのが嫌だったからでしょう」

「エヘヘ、そうかも」隆一郎の言葉に、お双は、小首を傾げて悪戯《いたずら》っぽく笑った。

「それで、階段を上がる時に竹蔵さんに見付かった、というわけですね」

「うん。あそこだけ、少し明るくなっていたから、見えちゃったんだね」

「それで二階の談話室に行った。しかしその後、あなたは談話室には留《とど》まらず、桜さんの部屋に行った。違いますか」

「う、うん」

「それはね、ええと」その質問に、お双はなぜかモジモジとしながら、下を向いた。

「ごめんなさい、それは言えないの」

「どうしてですか」

「だって、あたし、桜さんと約束したんだもの。これは二人の秘密よって」

「ううむ、そうですか」隆一郎はややあってから、頷いた。「それならば仕方ありません。秘密《プライバシー》は、家族といえども尊重されなければならないもの。千牧さんもそうおっしゃっていました。わたしもそれは正しいと思います。これ以上は訊《き》かずにおきましょう」

秘密は秘密。たとえ隆一郎であっても、お双の秘密を穿鑿《せんさく》すべきではない。

そう思い、訊き出すのを諦《あきら》めようと思った、その時。

「あ、でも」お双は、おずおずと言った。「ごめん、やっぱり、教える」

「いいのですか」

「うん。本当はリューイチローにも教えてはいけないことなのかもしれないけれど、でもリューイチローは、あたしの飼い主だもの。だからきっと、リューイチローになら、話しても、桜さんは許してくれると思うんだ」

ちょっと待ってね、と言って一呼吸置くと、お双は、どこにしまい込んでいたのやら、小さな四角い缶を取り出した。

隆一郎の握り拳《こぶし》くらいの大きさのそれは、表面が随分と錆《さ》び付いた立方体の缶で、上面に円い嵌《は》め込み式の蓋《ふた》が付いている。

「おや、これは、紅茶缶ですね」

「桜さんはね、夕食の後、あたしにこう言ったの。『九時を過ぎたら、いつでもいいから、わたくしの部屋にいらっしゃい』って」

「ふむ、あなたはあのとき、そう耳打ちされていたのですね」

「それであたしが、先ほどおっしゃっていたプレゼントのことですかって訊いたら、『そう。お双さんにいいものをあげる。でも、それはわたくしとお双さんだけの秘密よ。特に、お父様には、くれぐれも内緒にね』そう言うと、桜さんはウィンクしたの」

「だからあなたは、九時を過ぎて、桜さんの部屋に行った」

「うん。そして桜さんは、これをくれたの」お双は、目の高さに紅茶缶を掲げた。「これはね、桜さんのとっておきのハーブティなんですって。イヌハッカは苦手でも、甘いのが好きなら、これは飲めるでしょうって。『ローズヒップ』と言うんだって」

「ローズヒップ。『薔薇《ば》《ら》の果実』の意ですか」

お双が錆びた紅茶缶の円い蓋を捻《ひね》り、ぱかっと開けると、そこからちょっと驚くほどの甘い薔薇の香りが、ふわりと広がった。

「ほう、なんともいい香りですね」

「うん。凄《すご》く甘くて、いい匂い。これならきっと、あたしでも飲めるよ」お双はそう言うと、香りが逃げてしまうのを惜しむかのように、すぐに缶の蓋を閉じた。

「家に帰ったら、お湯を沸かして是非一服しましょう」

「うん。あ、それとね、もうひとつあるの」

「もうひとつ。何がですか」

「プレゼント。桜さんはね、ハーブティをくれた後で、これもくれたの。『寒い季節になったら、是非使ってね。わたしにはもう不要のものだから』って」

そう言うとお双は、一対の何かを隆一郎に渡した。

それは、表面が大変に細やかな黒毛で覆われた、女物の手袋だった。ひと撫でると、しなやかで柔らかな手触りが伝わってくる。

「驚いた。これは、カシミヤですね」

「高級品なの」

「ええ。相当にいい品ですよ。よかったですね、大事にするのですよ。それにしても」

隆一郎は、その手触りを楽しみつつ、素朴な疑問を口にした。「桜さんはなぜ、これらのものを、お双さんにくれたのでしょうか」

「うーん、何でだろ」そう言うと、お双も首を捻った。「でも、とても大事にしていたものだとはおっしゃってた。だから、どうかあたしにも、大切に使ってほしいって」

「とても大事にしていたもの、ですか」

ならばなおのこと訝《いぶか》しい。そんな大事なものを、なぜあっさり人にやってしまったのか。

そう言い掛けたとき、いきなり、しんとした談話室に、鐘の音が響き渡る。

振り子時計だ。びくりとしつつ、隆一郎は時計の針を見る。

午後十時。魔術師の予告時間まで、あと二時間。

と同時に、まるでその音に引き寄せられたように、階下から、千牧氏が上がってきた。

＊

「是清さんは、十一時には談話室に集まるように言っておられましたね。しかしあの神出鬼没の魔術師のことです、約束どおりに事をなす保証はない。早目に待機しているに越したことはないでしょう」

千牧氏は、矍鑠《かくしゃく》として言った。

とうに隠居する年齢ではあれど、背筋もぴんと伸び、千牧氏は大変元気な老人なのだ。

「間もなく、是清さんも上がって来られます。やはり、気が気ではないようですね。あなた方は、ずっとここにいたのですか」

「いえ、館内をうろうろとしていました」

「何かありましたか」

そう問われた隆一郎は、数秒、千牧氏に経緯を話すべきか逡巡《しゅんじゅん》した。ちらりとお双を見ると、お双もまた隆一郎を見つつ、ぱちりとウィンクをした。

あのことは、千牧さんには秘密にして。

意味を察しつつ、隆一郎は千牧氏に言った。「そうですね、特には何も。色々な方々などから、色々なお話などをお伺いはしましたが」

「そうですか」千牧氏は、窓の外に目をやった。「変わりがないのは何よりです。しかし、何もないと、それはそれで、嵐の前の静けさといった様相ではありますね」

「そういえば、風が吹いてない」お双がそう、ぽつりと言った。

外では、中の灯《あか》りに照らされた灰色の木々が、朧《おぼろ》に浮かび上がっているのが見える。葉をざわつかせるでも、梢《こずえ》を靡《なび》かせるでもなく、ひたすら、微動だにせず立っている。

だから千牧氏の表現は、慣用句の意味でも、実際に凪《な》いでいるという意味でも、正鵠《せいこく》を射ているように隆一郎には思えた。

千牧氏はソファに腰掛けると、ゆっくり背凭《せもた》れに上半身を埋《うず》めながら言った。「では、推理には何か進展はありましたか」

「それは、あるといえば、あります」

「お訊きしてもいいですか」

「はい」千牧氏の問いに頷くと、隆一郎は姿勢を正す。「では、順を追って説明します。わたしは先ほど、長命寺家のある五人の方に容疑がある、そう申し上げました」

「うむ。特に竹蔵さんが怪しいと、そう言っていましたね」

「はい。しかし改めて熟考するに、必ずしも竹蔵さんのみの容疑が濃いものではない、そう思い始めています」

「と、いうと」千牧氏が、身を乗り出した。

隆一郎は、一拍を置いて答える。「ひとりひとり検討します。まず竹蔵さんについて。彼は最初から容疑が濃厚な方ですが、とはいえ、その見解に当のわたしが懐疑的でした。というのも、竹蔵さんがこれほどに緻密《ちみつ》な計画を樹《た》てられる方だとは思えなかったからです。しかし先ほど、竹蔵さんと直接お話をさせていただいて、わたしのその考えは改めるべきだと考えています。竹蔵さんは、桜さんを誘拐する企《たくら》みを画策するだけの賢明さを、持っておられます」

「どうですかねぇ」得心しかねる風の千牧氏だったが、やがて言った。「しかし葛切君がそう言うなら、きっとそうなのでしょう」

「能力が担保されてしまえば、竹蔵さんの動機については言わずもがなです。彼はこの長命寺の家督を狙っています。その障害となるのが桜さんであるなら、彼女を排除しようとする可能性は大いにあり得ます」

「なるほど。では、他の方はどうですか。例えば、梅さん」

「梅さんについてももちろん、十分な容疑があります。その根拠は、梅さんが、大福誠さんと結婚したがっていらっしゃるという事実です」

「ほほう」興味深げに、千牧氏が眉《まゆ》をぴくりと上げた。「それも初耳ですね」

「正確には、大福家の金に目が眩《くら》んでいる、といった方がいいかもしれませんが、とにかく彼女は、桜さんさえいなくなれば、大福誠さんの妻の座が自分に回ってくると、そう信じているようです」

「つまり、桜さんの代わりに自分が結婚するために、桜さんには表舞台から消えてもらう必要があるという目論見《もくろみ》がある」

「かもしれません。そして、似たような動機は、かの子さんにもあります」

「彼女にも動機があるのですか」

「ええ」隆一郎は、ほんの少しだけ躊躇《ちゅうちょ》してから言った。「ご存じではないかもしれませんが、彼女は実は柏さんのことが好きなのです。しかし、柏さんは桜さんに思いを寄せています。つまり、かの子さんにとって桜さんは恋敵となるのです」

「ほほう、かの子さんが良平さんを。そして、良平さんが桜さんを、ですか」

「そうです」しかし、相槌《あいづち》を打ちつつ、一方で隆一郎は思う。良平が桜に思いを寄せるというのは、もしかすると言葉どおりには捉《とら》えられないかもしれない。もし、竹蔵の言うように、彼が桜の名前ではなく、苗字《みょうじ》に興味があるのだとしたら。

つまり、長命寺家という家そのものを狙っているのだとしたら。

千牧氏はしかし、そんな隆一郎の内心には構わず、眉間《みけん》に皺《しわ》を寄せた。「なんとも甘酸っぱい三角関係ですが、しかし恋慕の情とは容易に憎悪にも変わり得るもの。あるいは、桜さんを亡きものにしたいというかの子さんの願望は、誰よりも強いかもしれませんね。恋の力というのは、時としてあらゆる障害を撥《は》ね除《の》ける力を持つものです」

「はい。ですから、動機としては、確固たるものがあると思います」

「しかしですよ、あれだけの大それたことを、果たして一使用人に過ぎないかの子さんが実行し得るのでしょうか」

「その点でも実は、逆にかの子さんが最も容疑が濃いといえるのです」隆一郎は、身を乗り出した。「なにしろ彼女は、オリジナルキーの鍵束をお持ちなのです。魔術師の魔術は、部屋に自由に出入りできる前提があれば、さして難しいものではありません」

「ははあ、そういえば、そうでしたね」

得心する千牧氏に、隆一郎は続ける。

「さて次に、柏さんです。柏さんにも、桜さんを誘拐する立派な動機があります」

「それはわかりますよ。良平さんが桜さんを好いている前提があれば、動機は明白だ」

「ええ。桜さんの結婚は何としてでも阻止したいと願うはずです。その方法として、花嫁の誘拐を選択するというのも、十分にあり得る話です。さらに、長命寺さんです」隆一郎は、一拍を置くと、千牧氏に問う。「千牧さんはご存じですか。長命寺さんが、桜さんに莫大《ばくだい》な生命保険を掛けていたという話を」

「いいえ」千牧氏は、目を丸くした。「そうだったのですか」

「はい」隆一郎は、首を縦に振った。「掛け金が月極《つきぎ》め数万円の高額保険です。とすれば死亡の場合の保険金額は数千万円になりましょう。もし桜さんの失踪《しっそう》宣告が出され、死亡扱いになれば、借財を返済する目途《めど》が立つことになります」

「まさか。確かにそうですが、是清さんは、決してそんなことはなさらない」

千牧氏が穏やかな口調ながら反論する。彼は、是清氏がそのような悪辣《あくらつ》なことをするはずがないと、そう信じているのだ。

だから、隆一郎は言った。「わかっています。これはあくまでも仮定、可能性に過ぎない話、わたしの思考実験の産物に過ぎないものです。そもそも、法律もよくご存じであるはずの長命寺さんが、そのようなことをするわけがありません。しかし」

「可能性としては否定されない、ということですか。いずれにせよ、容疑は皆に掛かっていると」千牧氏は目を閉じ、口を真一文字に結ぶと、しばし考え込んでから言った。

「さりとて、決め手になるものもいまだない」

「ええ」隆一郎は頷《うなず》いた。「偉そうに申し上げてはみたものの、あくまでもすべて空論の域を出ない話。千牧さんのおっしゃるとおり、決め手に欠くのです」

「となるとやはり、実際に零時になってみないことには、進展はないのかもしれませんね」千牧氏はそう言うと、ひとつ大きな溜息《ためいき》を吐《つ》いた。

ふと、皆が無言になった。

しんとした静寂が、談話室を支配する。

しかし、よく耳を澄ませば、その静寂の奥に、振り子時計が時を刻むこち、こちという音が聞こえていることに気がつく。それだけではない。千牧氏の洋服の布が擦《こす》れる音、お双が可愛らしく息を吐く音、そして隆一郎の心臓がどくどくと波打つ音さえも、実は聞こえているということに気づくのだ。

そんなふうに、何もない、誰もいないと思っても、注意深く見れば、そこには何かがあり、誰かがいるのかもしれない。だとすれば。

隆一郎はふと思う。もしかすると、魔術師は、もう現れているのではないだろうか。注意深く見ていないから知覚できていないだけで、魔術師は、すでに、すぐそこに、存在しているのではないだろうか。

そんな想像に、ふと、背筋を冷たい指先で撫《な》でられたような気がして、振り向く。

もちろん、誰も、いない。

だがその誰もいないという事実に、隆一郎はなぜか、ぞっと身震いをするのだった。

6

さらに時間が緩慢に、しかしあっという間に経過して。

気がつけば幽玄なあの音が十一回、談話室に響き渡る。

すでに談話室には、隆一郎たち三人と、桜を除く長命寺家の家人全員が揃っていた。

ソファには是清氏、その隣に良平が、向かいには千牧氏が腰掛け、無言のままに顔を突き合わせている。机の上にあるのは、各々が飲み掛けている飲み物だ。そのほとんどは紅茶だが、ひとつだけ、寸胴《ずんどう》のグラスに氷を入れた琥珀色《こはくいろ》のウィスキーがある。是清氏は毎晩、ほんの少しウィスキーを口にするのが日課であるらしい。

隆一郎とお双はといえば、ソファには腰掛けず、壁際でお互い身を寄せるようにして立っており、それとは反対側の壁際では、梅とかの子が、時々ソファの方を窺《うかが》いつつ、顔を寄せて何やらひそひそと話し込んでいる。

一方窓際では、竹蔵が外の暗闇を見ながら、また紫煙を燻《くゆ》らせていた。

そして桜は、ここにはいなかった。

彼女は、是清氏の言いつけどおり、自分の部屋である十号室で、息を潜めているのだ。

「十一時に、なったね」お双がぽつりと、零《こぼ》すように呟《つぶや》いた。「あと一時間で零時。本当に魔術師は来るのかな」

「わかりません。しかし」隆一郎は、潜めた声色で言った。「何かが起きる。その心づもりはしておかなければなりません」

「本当に、何か起こるの」お双が、二つのくりくりした眼を隆一郎に向ける。

「おそらくは」隆一郎は、頷いた。「これまでの予告に、魔術師は一切違背しませんでした。やるといったからにはやる、そういう強い意志を、魔術師のなす事柄から強く感じます。だとすれば今夜零時、桜さんを消失させんというあの予告も、完遂しようとするに違いないでしょう。いかなる形でかは、わかりませんが」

「そう、だね」

それきり会話は途絶え、再び、まんじりともしない時間が過ぎて行く。

二十分ほど経っただろうか、是清氏が、不意に立ち上がると隆一郎を手招いた。「葛切君、ちょっといいですか」

「なんでしょうか」

「すまないのですが、私と一緒に来てはもらえませんか」

「構いませんが」突然の申し出に、少々訝《いぶか》りながら隆一郎は訊《き》く。「しかし、どちらに行かれるのですか」

「桜の部屋です」

「桜さんの」

「ええ。確認しておきたいのです。娘の無事を」

なるほど零時を目の前にして、是清氏も緊張しているということなのだろう。隆一郎はお双に、「ちょっと行ってきますね」と耳打ちをすると、是清氏の後に付いた。

是清氏は、隆一郎を伴い、談話室から薄暗い廊下へと歩いて行く。

廊下の両側には、ずらりと扉が並んでいる。それぞれの扉には、一辺が三十センチメートルほどの、木でできた正方形のプレートが取り付けられている。表面が経年変化で飴色《あめいろ》に変色した、独特の風合いを持つ年季の入ったプレートだ。そこに、部屋番号が『Ⅰ』『Ⅳ』『Ⅵ』などとローマ数字で彫り込まれている。

「すみませんね」談話室よりもぼんやりとした照明の中、是清氏は、前を向いて歩きながら、隆一郎に言った。「こういう確認は、部外の方とともにしていただいた方がよいと思ったものですから」

「お気遣いには及びません。わたしは、こういうことのためにきたのですから」

「ありがとう」

そう言う是清氏が、どことなく憔悴《しょうすい》して見えたのは、隆一郎の気のせいだろうか。

十秒ほどか、それとも一分ほどか。同じような扉の間をどれくらいか歩いたところで、
二人はようやく桜の部屋の前に辿《たど》り着く。

『X』というプレートが、扉の中央に掲げられていた。

是清氏が、扉の中央を、手の甲でコン、コンと叩《たた》く。

「桜、いるかね」

ややあってから、扉の向こうから、くぐもった声が聞こえた。

「お父様ですか」

「ああ、そうだ。入ってもいいかね」

かちゃりと鍵《かぎ》を外す音がして、扉が静かに開く。

扉の向こうでは、桜がにこにこと笑みを作って立っていた。「あら、葛切さんも」

「念のため、来ていただいたのだ」

「そうなのですね、ありがとうございます」

どうぞお入りください、と手招く桜。

女性の部屋に入ったことが、これまでの人生で一度もない隆一郎は、「では、失礼し

ます」などとぎこちなく答えつつ、是清氏の後に続き、彼女の部屋へと入っていった。

簡素ながらも、女性らしさのある部屋だった。

薄桃色の絹のカーテン、それと同じ色で揃えられた洋風のベッド、洋服簞笥《だんす》、書き物机の横には、たくさんの背表紙が並ぶ本棚、そしてアップライトの黒いピアノ。そのいずれもが、きちんと整えられていた。

「変わりはあったかね」

「何もないわ」桜は、微笑みを絶やさずに、是清氏に答える。「お父様は、心配性なのね」それから、ゆっくりとベッドに腰掛ける。

「それならよいのだが。怖くはないかね」

「平気よ。皆さんが談話室で見張っていてくださっていますもの。よもや何かがあっても、すぐに逃げ出せますし」

「窓には、きちんと鍵を掛けているかね」

「もちろん」桜が窓際に歩み寄り、カーテンを捲《めく》ると、大きな鉄製のクレセント錠が二つの窓枠をしっかりと固定していた。ガラスも、縦横に鉄線の格子が入っている。

「これだけ厳重なのです。魔術師が外から窓を開けたり、ガラスを破ったりすることはできませんわ」

桜は、開いたカーテンを左右にまとめながら言った。

「そう。だからこそ魔術師が入ってくるとすれば、まさにこの扉だということになる」

是清氏は言った。「そんなわけだから、桜。ゆめゆめ扉の鍵を不用意に開けることがないようにするのだよ」

「わかっていますわ」桜は、首を傾げて是清氏に微笑んだ。

隆一郎は思う。お双の笑顔を「可愛いらしい」と形容するならば、桜のそれは実に「美しい」。言い換えるなら、お双はチャーミングで、桜はビューティフル。失礼だとわかりつつも、隆一郎は桜の魅力的な表情から、しばし視線を外すことができなかった。

それから、ちょっとした雑談の後、隆一郎たちは、桜が持つ「X」の刻印がなされた十号室の鍵で扉を開けてもらい、談話室へと戻っていった。

お双が隆一郎の姿を見るや、たたたっと、血相を変えて駆け寄った。

何があったものか、えらく憤慨している。「もう、あの人、嫌い」そう言いながら、眉《まゆ》を吊《つ》り上げていた。

ふと見ると、向こうでは、竹蔵がにやけた表情で、こちらを見ていた。

むくれながら、お双は言った。「あの人、もの凄《すご》くしつこいの。君どこの女学校、とか、今度一緒に出かけない、とか、どこに行きたい、とか、いつなら大丈夫、とか、どうしてだめなの、とか。皆には聞こえないように、こっそりと言ってくるの。なれなれしく触ろうとするし、息が煙草臭いし、あたし、もうとにかく、嫌」

どうやら竹蔵は、隆一郎のいない間にお双を誘っていたらしい。

その強引さに、眉を顰《ひそ》める隆一郎。お双は、隆一郎の左腕にぎゅうと抱き付いた。

「あたしもう、絶対にリューイチローから離れないからね」

やれやれ、困ったものだ。

そう、隆一郎が溜息《ためいき》を吐《つ》いた瞬間、いきなり良平が大声を上げた。

＊

「ややッ」

そう言うや、やにわ、良平が窓際へ駆けて行く。

突然の行動に、一同は啞然《あぜん》としたが、ややあってから千牧氏が訊く。

「どうかしたのですか、良平君」

「は、はい。その」良平はしかし、曖昧《あいまい》な返事をしながら、一方で窓の外に目を凝らし、何かを一所懸命探しているようだった。

「一体、何があったのだ」訝しげな是清氏。良平は一度、こちらに振り向くと、言った。

「ええ。今、外から物音がしたような気が」そういって再度、窓の外に目を向けた。

「何かはよくわかりませんが」

「物音だと」是清氏は、眉間《みけん》に皺《しわ》を寄せた。「どんな物音だったのだ」

「かさこそいうような、音です」そうして、目を細めてじっと外を見つめていた良平は、またいきなり大声を上げた。「ああッ、あれは何だッ」

「どうしました」

「走ったッ。今、何かが外を走って行きましたッ」窓にかぶり付くと、外の一点を見つめつつ、良平は叫ぶように言った。

「何ですと」

是清氏を初めとする談話室の全員が、慌てて良平の覗《のぞ》く窓際に駆け寄る。

「見ましたッ、今、あの木の下のところを、黒いものが、さっと素早く横切ったのを」

いつもは冷静な良平も、今ばかりは興奮を隠せない様子で、窓の外、ちょうど桜の部屋の前辺りの場所を、人差し指で示した。

隆一郎もその辺りに目を凝らす。とはいえ外は大変暗く、部屋の明るさに慣れた目には、すぐにはどこに何があるかを見分けることができなかった。しかし、じっと根気強く見つめているうち、徐々にではあるが目が慣れ、状況が把握できるようになる。

洋館の側面、煉瓦《れんが》の壁から二メートルほど離れた所からは、木々が密生する真っ暗な林だ。そして、桜の部屋の前辺り、桜の部屋の電灯が点《つ》いていてそこだけ微《かす》かに光っている辺りに、太いナラの木が一本、すっくと聳《そび》え立っている。

そこを、黒いものが横切った。

そう、良平は言うのだが、しかし隆一郎には、動くものは何も見つけられなかった。

「何も、いないようですが」皆の気持ちを代弁して、千牧氏が呟《つぶや》く。

しかし、それに抗弁するように、良平は言った。「いえ、見たのです。確かに横切っ

ている のを、僕は」

とはいえ、いかに目を凝らしてみても、そこに動くものはない。

竹蔵が茶化《ちゃか》すように言った。「見間違いじゃないのかい」

それには答えず、良平は無言のまま、外をじっと見続けている。

「柏さん、教えてください」隆一郎が、良平に訊《き》く。「その黒いものとは、一体どんな感じのものだったのでしょうか」

「そ、それは」良平は、ごくりと唾《つば》を飲み込んだ。「僕も一瞬ちらりと見たきりですから、はっきりとはわかりませんが、丸っこい、全身を黒い毛でもじゃもじゃと覆われたようなものでした」

「大きさは」

「人と同じくらいの大きさでしょうか。いや、しかし」良平は、戸惑うような声で言った。「今、あの木と対比して考えると、もしかするともっと小さかったかもしれません。そう、犬くらいの大きさだったかも」

「何だよ、野良犬かよ。驚かせるな」ははっと嘲《あざけ》るように、竹蔵が笑う。

「野良犬くらいたくさんいるわ。うちの庭は、広いもの」梅も、竹蔵に同調するように、良平をなじった。「良平さん、あなた、見間違えたんじゃなくて」

「そ、そうでしょうか」良平は、背を丸めた。「ああ、うん、そうかもしれない。すみません、僕の早とちりでした」

お騒がせして申し訳ない、そう呟くように言って項垂《うなだ》れた良平の肩を、千牧氏はぽんと叩《たた》く。「お気になさらず。何しろこんな状況です。きっと、敏感になっているのです」

是清氏も、安堵《あんど》の溜息とともに言った。「そうです。むしろ、ただの犬であってよかったと、そう考えることにしましょう」

そうして一同は、やれやれという体で、それぞれソファのところに戻って行く。

隆一郎も、良平の勘違いにほっと胸を撫《な》で下ろす。しかし、ただ良平だけは、いつまでも窓の外に身体を向け、じっと外を見つめていた。

ふと振り子時計を見ると、針が十一時四十五分を指している。

あと十五分で、魔術師が予告した零時になる。誰もが緊張するこの状況では、たとえ些細《ささい》なことでも、すわ魔術師の出現かと過剰反応してしまうのは、仕方のないことだ。

「何事もなくて、よかったですね」隆一郎は、そう言いながら、お双を見る。

だがお双は、返事もせず、何やら神妙な顔で、いまだ窓の外を見つめている。

「お双さん」

「………」しかしお双は、梟《ふくろう》がホーと鳴く林を凝視したまま、問い掛けに答えない。

「お双さん、どうしたのですか」

「あ、ごめんなさい」ようやくお双は、ゆっくり振り向くと、隆一郎と目を合わせた。

「びっくりしましたよ、お双さん。何かあったのかと思いました」

「あのね、リューイチロー」

「なんですか」

お双は真剣な面持ちのまま、小声で言った。「今、良平さんが言ったことなんだけどね。あたし、思うんだけど」

だが、その言葉の続きを隆一郎が聞くことはできなかった。

なぜなら突然、電気が消えて、辺りが真っ暗になったからだ。

＊

「きゃあ」

突然の暗転。少し離れた場所で、甲高い女の悲鳴が響き渡る。

このきんきんとつんざくような大声は、梅のものか。

「にゃッ」光がなくなったせいか、それとも、その梅の大絶叫のせいか。驚いたお双もまた、ひと声鳴いて隆一郎に抱き付いた。

「うおッ」誰かの低い驚きの声が轟《とどろ》く。同時に「で、電気。電気は」と誰かが慌てる声。

しばし、皆が取り乱す。

耳をつんざく、がらんがらんという金属の音。それはかの子が、持っていた銀の盆を取り落とした音か。

周囲は暗闇だ。ようやく、淡い星明かりが、薄ぼんやりと窓から差し込んでいるのを見て取れるようになる。しかし部屋の細部はやはりほとんどわからず、真っ黒な人影がいくつも、右往左往しているのが見えるだけだ。それとて、どれが誰の影なのかはまったくわからない。

それでも隆一郎は、咄嗟《とっさ》にできる限り周囲の状況を把握することに努める。廊下の灯《あか》りや、階下からの光もまったく失《う》せていることに鑑《かんが》みれば、どうやら照明が落ちたのは、この談話室だけの局所的なものではなく、屋敷のすべてに及んでいるらしい。

停電か。昔に比べれば配電事情もよくなった首都だが、今も時折、嵐の日などにしばしば高架線が切れ、地域一帯を真っ暗にすることがあるのだ。

だが今日は、断線の原因となる強風が吹いているわけではない。

だとすれば、これは。

「皆、だ、大丈夫か」是清氏が、努めて冷静な口調で言った。「まずは落ち着くのだ。一体全体、何があったのか」

「どうやら、停電のようですね」三十秒ほどしてから、答えたのは良平だった。

そして、かちりという音と同時に、眩《まぶ》しい光が隆一郎の目前にいきなり現れる。

「きゃあ」光に驚いたのか、梅の悲鳴が再び空気を切り裂いた。

「大丈夫です、梅さん」良平が、落ち着いた声で梅を宥《なだ》める。「これは僕です。そしてこれは、ただの懐中電灯です」

懐中電灯を点《つ》けた良平が、その光をソファの辺りに向けていた。暗闇の中に突如現れた光点は、たかが豆球のものなのに、やけに眩しく感じられる。

光の先をあちこちに向けつつ、良平は言った。「皆さん、おいでになりますか」

隆一郎もまた、その光を頼りに面子《メンツ》を確認する。猫又も含めて、ここにいる人間に過不足はないようだ。

是清氏が、狼狽《うろた》えた声色で良平に言った。「桜は。桜はどうした。無事なのか」

「い、行ってみましょう」

良平はそう答えるなり、是清氏とともに廊下に向けて駆け出した。

すでに、これがただの停電ではないということは、皆、薄々感付いているようだった。零時に桜を誘拐する。そう予告された時刻の直前の異変。むしろ、桜の身に何かが起こっているのではないかと思わないわけがない。

隆一郎とお双も含めた全員が、つられるように良平と是清氏の後に続いていく。

行く手を上下左右に動く光の点を頼りに、おっかなびっくり前へと進む。暗闇を歩くというのはこれほど勇気が要ることなのかと、今さら隆一郎は気づく。前が見えないというのは、たとえそこが柔らかな絨毯《じゅうたん》敷きであるとわかっていたとしても、足を踏み出させることを躊躇《ためら》わせるものなのだ。

「ここです」

良平が、不意に足を止めると、懐中電灯の光の点を壁の一点に集中させた。

豆球の白い光に照らされ、『X』と表示されたそのプレートが、まるで無重力の宇宙空間に漂う木片のように、ぽっかりと浮かんで見える。

十号室。桜の部屋だ。

是清氏が、立ち止まった良平を追い抜くと、乱暴に扉をドン、ドンと叩き、扉のあちら側に向かって叫ぶ。

「桜、桜。無事か、桜」

しかし、返事はない。シン、という一瞬の静寂が、不安を掻《か》き立てる。

その不安を打ち消すように再度、是清氏がドン、ドンと、先ほどよりも強く扉を叩く。

その音を聞きながら、このとき隆一郎はどうしたわけか、じっと考え込んでいた。

なんだか腑に落ちない。釈然としないのだ。

胸の内に湧き上がるこの違和感、その正体は一体何なのか。隆一郎にははっきりとはわからない。しかし、とにかく何だかしっくりとはしないのだ。それはまるで、ジグソーパズルのピースを無理矢理《むりやり》嵌《は》め込んでいる感覚に近い。

だが、違和感の正体を知る前に、隆一郎の思考は、拡散してしまう。

不意に、扉の向こうに人の気配が現れ、鍵《かぎ》をかちゃりと開ける小さな音がした。

「だ、大丈夫ですわ、お父様」

扉の隙間から顔を出したのは、紛れもなく桜だった。

「おお、桜、無事か」愛娘《まなむすめ》の無事に、是清氏はそれまで怒らせていた肩をすっと落とした。「よ、よかった。お前に何かあったかと思ったよ」

「何もありませんわ」普段は笑顔を絶やさない桜も、さすがに今は少し怯《おび》えた風で、辺りを見回した。「でも、部屋の電気が落ちてしまっている。停電かしら」

「誰か入ってきやしませんでしたか、桜さん」

千牧氏の言葉に、桜は首を横に振る。「いえ、誰も入ってきてはいませんわ」

「どれ」良平が、懐中電灯の光を、部屋の入口から中のあちこちに素早くすいすいと投げると、最後に奥の窓を照らした。「部屋には誰もいませんし、窓も開けられていません。大丈夫みたいですね」

確かに、窓は閉まっており、ガラスが割れたり、格子状の窓枠が外されたり、その中央にある鍵が壊されていたりといった異常は見当たらない。

「ということは、これは本当に、ただの停電、なのですか」

そう、是清氏は切れ切れに呟《つぶや》いた。

全館の電気は唐突に消えたものの、桜は消えなかった。そして部屋にも、特に異変は見当たらない。つまり、これは本当に、随分と間の悪い停電であったということか。

それがわかると、誰しもがほっと息を吐いた。緊張がほぐれたのだろう。そうして、隆一郎の心臓のどきどきもようやく治まったころ。

まるでその頃合いを見計らったかのように、次の異変が発生したのだ。

今度は、つい先ほどまで皆がいた談話室の方向から、ガシャンという、何かが割れる大きな音が聞こえてきたのだ。

＊

それは、何かが派手に割れた音。

全員がその方向に目をやるが、その詳細は、暗闇の中まったくわからない。

「こ、今度は何かね」是清氏が、喉《のど》から絞り出すような声を漏らす。

誰もが、何かが割れたということだけは理解していた。だが何が割れたのか、どうして割れたのかはわからない。もちろん、誰が割ったのかも。

狼狽えた声のままで、良平が言った。「せ、先生、談話室に戻りましょう」

そして、部屋から顔を出す桜にも、早口で言った。「桜さんも、部屋にお戻りを。そして、暗くて怖いかもしれませんが、扉を、決して開けないよう。そうだ、念のため、あなたがお持ちになっている鍵を、先生にお渡しくださいますか」

「わ、わかりました」桜は良平の指示に素直に頷《うなず》くとすぐ、自分が持っていた十号室の鍵を、父である是清氏に手渡した。そして、部屋の中へと戻ると、扉をばたんと閉める。

ノブを何度か引き、しっかりと扉がロックされているのを確かめた是清氏に、良平は懐中電灯を手渡した。「先生、これを」

「うむ」是清氏は頷くと、すぐさま暗闇の向こうを照らし、談話室に向けて駆け出した。

一同は、あたふたしつつも何とか是清氏の後を付いて行く。

「リュ、リューイチロー」はあはあと、息を切らして走りながら、隆一郎の手をずっと握っていたお双が尋ねた。「桜さん、大丈夫、かな」

「扉にはロックが掛かりました。窓も破られてはいませんでしたし、今は鍵そのものを長命寺さんがお持ちです。少なくとも物理的には、桜さんは安全です」

「だと、いい、けど」お双は、少し逡巡《しゅんじゅん》してから言った。「あのね、リューイチロー」

「なんですか」

「何かね、うまく言えないんだけど、変なの」

「変」隆一郎は、お双のいる方向を見る。暗闇ではっきりとは見えてはいないが、その顔がある辺りに問い掛けた。「変とは、何が変なのですか」

「さっきの部屋」

「桜さんの部屋ですか」

「うん。うまくいえないんだけどね、あたし、あの部屋がなんだか、変な風に見えたの。しっくりしない、というか」走りながらも、お双は、神妙な口調で言う。

「しっくりしないとは」隆一郎は、唾《つば》を一度飲み込んだ。「それは、違和感があった、ということですか」

「そう、かも」

「具体的には、どんな違和感ですか」隆一郎が、そう訊《き》こうとしたとき、すでに一行は、談話室に到着していた。

そして、まるでそんな彼らを見ていたかのように、周囲に光が戻った。

＊

「あ、点《つ》いた」

そうぽつりと他人事《ひとごと》のように言ったのは、竹蔵だった。

館内は、先ほどまでの闇がまるで嘘のように、明るい光に満ちている。談話室も、廊下も、階下も。それまでの暗闇に十二分に慣れた目には、それが逆にひどく眩《まぶ》しく感じられ、隆一郎は思わず、目をぱちぱちと瞬《まばた》いた。

後ろから、良平が息を切らして言った。「どうやら、停電は直ったようですね」

「う、うむ。そのようだ」懐中電灯を手に、是清氏も呟いた。

暗闇では頼もしかった懐中電灯の光も、今はただ頼りない豆球がひとつ点《とも》っているだけだ。是清氏は、天井の灯《あか》りを見上げると、もはや光源は不要であることを確認したのか、懐中電灯のスイッチを切った。

隆一郎はふと、今走ってきた廊下を、振り返る。

不審な人物もいなければ、どこかの扉が開いているわけでもなく、異常は見当たらない。物音がするでもなく、桜の部屋の辺りもまた、ただ閑寂としているだけだ。

顔を前に戻すと、先頭にいた是清氏が、談話室のさまを呆然《ぼうぜん》と見下ろしていた。

その視線の先、壁際の暖炉の脇に、小さな陶器の破片が散乱していた。絨毯《じゅうたん》には褐色の染みが作られている。

「ティーカップが、割れていますね」是清氏の横で、千牧氏が息を整えつつ言った。

「テーブルの上から落ちたのでしょうか」

「たぶん、そうではありません」隆一郎は、破片が散らばる場所へと歩み寄りつつ言った。「床は絨毯です。膝《ひざ》までしかない低いテーブルの上から落ちただけで、ティーカップは割れないでしょう」

「ということは」千牧氏は、神妙な顔つきで言った。「誰かが床に叩《たた》き付けたのですか」

そうかもしれない。だが、別の考え方もある。

隆一郎は、暖炉に目をやる。その上辺は隆一郎の目の高さにあった。このくらいの高さから落ちれば、ティーカップは割れるだろう。事実、暖炉には水滴が付いていた。もしかするとこれは、より高い場所からティーカップが落ちた反動で、中に残った紅茶が跳ね上がった証拠ではないか。

「しかしね、葛切君」竹蔵が、馬鹿にしたような口調で言った。「我が家にある陶器は、繊細なマイセンなんだぜ。君の家にあるような分厚い湯呑《ゆのみ》とは違って、透けて見えるくらいに職人が薄く仕上げている芸術品なんだ。ちょっとした高さでも、落としたら派手に割れてしまうだろうよ」

竹蔵の物言いに、んべ、と脇でお双が、竹蔵には見えないように舌を出す。

しかし隆一郎は、それも道理です、と頷いた。竹蔵がいうように、ティーカップはテーブルから落ちただけかもしれない。しかし、それならばそれで新たな疑問が湧く。

「ではなぜ、ティーカップはテーブルから落ちたのでしょう。わたしが記憶している限り、そんなに不安定な位置にティーカップは置かれてはいませんでした」

「それはだな、あー、さっき暗くなった時に、どさくさに紛れてそういう位置に移動したんじゃないかな、カップが」

「かもしれません。しかしそうだとすると、ティーカップは、あの混乱の際に極めて不安定な位置に移動し、その不安定な状態のままゆらゆらと数分保ち、わたしたちが桜さんの部屋の前にいるとき、遂《つい》に耐えきれず落下したということになります」

「むむ」言葉に詰まる竹蔵。

「なるほど確かに、その解釈だと、少し無理がある」

頷く千牧氏に、隆一郎は「ええ」と答える。「そう考えるよりも、誰かが故意または過失によって割った、と考えた方が自然かもしれません」

「よかろう、そうだとするならば」是清氏が、絨毯の上に無残に散らばる陶器の破片から、じっと目を離すことなく訊いた。「その誰かとは一体、誰なのか」

しん、と一瞬、場が静まる。

その誰かとは、誰なのか。ティーカップが割れる音がしたとき、隆一郎たちは全員、桜の部屋の前にいたことからすれば、それは。

「これを割ったのは、わたしたち以外の人物だということになります。すなわち」

「すなわち」

固唾《かたず》を飲む一同。すうと一息吸ってから、隆一郎は言った。

「魔術師です」

そのとき、長針と短針とが重なり、歯車がかちりと噛《か》み合う乾いた音がして、直後、ぼうん、ぼうん、ぼうん、という鐘の音が、談話室に響き渡った。

その回数は、正しく十二回。

まさに今、時刻は遂に、魔術師の予告時間、零時になったのだ。

＊

誰もが言葉を発するのを躊躇《ため》らううち、十二回目の鐘の音が鳴り終わり、その余韻もすべて空間へと吸い込まれていく。それでも皆、何かを口にするのを迷ったまま、会話の口火を切ることもできず、沈黙がその場を支配する。

静けさが耳鳴りに変わり、その痛みに隆一郎が思わず顔を顰《しか》めた、そのとき。

「零時でございます」

かの子が呟《つぶや》くように言った。

これまでをずっと、無言のまま、影のようにして一同に付きしたがっていたかの子。

かの子は、どこか不気味な口調で続けた。「桜様は、ご無事でしょうか」

「そ、そうだ。桜。桜は無事なのか」

我に返ったように頭を上げ、廊下の方を見遣《みや》る是清氏。

すぐに一同は、一塊となり廊下へと移動する。目的地は桜の部屋、十号室だ。

本当は、皆がまとまる必要などないのだが、これぞ漠然とした不安がもたらす集団心理というものだろうか、誰もがひとり別行動をするのも躊躇うまま、一塊となっていた。

隆一郎もまた、その塊の中で歩を進めていた。

だが彼は、前を見てはいなかった。

隆一郎は左を注視しながら呟く。『Ⅱ』号室、『Ⅳ』号室、ここはかの子さんの部屋、そして『Ⅵ』号室」

「ねえ、何を見ているの」

隆一郎の左手をしっかりと握り締めたまま尋ねるお双に、隆一郎は答える。「プレートですよ」

「プレート」

「ええ。確認しているのです。部屋の番号を」

「………」お双は、邪魔してはいけないと察したのか、それきり口を閉ざした。

その気遣いをありがたく思いつつ、隆一郎は、なおもプレートに目をやる。『Ⅷ』号室、ここは柏さんの部屋。そして」

目的の部屋の前に辿《たど》り着く。『X』号室。ここが、桜さんの部屋」

一同は桜の部屋、十号室の前で、扉を取り囲む。

扉の向こうには、先ほどと同様、気配は感じられない。

是清氏は一歩前へ出ると、扉をコン、コンと二回、ゆっくりと手の甲で叩いた。

「桜、いるかね」

しかし、返事はない。

再び是清氏は、先ほどよりも少しだけ強く、ドン、ドンと二回、今度は拳《こぶし》で強く叩く。

「桜。桜はいるのかね。いるなら答えなさい」

しかし、やはり返事はない。

たまりかねた是清氏が、ノブを摑《つか》み右、左と回すが、それはかちゃかちゃと硬い音を立てて抵抗するばかりで、決して回ろうとはしなかった。

「桜、桜っ。何かあったのか」大声で何度か、是清氏が扉の向こうに呼び掛ける。

「是清さん、こちらから開けるのです」千牧氏が、神妙な顔つきで言った。「先ほど、桜さんはすぐに出てこられた。なのに今はちっとも出てこられようとはしない。もしもの出来事を想定したくはないが」

これは、ただごとではない。そう言う千牧氏の眉間《みけん》には深い皺《しわ》が寄っていた。

最悪の想像。

数秒後、是清氏は「わかりました。鍵《かぎ》を開けましょう」と言うと、懐からたくさんの鍵が括《くく》り付けられた束を取り出した。

「それは、オリジナルキーの鍵束ですか」

訊《き》く隆一郎に、是清氏ではなく、かの子が横から答えた。「そうです。これがあれば、桜様の部屋を開けられます」

隆一郎は、間髪を容《い》れず問う。「かの子さん、これをあなたもお持ちなのですよね」

「え」かの子は一瞬、目に狼狽《ろうばい》の色を浮かべ言葉に詰まったが、すぐに首を縦に振った。

「はい、わたくしも持っております」

「先生、お、落ち着いて」良平が、震える手で鍵束から合う鍵を探す是清氏に言った。

「先生、それでなくとも、この部屋の鍵は先生がすでにお持ちです」

「えっ。お、おお、そうだった」はっと気づいたような顔をすると、是清氏はポケットから別の鍵を取り出した。

表面には「X」の刻印。つい先刻、是清氏が桜本人から受け取った鍵だ。

是清氏がその鍵を鍵穴に差し込むと、鍵は何の抵抗もなくすっと右に九十度回転し、最後に、かちりと解錠される小さな音を立てる。

「開いたっ」そう言うなり、是清氏はノブを捻《ひね》り、扉を開けた。

「桜っ、桜はいるか」

是清氏を先頭に、一同は桜の部屋になだれ込む。

扉が開けられた十号室。その桜の部屋は、灯《あか》りが煌々《こうこう》と点《とも》っていた。

今は窓枠にきちんと括り付けられた、薄桃色の絹のカーテン、それと同じ色で揃えられたベッド、洋服箪笥《だんす》、書き物机の横には、たくさんの背表紙が並ぶ本棚、そしてアップライトの黒いピアノ。

それらは、先ほど隆一郎が見たのと同じように、そこに存在していた。

だが二つ、異なっているところがあった。

ひとつは、先ほどはなかった、小机の上の白い紙片。そして、もうひとつ。

桜が、いなくなっていた。

＊

「桜、桜、おお、どこにいるのだ、桜」

最後尾にいる良平が後手《うしろで》に扉を閉めるや、是清氏は嗄《しわが》れた声を投げる。

千牧氏は、「失礼」と断りを入れると、部屋の中央へ歩み入り、ベッドの掛け布団《ぶとん》を捲《めく》った。それから書き物机の下を調べ、また部屋の隅々までを念入りに確認した。

そして、青ざめた顔で言った。「どこにも、桜さんはおられないようだ」

「桜は、消失してしまったのか。魔術師の言ったとおり」

是清氏は、虚《うつ》ろな目のまま、がくりと膝《ひざ》を突く。

今夜零時、桜に、人体消失の魔法を掛ける。

その予告どおり、今宵《こよい》日付が変わるこの時刻に、魔術師の術は完遂されたのだ。

何と大胆なことだろうか。魔術師は、是清氏や千牧氏のみならず、家人や隆一郎、お双もいる衆人環視の中、堂々と、その術を実行して見せたのだから。隆一郎たちが、その企《たくら》みを阻止すべく万全を期していたにもかかわらず。

誰もが茫然《ぼうぜん》と、主《あるじ》を失った虚ろな部屋をただ眺める中。

隆一郎は、おもむろに口を開く。

「長命寺さん、あれは何でしょうか」隆一郎は、その異物を指差しつつ言った。「あの紙片は、先ほど、この部屋にきた時にはなかったように思いますが」

隆一郎が指差していたのは、小机の上に置かれた紙片。

おそらくは、便箋《びんせん》を折り畳んだものだ。隆一郎は実は、この部屋に入ったときからずっと、それが気になっていたのだ。

是清氏は、隆一郎の言葉に促されるように、その紙片を無言で取り上げる。

紙片には、文字が書かれていた。遠目にもはっきりとわかる、あの群青色のインキ。

禍々《まがまが》しく角張った文字。

是清氏は、その文面を、憔悴《しょうすい》した声で読み上げた。

「『小生の人体消失術はいかがでしたか。小生に不可能がないことは、もはや理解していただけたことでしょう。しかし、最後にもうひとつ、だめ押しの魔法をご覧に入れておきます。どうぞ、薔薇《ばら》を開けてご覧なさい。それが小生の、最後の出現魔法です』」

「薔薇、ですって」千牧氏が、首を傾げた。「どういう意味ですか。この家には薔薇があるのですか」

「いえ」是清氏は、力なく首を振った。「我が家には薔薇など、どこにもありませんが」

だがそのとき、隆一郎の横で、お双が「にゃッ」と声を上げる。

「どうしたのですか、お双さん」

「ま、まさか、リューイチロー、薔薇って、も、もしかして、これ」

お双が、震える手で、隆一郎にそれを見せた。

それは、先刻お双が桜から貰《もら》ったもの。すなわち。

「ローズヒップ。薔薇の果実。こ、これだって、薔薇、だよね」

紅茶缶を手に、隆一郎を見詰めるお双。

「そうです、確かにそのとおりです」隆一郎は、お双の二つの目を交互に見詰め返す。

「お双さんは、さっきこの缶を一度開けましたが、その後この紅茶缶を開けましたか」

「う、ううん」お双は、ふるふると首を横に振った。「それきり開けてない」

「だとすると」

魔術師の、薔薇を開けてみよという指示。それは、この薔薇の果実《ローズヒップ》が入った紅茶缶の中を、検《あらた》めてみろ、ということなのだろうか。

とすれば一体、この紅茶缶の中には、何が入っているのか。魔術師の偉大な魔法は、お双がずっと持っていたこの紅茶缶の中にまで、及んでいるということなのだろうか。

「秘密《プライバシー》なのでしょう。いいのですか」皆に見せてもいいかという意味で、隆一郎は問う。

「大丈夫」お双は、即答した。「そんなこと言ってる場合じゃないもの」

小さく頷《うなず》くと、隆一郎は、その紅茶缶を是清氏に見せた。

「長命寺さん。この紅茶缶は、実は双が先ほど桜さんからいただいたものです。中身は、ローズヒップのハーブティ、すなわち薔薇です。もしかするとこれが、魔術師の言う薔薇なのではないでしょうか」

是清氏は、紅茶缶を受け取ると、それを数秒じっと見つめた後、缶に両手を添え、ゆっくりと円い蓋《ふた》を外した。

途端に、うっとりするような薔薇の甘い香りが、部屋を満たす。

しかし是清氏は、そんな香りになど気にも留めることなく、茶葉で満たされた缶の内側を指で探った。そして。

「こ、これは」

缶の奥底から現れたのはまたも、小さく折り畳まれた、紙片。

震える手で、是清氏がその紙片を広げると、やはりというべきか、それはもはや忌まわしいまでに群青色の文字が並ぶ、便箋だった。

是清氏は、震えた声で、その文面を読み上げる。

前略　すべてはつつがなく。

今や目的はすべて達成されました。

したがって小生が貴方《あなた》、いや貴方がたに見せる魔法もまた、これにて終わり。

今や我が手にある桜殿を、これからどうするか。どうするか決めたなら、またお知らせいたしましょう。

それでは皆様、その日までごきげんよう。左様なら。草々

「うう」

手紙を読み終えるや、低い呻《うめ》きとともに、是清氏はその場に頽《くずお》れてしまう。

「是清さん、気を確かに」前後不覚の是清氏に肩を貸しながら、千牧氏は皆に言った。「是清さんは私が見ます。皆さんは、急いで屋敷の中を調べてください。もしかしたら桜さんはまだ、どこかにいるかもしれない」

それから、良平に向かって指示をする。「良平君、君はかの子さんとともに、二階の談話室と、各部屋を見て来てください」

「わ、わかりました」一瞬だけ間を置いてから、良平は頷き、かの子に訊《き》く。「かの子さん、今、オリジナルキーの鍵束は持っていますね」

「は、はい、ここに」かの子は慌てて、鍵束を取り出し、良平に見せた。

その様子を見ていた竹蔵も、言った。「ぼくは、親父殿の書斎と和室を見てこよう」

その表情は、意外にも神妙なものだった。竹蔵は、梅を促す。「梅、お前も来い」

「えっ」梅は一瞬はっとした顔になり、次に露骨に嫌そうな顔をした。しかし最後には、兄の言葉に素直にしたがった。「はいはい、一緒に行けばいいのでしょう」

それを見て小さく頷くと、千牧氏は隆一郎にも言った。「葛切君とお双さんは、すみませんが、一階の大広間と食堂、厨房《ちゅうぼう》を見て来てください」

「承知しました」

そうして、再び十号室の扉が開かれ、それぞれが部屋を後にする。

良平とかの子は談話室を隈《くま》なく確認し、一号室から順繰りにオリジナルキーの鍵束で鍵《かぎ》を開けると、一部屋一部屋、その中を確認していった。

竹蔵と梅、隆一郎とお双の四人は、談話室から連れ立って一階へと下りて行く。

その道すがら、竹蔵はそっと隆一郎に言った。「やはり、消えてしまったな」

そして、くくくと笑う。「すべては、どこかの誰かの筋書きどおりに運んだ。あるいは予定調和って奴かもしれん。しかし」竹蔵は、ふと眉根《まゆね》を寄せ、苦々しげな表情を作った。「そのとおりそのままに進むというのも、何だか、気に入らんね」

無言の隆一郎に、竹蔵はなおも言う。「そもそも、どうやって姉貴を消したんだ。葛切君、きみにはわかったか」

「…………」

隆一郎はやはり、何も答えない。

といっても別に、竹蔵に対して怒っているわけではなかった。

隆一郎は、じっと考えていたのだ。

魔術師や魔法などといった虚像の奥にある、事件の実像、その真実の姿は、何か。

実は、桜の部屋の前で抱いたあのもやもやとした違和感を出発点として、今、隆一郎の頭の中には、今回の事件に関する真実の姿が、少しずつ見え始めていた。

漠然とではあるが、隆一郎には、それが形となり始めていたのだ。

もちろん、いまだ釈然としないことは山ほどあった。説明に足りるだけの理も圧倒的に不足していた。だから、竹蔵の問いに対しても今は沈黙でしか答えることができない。

それを察したのか、竹蔵は、隆一郎に明確な答えを強いることもなく、そのまま一階に下りると、梅とともに奥の書斎へと消えて行った。

それを見送った隆一郎も、お双とともに、一階の食堂、厨房、大広間の探索を始める。

食堂には、人ひとりが隠れ得る場所はない。机の下や、家具の陰といったものはあるが、いずれも、桜がいないのはもちろんのこと、特別異変もないのは明らかだ。

厨房もまた然《しか》り。食器棚や洗い場があり、陰となる部分こそ多いものの、誰かがいるなどということはなかった。珍しい外国製の大型冷蔵庫、その冷凍庫の中まで確認したものの、中にはひんやりとした空気が淀《よど》んでいるだけで、人の姿などは見当たらない。

そして、大広間。

隆一郎はつい先刻、竹蔵とここで会話したことを思い出す。

最初、竹蔵はカーテンの陰で煙草を吸っていた。だが隆一郎はそれに気づかなかった。

黒ビロードの厚いカーテンがあるせいだ。カーテンは人の姿を容易に隠す。だとすれば、ここに誰かが隠れている可能性はある。

隆一郎とお双は、協力しながらすべてのカーテンを開いて行く。

シャッ、シャッという音とともに、カーテンが一枚一枚、順繰りに開かれた。

だが、すべてのカーテンを開いてしまっても、結局、誰の姿もそこにはなかった。

「いないね」お双が、はあはあと荒く息を吐きつつ言った。「誰かが隠れるなら、絶対ここだろうと思ったのに」

「わたしも、そう考えていたのですが」

再度、窓を一枚ずつ確認していた隆一郎は、ふと妙なことに気がついた。

扉だ。

玄関の扉が、ほんの少しだけ、開いている。

「お双さん、あなた今、あの扉を開けましたか」

「ううん」唐突に訊かれたお双は、きょとんとした顔で答えた。「開けてないよ」

「ということは」隆一郎は、そっとその扉に歩み寄る。「この扉は、最初から開いていたということになりますね」

近くで見る玄関の扉。それは確かに、僅《わず》か一、二センチメートルほど開いていた。幅にして高々指一本分の、よく観察してみなければわからないほどの小さな隙間。だがこのような小さな隙間があることが、非常に大きな意味を持っているのは明白だ。

「かの子さんが、玄関扉の鍵を閉め忘れるとは思えません。しかもさっき、わたしが竹蔵さんとこの部屋にいたときには、この扉はぴったり閉じられていました。つまり」

「魔術師が、開けた」不安と怪訝《けげん》とが入り交じった顔で、お双は言った。

「おそらくは」

「入ってきたのかな、鍵を開けて」

「それは、逆、かもしれませんよ」

「逆」

「ええ」隆一郎は頷くと、口角を少しだけ上げた。「実は、お双さん、わたしにはほんの少しずつですが、わかってきたような気がしているのです。この事件の本当の形が」

＊

二階の談話室に戻ると、ソファには、項垂《うなだ》れる是清氏と、彼を宥《なだ》める千牧氏とが並んで腰掛けていた。

「ああ、葛切君」隆一郎たちの姿を見るや、千牧氏が訊いた。「桜さんはいましたか」

「いいえ、残念ながら」隆一郎は首を横に振る。「桜さんも、魔術師の姿も、どこにも。しかし一点、妙なところがありました」

「妙なところ」

「はい。玄関の扉です。僅かに開いていたのです」

「玄関が、ですか」是清氏が顔を上げた。「戸締りされていなかったということですか」

「ええ。ですがそれは、かの子さんの不手際によるものではないと思われます。玄関の扉が開かれたのは、かの子さんが扉に鍵を掛けた、もっと後のことのようです」

隆一郎は扉が閉じられているのを確認した経緯を説明する。

「ふうむ」唸りつつ、千牧氏はなおも訊く。「誰が、いつ、開けたのでしょうか」

「わかりませんが、少なくとも、扉がひとりでに開いたのでないことは確かでしょう」

「…………」是清氏は再び、頭を抱えた。愛《いと》しの娘が誘拐されたばかりで、ひどく混乱しているのだろう。心情を慮《おもんぱか》り、隆一郎はそれ以上余計なことは何も言わなかった。

しばらくすると、書斎と和室の探索を終えた竹蔵と梅が戻ってきた。

「書斎と和室は異常なしだ。誰もいない」

続いて、全部屋の探索を終えた良平とかの子も姿を見せた。

「どの部屋にも、異常はありませんでした」

結局わかったのは、屋敷の中のどこにも、魔術師はおろか、桜はいないということ。

「ああ、桜は、やはり、桜は」

そう嘆いたきり、言葉も継げないまま、是清氏は、悲痛に歪《ゆが》んだ表情を両手で覆い、テーブルに突っ伏してしまった。

午前零時三十分を指す、振り子時計。

僅か一時間前、魔術師の存在すら懐疑的なまま、一同はこの談話室に屯《たむろ》していた。桜もまだ、十号室にいた。にもかかわらず、今や桜の姿はここにはない。消失してしまったのだ。他ならぬ桜自身も、まさか一時間後、自分が本当に消失してしまうなどとは、信じていなかったに違いない。

それからの、まさにあっという間の出来事。

外の物音、突然の停電、割れたティーカップ。

そして、桜の消失。

一体、何がどうして、こんなことになったのだろうか。

何もかもわからない中、しかし今や、皆が心の中で思うことはただひとつ。つまり。

やはり、魔術師は、いたのだ。

そう、恐ろしい人体消失魔術を使う魔術師によって、桜は消失させられたのだ。

沈鬱《ちんうつ》で重苦しい雰囲気が漂う中。

ふと、千牧氏が思い出したように言った。

「そうだ、警察」千牧氏は、ぽんと手を打った。「警察を呼びましょう。彼らは最初に相談した際には何もしてくれませんでしたが、もし何かあればすぐに刑事を寄越すとも約束しました。そして今、桜さんは消失した。何かが起こったのです。しかもこれは、れっきとした誘拐です。誘拐ならば刑法に触れる。これはまさに警察の領分です」

千牧氏の言葉に、再び是清氏が顔を上げる。その顔には、一縷《いちる》の希望が表れていた。

そうだ、なぜ、そんな簡単なことに気づかなかったのだろうか。

是清氏はすぐ、良平を呼んだ。「すまないが、良平君」

「なんでしょうか」

神妙な顔の良平に、是清氏は言った。

「今すぐ階下に行って、大広間にある電話で一一〇番をしてきたまえ」

7

午前一時を十五分ほど過ぎたころ、ようやく、その男が長命寺家に到着した。

「どうも。どうも。警視庁の月平長安《つきひらながやす》といいます。遅くなって申し訳ありません」

敬礼したのか手を挙げたのか曖昧《あいまい》な挨拶《あいさつ》とともに、男は談話室へとずかずか足を踏み入れる。

がっしりと体格のいい男。顔の幅よりも顎《あご》の幅のほうが出っ張っているような、台形の顔つきだ。年齢は三十前くらいだろうか。初夏にもかかわらず、まるで季節外れな、足首まである長いベージュのよれたトレンチコートを着た彼は、刑事課の警部補だと名乗りつつ、名刺を家長である是清氏に手渡した。

「すみませんね、官用車が出払ってしまっていて、ここまで自転車で来たのです。いやあ、これがなかなか長い道のりでしたよ、暗いのに、坂ばかりでね、はっはっは」

唾《つば》を飛ばして大笑する、月平刑事。

隆一郎は得心する。なるほど、自転車で来たのか。ならば、通報から到着まで少々時間が掛かったのも理解できる。

それにしても、来たのは月平刑事だけのようだが、大丈夫なのだろうか。

同様の不安を感じたのだろう、憔悴《しょうすい》をさらに色濃くした是清氏に、月平刑事はふと真顔になった。「で、何があったのですか。通報では、人さらいだと聞きましたが」

「え、ええ」是清氏は、気を取り直すように咳払《せきばら》いをひとつしてから、答える。「実は桜が、娘の桜が、誘拐されてしまったのです」

「誘拐。あなたの、長命寺さんの娘さんですか。おいくつなんです」

「二十四です」

「お年ごろですね」月平刑事は、掌《てのひら》に収まるほど小さな黒い手帳に、親指ほどの長さもないちびた鉛筆で、さらさらとメモを取りながら言った。「さらわれたのは、いつです」

「午前零時、まさに今先ほどです」

「それまで、娘さんは何を」

「部屋におりました」

「部屋に」月平刑事の片眉《かたまゆ》が、ぴくりと上がる。「ずっとですか」

「ええ。桜はずっと、窓にも入口にも鍵《かぎ》を掛けて、部屋に閉じこもっておりました。私ども、家の人間もずっと、こちらの談話室におりました」

「うーん、どうも話が見えませんね」首を捻《ひね》る月平刑事。「終始部屋にいた。にもかかわらず、娘さんは誘拐された。筋が通りません」

是清氏は、怪訝そうな月平刑事に、この話の顛末《てんまつ》を一から、それこそ魔術師が最初に手紙を寄越したところから、事細かに話していった。

月平刑事は、その話に、ふむふむと相槌《あいづち》を打ちつつ、なおもメモを取り続けていく。

そうして、是清氏が話をすべて終えると、月平刑事は言った。

「つまり桜さんは、衆人環視の中、忽然《こつぜん》とその、魔術師 某《なにがし》にさらわれ、消え失《う》せたと」

「そうです」

「うーむ、にわかには信じがたい話ですね」月平刑事は呆然《ぼうぜん》と唸《うな》る。「しかしこれは、

「そう思われるのも無理はありません」是清氏は、なおも言う。「しかしこれは、本当本当の話なのです。神仏に誓って、私は嘘など吐《つ》いてはいない」

「いえいえ、長命寺さんを疑っているのではありません」慌てて月平刑事は、頭の上で手を振った。「長命寺さんは華族です、つまらない嘘を吐くお方ではないことくらい、よく存じています。それにこの事件は、長命寺さんのみならず、これだけたくさんの目撃者もいるのですから。ええと」

隆一郎たちの方を振り向くと、月平刑事は言った。「ところで皆さんは、どういった方々なのでしたっけ」

月平刑事の促しに、ひとりひとり、自己紹介をしていく。

竹蔵、梅、良平、かの子。千牧氏と、そして。

「葛切隆一郎といいます」隆一郎は、頭を下げた。「帝都大大学院の学生です」

「ほう、帝大ですか。かしこいんですねえ」メモ魔なのだろう。月平刑事は、相変わらず忙《せわ》しなく鉛筆を手帳の上で動かしながら言った。「今日はどうして、こちらに」

「長命寺さんからのご用命を受けて、参りました」

「ご用命」

「刑事さん、葛切君たちは、怪しい人間ではありませんよ」横から、是清氏が補足をしてくれた。「部外者がいたほうが、魔術師の企《たくら》みを阻止できるだろうと考えて、私が葛切君たちを呼んだのです。彼らの身元は、千牧さんが保証してくれています」

「そういうことであれば」問題はありませんなあ、などと言いつつ、月平刑事はお双の顔を見た。「で、あなたは」

月平刑事は、なぜかお双の顔をじっと見つめると、そのまま固まっていた。

お双はすぐに、あたふたと自己紹介をした。

「あ、あの、あた、わたし、葛切双と言います」

「……………」

「葛切リューイチ、隆一郎の妹です。その、はじめまして」

「……………」

だが、なおも月平刑事は、視線をお双から外さない。

「あの、刑事さん」

「…………」

「どうしたんですか、その、あたしの顔に何か付いてますか」

「い、いい」そう呟《つぶや》くように言うと、しかし月平刑事はすぐに頭の上で何度もぶんぶんと手を振った。「ああいやなんでもありません。すみません双さんですね。わかりました双さんですね。ありがとうございます。双さんですね。双さん」

そう言いながら、月平刑事はなぜか顔を赤くして、しかも遠目にもわかるほど大きな字で、手帳に『双さん』『双さん』と書き付けていた。

怪訝《けげん》そうなお双をよそに、やがて月平刑事は、わざとらしい大仰な咳払いを放つ。

「あー、それはさておきですね、えー、どなたがいらっしゃったのかは、わかりました。ええ、よくわかりましたとも。それで、皆さんがいらっしゃって、皆さんが見ていたにもかかわらず、長命寺桜さんは消え失せてしまった、とそういうわけですね」

「そうです」頷《うなず》く一同。

月平刑事は、今しがたメモを書き付けたばかりの手帳を読み返しつつ、言った。

「その消え失せる直前、停電があったと聞きましたが」

「ええ」是清氏が答える。「零時少し前でしたでしょうか、確かに停電になりました」

「停電は、この部屋だけのものでしたか」

「違います」是清氏は、首を横に振る。「屋敷全体が停電しました」

「なるほど。それは変ですね」月平刑事は、また片眉だけをぴくりと上げて言った。

「僕はその時刻、ずっと警視庁におりましたけれど、都下に停電が起きたなんて報《しら》せは皆無でした」

「とすると、停電はこの屋敷だけのものと」

「おそらくは、そうですね」ぱたんと手帳を閉じると、それをポケットにしまいながら、月平刑事は言った。「そして、停電が起きたタイミングを考えれば、何かしらの仕掛けがあると考えたほうがよさそうです。ええと、竹蔵さんでしたか」

「ああ」月平刑事に名を呼ばれ、竹蔵が訝《いぶか》しげに答える。「ぼくに、何か用ですか」

「あなたは、この家の電気のことに詳しいですか」

「電気。まあ、詳しいかどうかは知りませんけど、どこにコンセントがあるかくらいならばわかりますよ」

「なるほど、では配電盤がどこにあるかはご存じですか」

「配電盤」竹蔵はほんの少し首を傾げてから、答えた。「ああ、あれのことかな。屋敷の外の、車庫の横に、金属の箱みたいなものがあったような」

「おそらくそれです。申し訳ないんですが竹蔵さん、僕をそこへ案内してもらえますか」月平刑事は、竹蔵を促しつつ、一同にも言った。「あ、皆さんはしばし、こちらで待機していてください」

月平刑事が竹蔵を伴い、談話室から出て行く。

やがて、十分ほど後、竹蔵とともに談話室に戻ってきた月平刑事は、揚々と言った。

「思ったとおりでした」月平刑事は、得意げに胸を張った。「僕が睨《にら》んだとおり、配電盤には、タイマーが仕掛けられていましたよ」

「タイマーですって」是清氏が眉を顰《ひそ》める。「それは、どういうことですか」

「これをご覧ください」そう言うと月平刑事は、一同に小さな器械を見せる。

それは、小型の置き時計だった。その表面のガラスは取り外されており、文字盤と針とに、リード線を半田付けした跡がある。

「これは、置き時計を細工して作った、手作りのタイマーです。文字盤と針に半田の跡があり、特定の時間になると、リード線を通った電気がショートするようになっています。このタイマーは屋敷の外の配電盤、つまり主電源を制御する器械に仕掛けられていました。つまり、ある時間になると電流がショートを起こし、主電源が落ちるのです」

そして再び時間が経過し針が回れば、再び電流は繋《つな》がり、元に戻るといった仕組みなのですね。そう言うと月平刑事は、鼻の下を人差し指で擦《こす》った。

「なるほど、それであの一時的な停電が起きたのですね」感心しつつ、是清氏は言った。「すぐにそんなものを見つけてしまうなど、さすがは刑事さんだ」

「まあ、仕事ですからね」嬉《うれ》しそうな顔でにこりと笑う月平刑事。しかしすぐまた、彼は真顔に戻る。「とはいえ、これは停電の原因を明らかにするものでしかありません。

問題は、こんなものを仕掛けたのが誰なのか、しかる後どうやって桜さんを誘拐したのかということです」

「ふうむ」是清氏は唸る。「魔術師は一体誰なのか、そしていかなる魔法を使ったのか」

魔術師は誰か。いかなる魔法を使ったか。

先刻から悩まされている難問だ。しかし、それら問いのうち、後者についてはすでに答えは出ていると、隆一郎は思う。

後者の問い、すなわちいかなる魔法を使ったか。その答えはこうだ。

魔法など、使ってはいない。

理由は簡単だ。もしも魔法を使ったのならば、配電盤にタイマーを仕掛けるなどといった小細工が不要だからだ。本当に魔術師が魔法を使えるのならば、魔法で停電を起こしてしまえばいいのだから、そもそも仕掛けをこしらえる必要はない。にもかかわらず、こんな小細工があるのだとすれば、その存在そのものが、魔術師は魔法など使えないということを示す。

要するに、これは魔法ではない。

物理法則を覆すことのないトリックを擁する、ただの手品に過ぎないのだ。

とはいえ、そのトリックが何なのか、その実相はまだ、隆一郎にはわからない。そして、そんな手品を仕掛けた魔術師、いや、手品師が誰なのかも。

是清氏の問いには明確に答えないまま、沈黙してしまった一同に、ややあってから月平刑事は言った。

「事件が起きたのは、零時ぴたりなのでしたね」

「そうです」是清氏が頷いた。

「今はまだ二時前。つまり事件からまだ二時間も経過していません。犯人も、桜さんと一緒なのですから、そう素早く移動することはできないでしょう。とすれば、犯人たちは、ここからそう遠くはない場所にいると思われます」

「桜はまだ、この辺りにいると」

「おそらくは」月平刑事は頷いた。「この地域は、人家もそう多くはないですし、あってもこの夜中では、不審人物の侵入を容易には許しません。もしかすると、まだその辺の道をうろついている可能性は高い」

月平刑事は、踵《きびす》を返しつつ言った。「僕は、怪しげな人間がいないか、外を巡回してきます。ついでに本庁に電話をして、応援も呼びます。ですから、皆さんはまだこちらで待機していてください。大丈夫。きっと桜さんは見つかりますよ」

そして彼は、大きな風体に似つかわしくないウインクをした。

そのウインクが、なぜかお双に向けられているように思えたのは、気のせいだろうか。

*

月平刑事がいなくなると、再び談話室は静けさを取り戻す。

大丈夫。きっと桜は見つかる。

月平刑事はそう請け負ったが、しかし、やはり不安ではある。

あの刑事に犯人と桜が見つけられるのだろうかということももちろんだが、そもそも、あの魔術師は人智を超えた狡猾《こうかつ》さを有しているのだ。そんな魔術師を相手にして、果たして人間が勝つことができるのか。

だから皆、何かを口に出すこともできず、ただ沈黙していた。

しかし。

「すみませんが、皆さん」ふと、思い出したように、良平が口を開く。「一言だけ、よろしいでしょうか。こんな拍子に言うべきことではないかもしれませんが」

無表情のまま、しかし真剣な口調の良平。

じっと彼のことを見詰めていた是清氏が、咳払《せきばら》いとともに言った。「言いたまえ」

良平は、おもむろに答える。「僕には、この事件の犯人に心当たりがあります」

犯人が、わかった。

その言葉の意味に、一瞬場が色めき立つ。是清氏は、冷静な口調で問う。「犯人に心当たりがあるとは、つまり犯人が誰なのか、君は名前を言えるということかね」

「ええ」

「なんと」頷《うなず》く良平に、是清氏はなおも問う。「では犯人は、誰なのか」

「それは」一拍を置くと、良平はその男の顔をちらりと見て言った。「もしかして、あなたなのではないですか。竹蔵さん」

全員の視線が、一斉に竹蔵へと集まる。

「ぼくが、犯人」当の竹蔵は、一瞬言葉の意味がわからないとでも言いたげに目をぱちぱちと瞬《しばたた》きつつ言った。「まさか。冗談はよしてくれ」

「冗談ではありません」しかし良平は、あくまで真面目な口調で言った。「この事件、竹蔵さんが犯人である可能性は極めて高いと、僕は思います」

「ちょ、ちょっと待て」さすがの竹蔵も、慌てて抗弁する。「勘弁してくれよ、一方的に決めつけるなんて。そもそもぼくが犯人だなんて、証拠でもあるのか」

「証拠は、ありません」

「ほら、ないんだろう。それじゃ単なる言いがかりだ」

「しかし、証拠がなくとも推測はできる」良平は、視線を竹蔵から逸《そ》らすことなく言った。「いいですか竹蔵さん。この犯罪は、成就するための条件が二つある、その二つを兼ね備えているのが、竹蔵さん、あなたなんですよ」

「どういうことだよ」

言ってみろとばかりに睨みつける竹蔵に、良平は淡々と続けていく。「二つの条件とは、事件を起こす動機と、事件を起こす方法のこと。この二つが揃っている人物こそが、事件に最も近い人間だと考えられるわけです。では、動機と方法とは具体的に何なのか。

まず動機ですが、竹蔵さん、あなたは日頃から長命寺先生が自分を跡継ぎとしないことに、不満を感じていたでしょう」

「不満、だと」ぐっと、竹蔵が言葉に詰まる。「そんな、こと、ないぞ」

だがその言いぶりこそ、そんなことがあるとすでに自白しているようなもの。

良平はなおも続ける。「あなたにとって、自分が跡継ぎとなるために邪魔なのは桜さんです。とすれば、桜さんさえいなければいい、そう考えるのは自然なこと」

「馬鹿な」吐き捨てるように言う竹蔵。「邪推だ。ぼくはそんなこと、考えてもいない」

「しかし、怪文書を送ったのは事実でしょう」

「そ、それは」

再び言葉に閊《つか》えた竹蔵に、良平は畳み掛ける。「竹蔵さん、あなたには動機がある。そしてそれを実行に移すだけの方法もあった」

「ほ、方法とは、なんのことだよ」

「ずっと黙っていたけれど、知っているんです」良平はじっと竹蔵を睨みつつ言った。

「僕は見ていたんですよ。桜さんが魔術師に襲われて怪我をなさったあの頃、あなたが頻繁にのこぎりを持って外に出られているのを」

「何だと」是清氏がきっと竹蔵に厳しい視線を向けた。

良平は続ける。「のこぎりはもちろん、凶器になります。もしや竹蔵さんは、散歩中の桜さんを害するつもりだったのではありませんか」

「ぼ、馬鹿なこと言うなよ」竹蔵はうろたえつつ、慌てて弁明する。「僕はただ、通行人のことを考えてだな」

「それだけじゃないですよ」竹蔵の言葉を遮るようにして、良平はなおも言う。「ひとつお聴きしますが、竹蔵さんは煙草を吸われる。そうですね」

「そ、そうだが」

「吸われるのは必ず、窓際です。何のためにですか」

「何のためにって、そりゃ、煙が行ったら迷惑だからだろう」

「違います」良平はぴしゃりと言った。「竹蔵さんはもしかして、何らかの合図を、外に向かって送っていたのではないですか」

「合図だって」竹蔵は、目を眇《すが》めた。「まさか。誰に合図を送ると言うんだ」

「窓の外にいる誰かです」

「誰かとは、まさか」千牧氏が、愕然《がくぜん》とした表情で言った。「共犯者」

「そうです。竹蔵さんは窓の外に待機していた共犯者と共謀して、桜さんを誘拐した。煙草の火はその合図なのではありませんか」

「本当なのか竹蔵」是清氏がいきり立つ。「事実なのか、今良平君が言ったことは」

「まさか。すべて言いがかりだっ」怒鳴るように、竹蔵は言った。「ぼくはただ、普通に煙草を吸っていただけだっ。のこぎりの件だって、敷地の外周を補修していただけじゃないかっ。そんなの、何の証拠にもなりはしないぞ」

そのとおりだ、確かにそれを証拠と考えるのは少々行きすぎだ、と隆一郎は思う。煙草を吸っていたこと、それが合図になり得ることは事実だし、のこぎりが凶器となり得ることもまた事実。しかし、それらが犯罪行為との因果関係を持つことが示されていないからだ。

だが一方で、良平が指摘したように、竹蔵に動機があるのも事実。

それらがわかっているからか、二人の間に立つ是清氏が、怒っているような、戸惑っているような、微妙な表情で、口論の続きを窺《うかが》っていた、まさにそのとき。

ぼうん、ぼうん。

不意に二回、鐘の音が鳴った。

時刻は午前二時になった、その合図。

結局、気勢を削《そ》がれたからだろうか、それとも、論争を切り上げるいい契機だと思ったからだろうか、良平と竹蔵はそれきり言葉を継ぐことはなく、言い争いは風船が萎《しぼ》むように収束したのだった。

そして再び、困惑と不安に満ちた静けさが談話室を支配する中。

隆一郎はただ、目を閉じていた。

戸惑っていたのではなく、眠いのでもない。実は、誰もが混乱する中にあっても、隆一郎だけは、その頭脳を廻《めぐ》り廻らせていたのである。

何を考えていたのか。それは、この不思議な出来事の真実について。

すなわち、魔術師はどうやって桜を消失させたのか。

そして、なぜ桜は消失させられねばならなかったのか。

そもそも、誰が桜を消失させたのか。

実のところ、物理学という物質世界を追究する学問を信奉する隆一郎にとって、この誘拐劇は、まさに魔術師からの挑戦であるようにも感じられていた。魔術師はこの不可思議な事件を問いとして、隆一郎に挑戦しているのだ。解けるものなら解いてみよと。

隆一郎は、その端整な顔立ちときりりとした眼差《まなざ》しの奥に、実は、大きな闘志の炎を宿していた。挑まれた闘いならば、これを正々堂々受けて立つ。そして勝つ。それは隆一郎の信条でもあった。

だから隆一郎は、熟考していたのだ。それらはすべて、魔法や魔術などという虚像ではなく、世界の理に基づききちんと説明できるはずだ、と。

とはいえ、理というものはそう簡単に繋《つな》がってくれるわけではない。

だから隆一郎は、その理をなんとかして繋げるために、先刻から何度も、桜が消失する直前直後の出来事を思い返していた。

桜を最後に見たのは、停電の直後、全員で十号室に行ったときのことだ。

暗闇の中で、十号室の扉から顔を覗《のぞ》かせた桜に、皆がほっと胸を撫《な》で下ろした。

まさにその直後、談話室から聞こえてきたのが、ティーカップの割れる音だ。

良平の「部屋にお戻りを。扉を、決して開けないよう。念のため、あなたがお持ちになっている鍵《かぎ》を、先生にお渡しくださいますか」という言葉に、桜は素直にしたがった。

このとき十号室は、窓も扉も鍵が掛けられた状態となり、桜自身でさえ外には出られなくなった。もし外からここに入るためには、是清氏に渡された十号室の鍵か、是清氏かかの子が持っていたオリジナルキーの鍵束を使わなければならなくなったのだ。つまりこの瞬間、十号室は完全な密室となったのである。

にもかかわらず、一同が談話室に戻り、停電が直り、そして零時となり、再び十号室を確認すると。

すでに桜は消失していたのだ。

この間、ほんの十分程度。

もちろん、最後まで十号室は密室が維持されていたし、消失後の異変、例えば窓や扉が壊されているとか、こじ開けられているといった事情も認められはしなかった。

一体どのようにして、桜はこの十号室という密室から消失したのか。

その理がどうしても、繋がらない。

例えば、誰かが十号室に侵入して桜を誘拐したという前提で考えてみる。

すると、第一に問題になるのは鍵だ。どうやって、密室となった十号室に入り、あるいは十号室を密室にしたままでそこを脱出できるのか。

素直に考えれば、そのためには鍵を用いるしかない。すなわち、十号室固有の鍵か、オリジナルキーのいずれかを使い、密室への侵入、脱出を図ったのだ。

とすれば、十号室の鍵とオリジナルキーの鍵束を持っていた是清氏、オリジナルキーの鍵束のみを持っていたかの子、このいずれかが魔術師だということになるだろう。

しかしここで、第二の問題が立ち塞《ふさ》がる。

それは、魔術師はいかなる方法を用いて、桜を連れて脱出し得たか、という問題だ。首尾よく十号室を脱出し、屋敷の廊下に出た魔術師は、当然のことながら、薬物か何かで眠らせた桜を小脇に抱えているはずだ。あるいは縄でぐるぐる巻きに縛り、猿轡《さるぐつわ》で口を塞いで、桜の自由を奪っていたかもしれない。いずれにしろ魔術師は、このような状態の桜とともに、屋敷の外に脱出しなければならないのだ。

脱出の方法は、二とおりが考えられる。ひとつは、電光石火の早業で隙を見て脱出するという方法。もうひとつは、ひとまず桜を屋敷のどこかに隠しておいてから、ほとぼりが冷めたころに、ともに脱出するという方法だ。

この点、桜の消失を確認した後、隆一郎たちは全員ですぐに屋敷の探索を行っている。探索はそれぞれ二人ずつで行っているから、実はいたにもかかわらず、いなかったと嘘を吐《つ》くことはできないだろう。そして、桜は見つからなかった。この結果は、その時点ですでに屋敷に桜はいなかったということを示す。

加えて、玄関の扉が僅《わず》かに開いていたという事実を併せて考えると、ひとまずどこかに桜を隠したのではなく、電光石火の早業で脱出してしまった可能性のほうが高いと考えられる。玄関の扉が開いていたのは、まさにその脱出劇の痕跡《こんせき》なのだ。

しかし、であれば魔術師は、いついかなる機会を捉《とら》えて、脱出を図ったのだろうか。

この点、是清氏かかの子のいずれかが魔術師であると仮定してみる。彼ら二人のいずれも一貫して、一同に付きしたがって行動をしていた。少なくとも隆一郎が見ている限り、彼らに桜を外に脱出させる機会などなかったのだ。

すなわち、たとえ十号室の鍵やオリジナルキーを持っていたとしても、彼らを疑うことは困難なのだ。

では、是清氏とかの子以外の誰かが魔術師なのか。

もちろん、この場合にも推理は袋小路に陥る。二人のほかに十号室の鍵やオリジナルキーを持っているものはおらず、必然的に密室の問題が発生するのだ。そもそも彼らもまた一貫して、一同から離れることなく行動をしていたことに変わりはない。

結局のところ、推理は行き詰まっているように思えた。

だが。

それでも隆一郎は、いまだ思考を諦《あきら》めてはいなかった。

彼は、心の中にひとつ、ある着想を秘めていたからだ。

その着想とは、連なる問題点のすべてを解決できる人物が、実はひとり存在しているという事実。その事実を起点として考えれば、理がすべて繋がり得るという可能性。そのことに、隆一郎は気づいていたのである。

だが、それでも。

仮にその人物を出発点に考えたとしても、どうしても解決できない問題はなお残る。

すなわち、一同が、桜の無事を確認した後、その人物はいかなる行動をしたのか。

すなわち、停電が回復してから、その人物はどこにいたのか。

そもそも、その人物はいかなる方法を用いて屋敷から脱出したのか。

そもそも、その人物にはいかなる動機があり、そしてこの後、どうするつもりなのか。

「………」

わからない。

瞑目《めいもく》したまま、隆一郎は、大きな溜息《ためいき》をひとつ、長々と吐いた。

＊

「ねえ」

ふと隆一郎は、シャツの裾《すそ》をお双がゆさゆさと何度も引っ張っていることに気づいた。

「ねえってば、リューイチロー」

「なんでしょうか」

思考を一時中断し、隆一郎は、片方の目だけでお双を見る。

「あ、やっと返事してくれた」お双は、頬を膨らませて言った。「ずっと呼んでるのに、応《こた》えてくれないんだもん。リューイチロー、寝てるのかと思った」

「寝てはいませんよ。考え事をしていただけです。それより、わたしに何か」

「あのね」お双は、真剣な顔つきを作る。「さっき言い掛けたことなんだけど、きちんと伝えておかなきゃと思って。リューイチローに」

「言い掛けたこと」隆一郎は、先刻のお双とのやり取りを思い返す。

停電となり、桜の部屋に一同で行った後。そういえば、お双はそのときに「変だ」と訴えていた。停電が直ったため、その先はうやむやとなったが、確かにお双は、「あの部屋がなんだか変な風に見えた、しっくりしない」と言っていた。

「それは、十号室に感じたという、違和感のことですね」

「えっ。ああ、それもあるかな」お双は、小首を傾げた。「リューイチローは覚えてると思うけど、停電したでしょ。十号室に行ったでしょ。桜さんのお部屋を、あちこち、良平さんが懐中電灯で照らしたでしょ。そのとき、あたしね、何かおかしいなって思ったの。あのときは、その理由がよくわからなかったけど」

「今は、わかるのですか」

「うん」お双は、こくりと頷《うなず》いた。「たぶん、あたしの見間違いじゃなければ、窓枠にね、カーテンが掛かってなかったと思う」

「カーテンが、ですか」あのときの様子を、隆一郎は思い浮かべる。良平は部屋のそこかしこを懐中電灯で照らし、最後に窓を照らした。その光景をはっきりと覚えているわけではないが、言われてみれば、お双の指摘どおり、そこにあの薄桃色の絹のカーテンは掛かっていなかったかもしれない。

しかし、なぜカーテンがなくなっていたのか。

ううむ、と考え込む隆一郎に、お双は言った。「あ、でね、それもそうなんだけど、あたしが言い掛けたことはね、それと別に、もうひとつあるの」

「どのようなことですか」

「うん。窓の外に何かいたって良平さんが言ったときのことなんだけど」

「窓の外」隆一郎は一瞬、視線を右上にやり思い出す。「あの、柏さんがかさこそという物音を聞いた、外を何かが走って行ったのを見たと言った、あのときのことですか」

「そうそう、それそれ」

「でも、あれは確か、ただの野良犬だという結論に落ち着いたはずですが」

「………」目を伏せたまま数秒。それからお双は顔を上げる。「それ、たぶん違うの」

「違う。何がですか」

訝《いぶか》る隆一郎に、お双は訴えた。「あのね、あたし元は猫だから耳は相当いいっていう自信があるんだけど、そのあたしが聞いていた限りではね」そして、くりくりとした真っ黒な瞳《ひとみ》で隆一郎を見つめる。「そんな物音、していないの」

「物音は、していない」

「うん。かさこそはおろか、それ以外の音も、一切していない」

「聞き取れなかった、ということはありませんか」

「それは、絶対ない」お双は、首をぶんぶんと横に振った。「あのときのこと、リューイチローも思い出して。外には風も吹いてなくて、とても静かだったでしょ。だから、ほんのちょっとでも物音がしたなら、このあたしが聞き逃すはずがない」

「ふむ」

「それにね、その後の、あれは野良犬か何かだっていう話。あれも違う。だってあのとき、あたし、フクローさんに教えてもらったんだもの」

「フクロー。梟《ふくろう》のことですか」

「うん」お双は、こくりと頷いた。「あのとき梟さんは言ってたの。『別に、ここには僕以外誰もいないよ』って」

確かにあのとき、ホーと一声鳴いた梟がいた。それは実は、梟が、動物の言葉を解するお双に向けて放った言葉だったのだ。

「梟さんは正直者だから、嘘は吐かない。だからきっと、良平さんの言ったことが間違いなんだと思う。でも、だったらどうして、良平さんはそんなことを言ったんだろう。それとも、良平さんにだけ聞こえたり、見えたりしたものがあったのかな。だとしたら、それは一体、何だろう」

「…………」

お双の言葉に、隆一郎は、何も答えない。

なぜかといえば、隆一郎には、その言葉に返事をする余裕がなかったからだ。

実はこのとき、彼は、ありとあらゆる事象を、頭の中で整理する真っ最中だったのだ。脳髄の内で、これまでの出来事、誰それの言動が、あるヒントを手掛かりに、大変な速さで分析されていた。つまり、この事件の全貌《ぜんぼう》を暴く結論、すなわち動機、そしてトリックを、彼は次々と頭の中に構築していたのである。

契機となるヒントは、二つあった。

ひとつは、隆一郎自身が抱いた違和感だった。あの違和感の正体に、隆一郎ははたと思い当たったのだ。もっとも、これは千牧氏のお陰かもしれないと隆一郎は後にそういう感想を持つのだが、いずれにせよこの違和感は、トリックを考える上で実に大きな手掛かりとなったのだ。

そしてもうひとつのヒント。それは、今しがたのお双の言葉だった。

お双の言葉は、隆一郎の推理に存在していた大きな間隙《かんげき》をきれいに埋めたのだ。

クロスワードパズルが、たったひとつの言葉を嵌《は》め込んだことによって、芋蔓式《いもづるしき》に次々解けていくように、お双の言葉は、膠着《こうちゃく》状態にあった隆一郎の推理を助け、その理を繋《つな》げていったのだ。

そして、たっぷり一分もの深い、深い思考の後。

「リ、リューイチロー、どうしちゃったの」

いきなり緘黙《かんもく》を決め込んだ隆一郎を、心配そうに見つめるお双。

隆一郎は、そんなお双に気づくと、その可愛らしい頭を撫《な》でた。

「お双さん」

「な、なに」

「本当にありがとうございます。これもひとえに、あなたのお陰です」

「ありがとうって、え、あたし、お陰、えっ、何が、どういうこと」

困惑するお双に、隆一郎は、にこりと微笑んだ。

「あなたのお陰ですよ、お双さん。あなたが気づいてくれたお陰で、ようやく、事件の全貌を解明できました。つまり、すべてわかったのです。この事件の真相が」

8

「ふー、残念ながら、誰もいませんでした」

不意に、月平刑事が戻ってきた。月平刑事は、息を切らしながら言った。「犯人はすでに、桜さんとともに遠くに逃げ去ってしまったのかもしれません」

「お、遅かった」是清氏が、愕然《がくぜん》とする。「ということは桜は、桜はもう」

「いえいえ、まだまだ大丈夫ですよ」月平刑事はことさらに自信のある声色で言った。「犯人は見つかりませんでしたが、本庁の連中にはすでに連絡を取りました。彼らと、夜明けとともに大々的に捜索を始める予定です。いかに魔術師といえども、我々警察の前には、いずれそのアジトごと暴かれ、桜さんも無事救い出されることでしょう」

どうかご安心を、はっはっは、と月平刑事は豪快に笑った。

とはいえ、その笑いはもはや乾いた音色にしか聞こえなかった。彼の言葉は、確固たる保証もない、言わば虚勢のようなものだ。そんな強がりで安堵《あんど》できるほどの心の余裕など、一同はすでに持ってはいない。

やがて、ははは、はは、は、えー、ごほん、と月平刑事の笑いが気まずそうな咳払《せきばら》いとともに終わると、談話室には再び、沈鬱《ちんうつ》な空気が淀《よど》む。

誰ひとり、口を開くものはいない。

丑三《うしみ》つ時《どき》も過ぎたというのに、眠ることもできず、ただ憔悴《しょうすい》していた。

各々、あるものはソファで脱力したように腰掛け、あるものは一点をじっと睨《にら》むようにして立ち竦《すく》み、またあるものは壁に凭《もた》れて窓の外をただぼんやりと見ていた。

不意に、振り子時計が鐘を鳴らす。

ぼうん、ぼうん、ぼうん。

午前三時。

その鐘が、ひとつの契機となったのだろうか。

談話室にいた一同は、彼らの前に歩を進める、ひとりの人物がいることに気づく。

その人物の一歩一歩は力強く、自信に満ち溢《あふ》れている。

彼は、暖炉の前に立つと、一同に振り返り、朗と響き渡る声で言った。

「皆さん、少しの間、お時間をいただいてもよろしいですか」

その青年こそ、葛切隆一郎、その人だった。

＊

「む、君は」

突然の出来事。怪訝《けげん》そうな月平刑事に、隆一郎は頭を下げる。

「改めまして、葛切隆一郎と申します。本日、魔術師から桜さんを守るための一助を差し上げるために、ここ長命寺さんのお屋敷に招かれたものです」

「それは知っていますが」月平刑事は、目を細めた。「君は何をしようと」

「謎解きです」

「謎解き」

「そうです」力強く頷《うなず》くと、隆一郎は、談話室にいるひとりずつの顔を、順繰りに見遣《みや》った。「わたしは、この事件における理を繋ぎ、実像を解明しました。謎が解けたのです。それをこれから、皆さんの前で、ご説明したく思います」

どう答えたらよいかわからない、そんな体で口をぱくぱくとただ開閉させる月平刑事。

一同もまた、絶句したまま、じっと隆一郎を見つめている。

隆一郎は、一呼吸を置くと、言葉を続ける。

「わたしの使命は、ひとえに桜さんの消失を阻止すること。しかし力及ばず、桜さんは消えてしまいました。桜さんはこのお屋敷からまんまと誘拐されてしまったのです」

そう言うと隆一郎は、剣呑《けんのん》な皺《しわ》を眉間《みけん》に寄せる。彼にはやはり、一度でも魔術師に出し抜かれたことが、口惜《くや》しくてならなかったのだ。

「しかし、汚名返上の機会は残されています」

「と、いうと」

「わたしの推し量るところによれば、桜さんはいまだ、この屋敷の敷地の中におられるはずだということです。すなわち桜さんを取り戻すことができる」

「本当かね、葛切君」是清氏が叫ぶように言った。「桜は、無事だと」

「はい」隆一郎は、微笑を浮かべた。「桜さんはご無事ですし、今なら取り戻すことが可能です。犯人は、決して桜さんを傷付けたりはしない。するはずがないからです」

「では、桜は、桜はどこにいるのか」是清氏が身を乗り出し、隆一郎を問い詰める。

「大丈夫ですよ、長命寺さん」隆一郎は、そんな是清氏をやんわりと制した。「その点についてもきちんとご説明します。しかし、物には順序というものがあります。まず、そもそもこの事件がなぜ引き起こされたのか、それを説明すべきでしょう。その上で」

隆一郎は、真剣な眼差《まなざ》しで、一同をぐるりと見遣る。「今、桜さんがどこにおられるのか。そして魔術師、すなわちこの誘拐事件の犯人が誰なのかを、解明したいのです」

皆が、口を開くことなく見守る中。

隆一郎はひとつ、こほんと咳払いをしてから、おもむろに口を開く。

「さて、話を始めるに当たり、これまでに発生した出来事を整理しておく必要があります。この長命寺の家に、最初の異変があったのは、ひと月ほど前の四月下旬ごろのこと。それは、桜さんが何者かに襲われ、同日魔術師からの最初の手紙が届くという形で表れました。桜さんは幸いにして命に別条はなく、手紙も、三日後に何かを出現させると書いてあるだけの、悪戯《いたずら》と思《おぼ》しき他愛《たあい》ないものでした。しかし、その予告にしたがい、三日後、長命寺さんの書斎にツツジが出現することとなります」

一呼吸を挟み、隆一郎は続ける。「次の事件は、五月初めに起こります。魔術師からの二通目の手紙が、今度は屋敷の中、靴箱の上に出現したのです。発見したのはかの子さん、あなたですね」

問い掛けに、かの子は素直に「ハイ」と頷いた。

隆一郎は続ける。「そこには、三日後に書斎から何かを消失させると書かれていました。果たして三日後、今度は当の手紙そのものが、長命寺さんの机の抽斗《ひきだし》から消失します。さらにその翌日。魔術師からの三通目の手紙を桜さんが発見します。桜さんが寝ている間に枕元に置かれていたというものです。そこには、書斎に魔術を施すとだけ書かれており、具体的に何がなされるのかは、わからないままでした。そしてそれから十日ほどは何事もなく過ぎ、もはや事件は収束したものと思われました。しかし」

隆一郎は、眉《まゆ》を顰《ひそ》めた。「やはり事件は起こってしまいます。五月半ば、桜さんが昼食を終えて自室に戻ると、そこに一枚のトランプを発見します。長命寺家にそのような遊具はなく、慌てて書斎にいる長命寺さんに報告に行きますと、お二人はそこで、立て続けに魔法を見せられます。すなわち、桜さんが、書斎の外に出現した道化師《ピエロ》を目撃し、かつトランプと四通目の手紙を発見するのです。そして、その手紙には、なんとも恐ろしい予告が、魔術師からなされていました。すなわち、皆さんお集まりの今夜、桜さんを消失させるという予告です」

隆一郎は、そこまでを一気に喋《しゃべ》ると、言葉を止め、一同の表情を観察した。

そこには、隆一郎が魔術師、すなわち犯人であると看破している人物もいた。

何食わぬ顔で、隆一郎の話を聞くその人物。

果たしてその人は、隆一郎の謎解きの後、素直に罪を認めてくれるだろうか。

唯一、その点に不安を覚えつつ、隆一郎は言葉を継いでいく。

「次に、今日の夕方以降の出来事についても、順を追って確認しておきましょう。まず午後六時ごろ。わたしと双と千牧さんは、大広間で長命寺さんとかの子さんにお会いし、引き続いて、この談話室にて、竹蔵さんと梅さん、そして柏さんのご紹介を受けました。午後七時。食堂で夕食をご馳走《ちそう》になり、桜さんのご紹介も受けます」

是清氏が、あの楽しい会話を思い出したのか、辛《つら》そうな表情を見せた。

「午後八時に桜さんは自室に戻られ、かの子さんが戸締りをなさいます。その他の皆さんは各々、自由行動をしていたと思います。その間のことは省略するとして、午後十一時。桜さん以外の皆さんが、談話室に揃います」

午後八時から十一時までの間、本当は様々なことがあったのだが、隆一郎はそれをあえて言わなかった。その様々なことの中には、今述べるべきでないことが含まれている、そう考えたからだ。

「十一時の鐘が鳴ってから二十分ほど。わたしは、長命寺さんとともに、桜さんの部屋、すなわち十号室へ行きます。この時点ではまだ、桜さんは消失していません。談話室に戻りしばらくすると、柏さんが、外で物音がした、そこに何かがいたとおっしゃいました。そうですね、柏さん」

「ええ」良平が、落ち着いた口調で頷いた。

「柏さんは、あの時、何を聞き、何を見たのでしょう。今一度教えてくださいますか」

「…………」数秒考えてから、良平は言った。「窓の外に、かさこそというような物音を聞きました。慌てて外を窺《うかが》いますが、何も見えません。よく目を凝らすと、もじゃもじゃとした毛に覆われた黒いものが、そこを横切ったのが見えました。あのときは、それが人のように見えましたが、おそらく興奮していたための見間違いでしょう。先ほども申し上げたとおり、あれはたぶん、野良犬か何かだったのだと思います」

野良犬、という言葉に、お双がぴくりとした。

「今おっしゃったことに間違いはありませんか」

「そう、思いますが」隆一郎の念押しに、良平は怪訝そうに答えた。

一拍を置き、隆一郎は続ける。「あの時、わたしたちは皆、窓の外に目を凝らし、耳を澄まし、結局、何もいないことを確認しました。十一時四十五分ごろのことです。しかし、ほっとしたのも束の間、このお屋敷全体がいきなり停電します」

「あれは、びっくりしたわね」あの停電に大きな悲鳴を上げた梅が、呟《つぶや》いた。

「わたしたちはすぐ、皆で桜さんの部屋を確認しに行きます。もしや、この闇に乗じて魔術師が桜さんをさらうのではないか、そんな予感を、皆さんがお持ちだったからです。しかし桜さんは無事でした。桜さんは、鍵《かぎ》の掛かった部屋の中におられたのです。しかしそれを確認するや、今度は談話室で、何かが割れる大きな音がします。わたしたちは、十号室の鍵を桜さんから受け取ると、扉がオートロックにより施錠されたのを確認してから、談話室に戻りました」

竹蔵が、合いの手を入れるように言った。「ちょうどそこで、停電が直ったんだよな」

「はい。確認していませんが、おそらく、十一時五十五分ごろのことだろうと思います。光が戻ってくると、さっきの音が、ティーカップの割れた音であったということが判明します」そう言うと隆一郎は、暖炉の横を見下ろした。そこには、無残に割れたティーカップの残骸《ざんがい》が、いまだ片付けられずに放置されていた。

「葛切君」呟くように、千牧氏が問う。「蒸し返すようですが、このティーカップはどうして割れたのでしょう」

「その問いには、今ならば答えられます」隆一郎は断言する。「まず、少なくともこれは魔術師の仕業だということです。魔術師は必要として、故意に、ティーカップを割ったのです。何のためにそうしたのか、という問いに対する答えは後回しにします」

「もう、君には、すべての答えがわかっているのですね」

「ええ、もちろんです」

力強い隆一郎の言葉に、千牧氏は、納得顔で頷いた。

隆一郎はなおも、話を先へと進めていく。「こうして、慌ただしいまま、予告された零時となります。談話室にも、廊下にも、異変はないようでしたが、桜さんの部屋、十号室へ行ってみると、そこはすでに、もぬけの殻だったのです」

そう、桜はあの数分間で、忽然《こつぜん》と、消え失《う》せていたのだ。

沈黙がまた、談話室を満たす。

「桜さんの部屋には、便箋《びんせん》が残されており、そこには『薔薇《ばら》を開けてみよ』と書かれていました。それが、桜さんが双に手渡していた薔薇の果実《ローズヒップ》の紅茶缶のことであると気づき、中を検《あらた》めると、果たして、そこから魔法を完遂したという趣旨の手紙が現れたのです。その後、皆で手分けをして館内を捜しましたが、どこにも桜さんはいませんでした。しかし、不審な点といえばひとつだけ、玄関の扉が開いていたという異常がありました。それ以外には何もなかったのです」

「そこで、長命寺さんが、我々警察に通報したというわけなのですね」月平刑事が、言葉を挟む。「そして、僕がここに来た」

「はい。月平さんはそれから、配電盤に仕掛けられたタイマーを発見し、またこの近所を見回ってもくださいました」

「しかし、魔術師や桜さんらしき人物はいなかった」

「そうです」隆一郎は首を縦に振る。「ですがそれは、ある意味では当然のことです。なぜなら、魔術師も桜さんも、遠くに逃げたわけではなかったのですから」

それはどういうことなのか、訝しげな月平刑事を尻目《しりめ》に、隆一郎は説明を進めていく。

「さて、このような事実関係の下で、さらに確認しておくべきことが、実はひとつだけあります。それは、大変にお訊《き》きしにくいことではあるのですが」隆一郎は、無言で空中の一点を見つめている是清氏に、身体を向けた。「長命寺さん、お話しになりづらいということは百も承知で、あえてお訊きします。この長命寺の家には現在、どれくらいの財産と、どれくらいの借財があるのでしょうか」

「…………」その問いに、是清氏は最初ひどく驚いたような表情を見せた後、しばし逡《しゅん》巡《じゅん》し、しかし最後は観念したように答えた。「隠し立てしても仕方ありますまい、正直に言いましょう。長命寺家の財産はもはや、僅《わず》かな現金と有価証券を除けば、文祥区の庭園とこの土地家屋しか残されてはおりません。しかも、庭園と土地の過半はすでに抵当に入っています。一方、借金は五千万円ほどありましょうか」

「五千万円ですって、まさか」梅が、目を丸くした。長命寺家の財政がそれほど逼迫《ひっぱく》していたということを、梅は、今の今まで知らなかったのだ。

だが竹蔵はといえば、驚くこともなく、さもありなんという表情で澄ましている。彼にはもはや、馬鹿息子を演じるつもりはないようだ。

「その借金の貸し主は、大福家。かつその借金を帳消しにすることとの交換条件として、長命寺家へ大福誠さんを婿入りさせるということを承諾した。間違いはないですか」

隆一郎の問いに、ややあってから是清氏は頷いた。「お恥ずかしいことだが、そのとおり、間違いはない」

「言いにくいことを、ありがとうございます。またそのようなことを尋ねてしまい、申し訳ありませんでした」隆一郎は、丁寧に頭を下げた。「もちろん、わたしにはこの家の内情をとやかく言う権利はありません。ただ、このような事情が、今回の事件を生んだ大本の原因となっているということ、それだけはきちんと申し上げておく必要があると考えています。事実、桜さんが婚約をなさったのが二か月前、そして、魔術師から最初の手紙が届いたのがひと月前のこと。時期を考えても、桜さんの婚約が引き金となって、魔術師が産声を上げたことは、間違いありません」

隆一郎は一同に向き直り、説明を続けていく。

「では引き続いて、件《くだん》の魔術師なるものが、なぜこのような事件を引き起こしたのか、その動機について説明したいと思います。結論から先に申し上げますが、魔術師は、『魔術師という第三者が桜さんを誘拐したと皆に思わせるため』に、この事件を引き起こしたと、そう考えています」

「魔術師という第三者が、誘拐」

その言葉の意味を反芻《はんすう》するように繰り返す是清氏に、隆一郎は補足して説明する。

「この目的は、以下の二つの事項に分割ができます。すなわち、その消失劇の犯人が正体不明の魔術師であること。そして、その誘拐劇を皆、すなわち世間が是認すること」

「ちょっと訊いてもいいかい」無言だった竹蔵が、口を開く。

どうぞ、と促す隆一郎に、竹蔵はちらりと是清氏を見てから言った。「はっきりと言うが、今のきみの話では、まさに姉貴の生命保険が下りるということが、魔術師の目的だと考えられはしまいか」

その口調は、これまでの彼の軽薄な態度など嘘だと宣言するかのような、しっかりとしたものだった。

「つまり、姉貴が誘拐され、その死が確認されれば、保険金が下りる。保険金を使えば、大福家への借金も返せる。つまり親父殿こそが、魔術師であり犯人であるというわけだ。もちろんそのためには、第三者である魔術師が必要であり、誰もが魔術師が犯人なのだという状況が必要で、この事件はそのための茶番だということになる」

「私は犯人などではない」竹蔵の言葉を、是清氏は強く否定した。「この私が、なぜ、桜をこんな目に遭わせなければならないのか」

「親父殿。最後まで話を聞いてくださいよ」竹蔵は、あくまで落ち着いた口調で言った。「ぼくは確かにあなたを疑っている。考えても見てください。姉貴がいなくなれば、死んだことになり、保険金は下りる、借金は返せる、大福の家とも縁が切れる。つまり親父殿には大きなメリットがある。その上オリジナルキーの鍵束も持っているとなれば、疑わないわけにはいかないのです。しかしですね、だからといって、釈然としているわけでもない。こういっちゃあなんですが、親父殿、あなたの姉貴への甘やかしぶりは相当なものです。それと比べて、魔術師のやり口を見るにつけ、どうにも、それが親父殿の仕業とは思えない」

とはいえ、それなら魔術師が誰かといわれても、よくわかりはしないのですがね、と、竹蔵は頭を掻《か》いた。

是清氏は無言のまま、ただ口を真一文字に結んでいた。それは、出来が悪いと思っていた竹蔵が、思いのほかしっかりした人物であったことに驚いたためかもしれない。

竹蔵の疑問を、そのまま隆一郎が引き継ぐ。「今、竹蔵さんがおっしゃったとおり、長命寺さん、大変失礼な言い方になりますが、あなたはかなり濃厚な容疑者であることは事実なのです。しかし、わたしもあなたが魔術師だとは考えていません。理由は三つあります」

隆一郎は右手の指で、三を示した。「ひとつ目は、あなたが魔術師だとするには、この計略はあまりにも危険だということです。保険金詐欺、すなわち詐欺罪の量刑とは極めて重いもの。その危険をあえて冒してまで、名家の名を大事にするあなたは実行に踏み切るでしょうか。二つ目は、仮に計略が成功したとして、桜さんは死んだことになるわけですが、爾後《じご》その桜さんをどうするのかという点です。家の中に匿《かくま》うのでしょうか。それとも一生人目には曝《さら》さず、家の中でひっそりと、結婚もさせずに過ごさせるのでしょうか。そういう桜さんの不幸を、あなたがよしとするとは思えないのです。そして三つ目、これが最も大きい理由ですが、桜さんの直接の死亡が確認されない限り、保険金が下りるための要件は、裁判所による失踪《しっそう》宣告がなされること。しかし、本邦においては、失踪宣告がなされるのは、失踪から七年経過した時と定められているのです」

「七年だと」竹蔵が驚きの表情を見せる。「つまり、仮に姉貴が誘拐されて、行方不明になったとしても、保険金が下りるのは、失踪から七年も先のことになるのか」

「そうです。民法の規定において、一般に普通失踪と呼ばれている制度です」

是清氏が、力のない声で言った。「率直に申し上げましょう、実は私は、かつて桜の生命保険を使って大福家に借金を返すことを、考えたことがあるのです。しかし今、葛切君が言ったとおり、仮に桜を失踪させたとて、七年は待たねばならないとわかったとき、つまりすぐに保険金を受け取ろうと思えば、桜を本物の死体にしなければならないとわかったとき、その着想がいかに馬鹿馬鹿しいものであるかに気づいた。だからその方法は放棄したのです」

「賢明なご判断でした」隆一郎は、項垂《うなだ》れる是清氏を見ながら、言った。「かようにして、長命寺さんが魔術師であるということは、まずないと思われるのです」

「うーむ、親父殿が魔術師ではないことは、とりあえずわかった。だが、それならば」

竹蔵が、次なる疑問を呈する。「ぼくたちを虚仮《こけ》にする魔術師は、どこのどいつだというんだ。ああ、そうか、わかったぞ」

竹蔵は、にやりと笑うと、かの子を指差した。「魔術師は、きみだな」

「えっ、ち、違います」慌ててかの子は頭を横に振った。「わたくしじゃありません」

「いや、きみだ。この家で、姉貴のことを疎ましく思うものがいるとすれば、それはきみだろう。ぼくは知っているのだよ、きみが、誰を好いているのかを」

「言わないで」かの子が、半ば叫ぶように言った。「それは、言わないで」

「いや、言う。きみは良平君が好きなんだろう。しかし、良平君は姉貴にご執心だ。だからきみは、姉貴のことが疎ましくて仕方がないんだ」

「嫌ぁ」かの子は、両手で顔を覆い、座り込んでしまった。

だが竹蔵は、構わず続ける。「それに、ぼくがきみを魔術師だという理由は、それだけじゃないぞ。きみは、オリジナルキーの鍵束を親父殿から預かっているだろう。先般からこの家に起こる不気味な事件、つまり出現術だの、消失術だのは、それさえあれば容易に起こせるものばかりじゃないか。だから」

「竹蔵さん、待ってください」さらに鋭い言葉をかの子に浴びせようとする竹蔵を、隆一郎は制した。「それ以上は言ってはなりません。それこそ、誤解というものです」

「誤解だと」竹蔵は、自分の意見が否定されたことに、憤慨したような表情を見せた。

「ぼくが言っていることが、誤りだとでも言うのか」

「そのとおり。誤謬です」
「なぜだ」竹蔵は、今度は隆一郎に食って掛かる。「間違っていると言うならば、それ
に見合うだけの理由を示したまえ」
「落ち着いてください、竹蔵さん」隆一郎はあくまで冷静に、竹蔵に理を説く。「確か
に、かの子さんが柏さんを想う気持ちが大きいのは事実でしょう。加えて言えば、桜さ
んを疎ましく思っていたのも事実であるはずです。しかし、だからといって、それがす
ぐ桜さんを誘拐するという行動に結び付くものでしょうか。失礼ながら、かの子さん」
「は、はい」問い掛けに、かの子はおどおどと返事をする。
「答えづらいでしょうが、お訊《き》きします。かの子さん。あなたは、桜さんに嫌がらせめ
いたことをしましたね」
「…………」かの子は答えない。答えられないのだ。
是清氏は、その理由を察すると、優しく言った。「かの子さん。あなたは我が家で、
安い給金にもかかわらず、実によく働いてくれている。その功を反故《ほご》にするつもりはな
い。どんなことがあっても、決して怒らないから、どうか本当のことをいっておくれ」
かの子は、しばし下を向いたまま下唇を噛んでいたが、やがてか細い声で言った。
「わたくしが桜様に嫌がらせをしたのは、事実です」
「嫌がらせとは、例えば、どんなことをしたのですか」
「それは、桜様の下履きを隠したりですとか、お櫛《くし》を折ったりですとか」

「なぜ、そうしたのですか」

「…………」

答えないかの子。その代わりとでもいうように、突然、梅が叫んだ。

「私が言うわよ。かの子さんはね、いや、私たちはね、姉様を追い出したかったのよ」

「梅様」かの子が慌てて梅を制止しようとする。

だが梅は、にこりとかの子に微笑んだ。「いいのよ。言ったでしょ、一蓮托生《いちれんたくしょう》だって」

それから梅は、隆一郎に振り返る。「そうよ、私たちは姉様に、色々と嫌がらせをしたわ。正確には、かの子さんが実行して、私がそれを隠蔽《いんぺい》したんだけどね。なぜそんなことをしたか、ですって。そんなのわざわざ言うまでもないことよ。私たちにはとにかく、姉様の存在が疎ましかったから。ただそれだけ」

「そうすれば、桜様がこの屋敷からいなくなる、そう思ったのです」梅の言葉に被《かぶ》せるように、かの子が続けた。「嫌がらせすれば、桜様が神経衰弱に陥る。病院に入院する。この屋敷から出ていく。桜様さえいなくなれば、良平さんの気持ちだって、きっと」

そして、梅とかの子はそれきり黙ってしまった。

「二人の企《たくら》みは、かくも幼いものです」隆一郎は、是清氏に向く。「多少は悪気があったかもしれない。ですがその実は、子供染みた、しかしさしたる害のない、咎《とが》めるにさえ値しない程度に些細《ささい》な企みであった。わたしは、そう考えます」

「うむ」是清氏は頷《うなず》いた。不問に付す、そういう意味だ。

「さて、本題に戻りますが、どうでしょうか竹蔵さん。このようなかの子さんの行動と、魔術師の大胆不敵な魔法。どうにも噛《か》み合わないとはお感じになりませんか」

「うーん、確かにそうだけどなあ」落ち着きを取り戻した竹蔵が、腕を組みつつ答える。

そんな竹蔵に、隆一郎はさらに言う。「なお、かの子さんが魔術師ではない理由がもうひとつ。それは、オリジナルキーの鍵束があっても不可能な魔法があることです。道《ピ》化《エロ》師の瞬間移動術。こればかりは、たとえそれを持っていたとしても、説明ができません。さて竹蔵さん、あなたはそれを、いかに説明なさいますか」

「むむ」もはや竹蔵も、返す言葉がない。長い息を吐《つ》くと、竹蔵は言った。「ああ、きみには負けたよ。というか、ぼくの早とちりだったんだな。なんにしても、疑って申し訳なかったね、かの子さん」

隆一郎は、その謝罪の言葉に口端を上げると、さらに話を続けていく。

「実のところ、オリジナルキーの鍵束の存在は、今回の事件において、大層重要なものと思われているようです。なぜならば、それさえあれば、魔術師が見せた様々な魔法が可能となるからです。ところが、今申し上げたように、瞬間移動術だけはたとえオリジナルキーがあったとしても説明ができないのです。とすれば、もしかすると、わたしたちは一旦《いったん》オリジナルキーの鍵束の存在を脇に置いておいた方がいいのではないかと思うのです。ところで、梅さん」

「何かしら」梅が、警戒しつつ返事をする。「もしかして、次は私を疑うとでも」

「いいえ」安心させるように、隆一郎は首を左右に振った。「わたしは単に、確認がしたいのです。梅さん、あなたは先ほど、かの子さんとは一蓮托生だとおっしゃいましたね。加えて、梅さん自身も桜さんのことが疎ましいとも。教えてはくださいませんか、その真意を」

「………」梅は、仏頂面を隠しもせずに言った。「姉様がいなくなれば、誠さんと結婚するのは私。誠さんと結婚できれば、もっとお金も自由に使えて、窮屈な生活をしなくて済む。ただ、それだけのことなんだけど」

「そのために、かの子さんと結託して、桜さんの追い出しを計画したのですね」

「そういうことよ」

「では例えば、誠さん以外に、どなたかお金持ちの男性が現れて、あなたに求婚したら、あなたはどうされますか」

「………」梅は、表情を緩めると、ややあってから言った。「その男と結婚するわ」

「なんと軽薄な」是清氏が半ば呆《あき》れ気味に言った。

隆一郎は、そんな是清氏に説明する。「事件の容疑は、もちろん梅さんにも掛かります。その理由は、桜さんがいなくなれば、代わりに自分が大福誠さんと結婚できるからです。しかし、今のお答えによれば、梅さんは、必ずしも大福誠さんという特定の個人に執着しているわけではない。どちらかといえば、梅さんの結婚なさる理由は」

「お金よ」隆一郎の代わりに、立派な太さを持つ腕を組んだ梅が、ピシャリと言った。

ふてぶてしい態度は、しかし堂々としており、むしろ清々《すがすが》しくさえあった。「私はお金が好き。だからお金と結婚したいのよ」

「率直なご発言、ありがとうございます」隆一郎は梅に一礼した。「さて、どうでしょう。梅さんが、大福誠さんと結婚することを望むにしても、それをあえて桜さんを誘拐してまで行うかどうかは疑問だとは思えませんか。梅さんにとっては、そんなしち面倒《めんどう》臭いことをするよりも、大福家にはさっさと見切りをつけて、他家に嫁ぐことを考えた方が現実的だからです」

梅は打算的だ。打算的だからこそ、いつもコストを天秤《てんびん》に掛けている。そんな人間が、あえて桜の誘拐劇のような、見返りに釣り合わない大きなコストが掛かることをやろうとするわけがないのだ。

「さて」隆一郎はさらに、竹蔵の方を向いた。「再び竹蔵さんに、お訊きします」

「何だい」竹蔵が、隆一郎の問い掛けに、苦笑を浮かべた。「まさか今度は、ぼくが魔術師かもしれないとか言い出すんじゃなかろうな」

「恐縮ですが、それがわたしの役目なのです」隆一郎もまた、苦笑いしながら言った。「何しろ、あなたには、大きな動機があるのですから」

「動機ねえ」竹蔵は、やれやれといった体で言った。「まあ、まずはご高説賜ろうか」

隆一郎は、率直に述べた。「竹蔵さん、あなたはこの長命寺家の家督を執りたいと願っていますね。理由は、家督を執れば、財産を自由に使えるからです。この点、際限なくいくらでも遊ぶための金を使えるようにするためだと、周囲には思わせているようですが、実はそうではありません。あなたは、この家の財政事情をどうにかして立て直したいと考えているのではありませんか」

「…………」何も言わず、しかし目線は逸《そ》らさず、隆一郎の言葉に耳を傾ける竹蔵。

隆一郎は、なおも続ける。「しかし、このままでは家督を執るのは桜さんか、その夫となる大福誠さんになってしまう。あなたはどうにかして、そうなることだけは避けたいと考えた。そうなれば、長命寺家は破滅してしまうからです」

「それでぼくが、姉貴を誘拐した、というのか。馬鹿を言うなよ、きみ」

喧嘩《けんか》腰になる竹蔵に、しかし隆一郎は首を横に振った。「もちろん、違いますよ。竹蔵さん。あなたはそういう非常識な方法は採られません。なぜならあなたは、周囲が思っている以上にきちんとした方なのですから。煙草の吸い殻だって、決してその辺りにほったらかしたりはせず、携帯用の灰皿に、きちんとしまわれたでしょう」

「む」

「あなたは、もっとずっと常識に沿った方法で、問題を解決しようとなさるはずなのです。そう、例えば、大福家と直接交渉をするとか」

竹蔵は、観念したように言った。「そこまでわかっているのか」

「わかった、というよりも、推測です。竹蔵さん、常識人のあなたですから、大福誠さんに対して、書簡によって、様々な交渉をされたんじゃありませんか」

「ああ、したよ。親父殿に言ってもだめなら、相手方に言うしかなかったからね。彼らの意図が透けて見える以上、ぼくには黙って指を咥《くわ》えて見ているという選択肢はない。だからぼくは、書簡を何回か送ったんだ。長命寺家の歴史や、家督制度の理、これらを説き、よからぬ企みなど通じはしないと釘《くぎ》を刺した。もし大福家に聞く耳があるならば、多少なりとも効果はあるだろうと思ったんだ。だが」やれやれという素振りで、竹蔵は言った。「それも先方は、性質《たち》の悪い嫌がらせ程度にしか思わなかったようだがね」

「ありがとうございます」隆一郎は礼を述べると、一同に向き直る。「文書による交渉は、まったく常識的なものです。どうですか。竹蔵さんは、そういうまっとうな方法で、まずは問題解決を図ったのですね。こういったやり方は、魔術師のやり口とはまったくそぐわないものとは思えませんか。このように縷々《るる》考えますと、竹蔵さんが魔術師である可能性も大変に薄いのじゃないかと、わたしには思えるのです。そうすると」

隆一郎はここで、言葉を区切ると、意味深な間を置く。

それから、おもむろに言った。

「魔術師である可能性のあるものは、残るおひとりの方に絞られてくることになるのです。すなわち」ゆっくりとその人物に向き直ると、彼としっかりと目を合わせて、隆一郎は告げた。「あなたです。柏良平さん」

＊

「僕、ですか」名を呼ばれ、良平が隆一郎をじっと見つめる。「もしかして葛切君は、僕を疑っていると」

「ええ。あなたが魔術師なのではないかと、わたしは疑っています」

隆一郎は頷くと、無表情な良平の、しかし突き刺すような眼光から決して目を逸らすことなく、真正面から見つめ返した。まるで激しく火花が散っているかのように、視線と視線がぶつかり合う。

やがて良平が、冷たい声色で訊《き》く。

「なぜ、僕が魔術師だと言うのです。僕にはそもそも、動機さえないというのに」

隆一郎は、冷静に答える。

「いいえ、柏さん。あなたには、はっきりとした動機があります」

「ほう」良平は、目を眇《すが》めた。「僕に、どんな動機があると」

隆一郎は、こほんとひとつ咳《せき》を払って、言った。「柏さん。あなたが桜さんのことを好いているということ。その事実に、間違いはありませんか」

「さあ」良平は一瞬、目を逸らす。だがすぐ、何事もなかったかのように言った。「好きか嫌いかで言えば、好きでしょうね。それは、間違いありません」

聞きたくなかった想い人の言葉。かの子がそっと、面を伏せる。

「しかし」一転、良平は隆一郎を問いつめる。「だからといって、それがどう動機に繫《つな》がると言うのです」

隆一郎は、一拍を置いて答える。「柏さん、あなたは、桜さんに想いを寄せている。そんなあなたにとって、桜さんが婚約してしまったという事実は衝撃だったでしょう。このままだと、どこの馬の骨とも知れない人間と結婚してしまう。それがあなたには耐えられなかった。だからあなたは、桜さんの結婚を何としてでも阻止しようと考えた」

「結婚を、阻止、ですって」ははっと嘲《あざけ》るようなひと笑いとともに、良平は続けた。「何を馬鹿なことを。確かに、僕が桜さんの婚約を阻止したかったのは事実だ。それは認めよう。だがそのために、僕が魔術師を演じ、桜さんを誘拐するなど、そんな話があるわけがない。荒唐無稽《むけい》にもほどがありますよ」

しかし、隆一郎は、あくまでも真剣な眼差《まなざ》しのままで言った。「柏さん。あなたの想いは、その荒唐無稽を実行に移せるほどに、強かったのだということです」

「笑止ですね。いかに僕の想いが強かろうが、そんなものは僕の一方的な想いだ。桜さんは、長命寺家という由緒ある良家のご令嬢、片や僕は、お屋敷に間借りする一介の田舎者だ。そのくらいの身の程は知っていますよ。その僕が一方的な想いを桜さんにぶつけて、あまつさえ誘拐して、一体どうしようというのです。確かに婚約は破談になるでしょう。しかし僕は犯罪者になる。何より桜さんが不幸だ。そんな行動には、何の意味もないのです」

「意味ならば、あります」隆一郎は、断言した。「柏さん。あなたの計画には、婚約を破談にするということのほかにも、きちんとした目的があるのです。その目的とは、二つ。ひとつは長命寺家の窮状を救うこと。もうひとつは桜さんを誘拐した後、どこか遠くで、ひっそりと二人で暮らすことなのです」

「桜さんと二人で、だって」

「そうです」

「たわけたことを」良平は、大きく頭を横に振った。「さっきも言ったが、嫌がる桜さんにそんなことを強要したところで、彼女を不幸にするだけだ。そんなことが僕にできるわけがない」

隆一郎は、ニコリと笑った。「桜さんは、嫌がりませんよ」

「なぜ」

「簡単なことです。桜さんも、柏さん、あなたのことが、好きだからです」

「えーっ」お双が、よく通る声で言った。「桜さんも、良平さんのことが好きなの。それってつまり、両想いってこと」

そうなの、良平さん、と問うお双に、良平は「まさか」と答える。

「さっきも言ったように、僕はただの居候だ。名家のお嬢様が僕のことを想っていてくれるならばそれは嬉《うれ》しいが、そんなものは夢物語、妄想、妄言の類《たぐい》です」

「いえ、これは妄想ではありません」隆一郎は、ぴしゃりと言った。「事実、柏さん、あなたは時折、桜さんの部屋で密会をしているのではありませんか」

「な、何を馬鹿な」

狼狽《うろた》えたような良平に、隆一郎は続ける。「夕食後、柏さんが談話室にいらしたとき、妹の双が気分を悪くしました。原因は『匂い』です。そうですね、双」

「えっ、あ、はい」お双が、はっとした顔をすると、慌てて頷《うなず》いた。「あのとき、猫嚙み《イヌハッカ》の匂いがしたんです。あたし、それでちょっと、気分が」

「その匂いは、どこからしたものですか」

「ええと、それはたぶん」ちらり、と目線をその人に向けた。「良平さんです」

「双は、匂いに大変に敏感です」猫又なので、という理由を省きつつ、隆一郎は続ける。

「わたしたちには気づかないイヌハッカの匂いを、柏さんから感じ取った。ではなぜ、柏さんはイヌハッカの匂いを纏《まと》っていたのでしょう。ここでわたしたちは、イヌハッカのハーブティがお好きなもうお一方のお名前を思い出す必要があります。それが」

「桜さん」

呟《つぶや》くようなお双の言葉に、隆一郎は「そのとおり」と口角を上げた。「柏さんが纏っていたイヌハッカの匂い。そしてイヌハッカの香りがお好きな桜さん。この二つが示唆する事実は、おそらくお二人は長い時間、至近におられたのだろうということであり、それを許す間柄であったのだろうということです」

「だから、両想い。そうなんですね、良平さん」

再び問うお双。だが良平は、口を真一文字に結んだまま、何も答えない。

代わりに、隆一郎が答えた。「お二人は、お互いがお互いを慕い合う、大変に幸せな間柄にある。そして好き合う者同士が会うことは、何もおかしくはなく、また何も恥ずかしいことではありません。もっとも、それを本人から無理矢理《むりやり》訊き出すのは、野暮《やぼ》というものかもしれませんので、ここまでにするとして」

そう言うと、隆一郎は、真剣な表情に戻し、再び居住まいも正した。「さて、皆さん。ここまでわたしが述べたことは、今回の事件の動機に関することです。動機とは、人の心の内に秘めた衝動のことであって、極めて内面的なもの。であればこそ、目に見える証拠というものは存在せず、したがってそれを述べるわたしの言葉も臆測《おくそく》とならざるを得ないということには、注意しなければなりません。人の心とは、いかなる方法をもってしても、他者が詳《つまび》らかにすることができないもの。それを知りたければ、ご本人が自らお話しになるのを、待つしかないのが現実です。しかし」

隆一郎は、一同をぐるりと見遣《みや》ると、話を続ける。「動機ではなく、手段を考える場合ならばどうでしょう。『なぜか』ではなく、『どうやって』を考えるのです。この疑問は、客観的な事実が指摘できさえすれば、証明が可能なものです。もちろん、『どうやって』が知れたとて、それを引き起こす人の『なぜか』がわからなければ、やはり真実は詳らかにはならず、理は繋がらない。だからこそわたしは、今回の事件を、二つの観点から検討したのです。すなわち、動機のあるものは誰か、そして、実現可能性のある手段を持つものは誰か。そのどちらの範疇《はんちゅう》にも入るものこそが犯人であり、魔術師であろう、と、そう考えるわけです」

そこで一旦《いったん》、言葉を切る隆一郎。

静寂の中を、こちこちと振り子時計の音だけが、響いていく。

誰もが固唾《かたず》を飲んで見守る中、隆一郎は再び、口を開く。

「当初、いくら考えても、動機と手段とがうまく理によって繋がることはありませんでした。理由は明白です。そのとき、わたしがある先入観に囚《とら》われていたからなのです。先入観、それは、犯人というのは特定の一個人に定まるものだという思い込みであり、部屋というのはいつでも変わらずそこにあるのだという思い込みであり、いくらなんでもそこまではしまいという思い込みでした。しかし、一旦これらの先入観から脱《ぬ》け出すことができたとき、わたしはようやく、魔術師の魔法を過不足なく説明し得るひとつの筋書きを見出《みいだ》すことができたのです」

柏さん、と隆一郎は彼のほうを向き、言った。「この事件において、あなたには、強い動機がある。そして、その動機を起点にすれば、実にすんなりと通る、まさに理の繋がる筋書きをひとつ書くことができるのです。その筋書きとは、何か。それは、この消失劇が、あなたと、ある方との共謀によって行われたというものでした。すなわち」

隆一郎は、息をすっと吸い込むと、淀《よど》むことなく、その帰結を述べた。

「魔術師とは、柏さん。あなたと、そして桜さんの、二人のことなのです」

＊

一瞬、誰もがその言葉の意味が理解できず、硬直した。

さもありなん。魔術師とはこれまで、桜を誘拐するぞという脅迫を行ってきたものなのだ。その魔術師がまさか、当の桜自身であったなどと、誰が思うだろう。

だから皆、言葉を失ってしまったのだ。

「桜が、桜が魔術師、ですって」驚愕《きょうがく》の表情の是清氏が、やっとのことで絞り出すような声を出す。「まさか、そんなのは嘘だ」

「いえ、これは真実です」

「信じがたいことだ。そもそも桜は、誘拐される側なのだ。それが、誘拐する側でもあるとは、理解ができない」

「確かに、理解は困難です。しかし『誘拐される側であること』と『誘拐する側であること』とは、実は並立し得るのです。それが二者択一であるということ自体が、ある種の先入観であると考えるべきです」

「そ、そうなのかもしれないが、だが」訝《いぶか》しげに、是清氏はなおも疑問を投げる。「ならばあの一件をどう捉《とら》えるのだ。魔術師からの最初の手紙が来た日の朝、桜は暴行を受け、頭に大怪我を負ったのだ」

「それは、簡単なことです」隆一郎は、にこりと笑みを是清氏に向けた。「桜さんの怪我は、誰かの暴行によるものではありません。あれは、単なる事故です」

「事故」

どういうことだ、ときょとんとした顔つきの是清氏に、隆一郎は言う。「長命寺家の敷地には、ところどころ根曲り竹が生えています。竹は敷地から斜めに伸び、時折道路まではみ出ますが、表皮の緑は背景の林と同化して見づらくもなる。だから竹蔵さん、あなたは頻繁に、のこぎりを持って外に出たのですね」

「ああ、そうだよ」竹蔵が、呟くように答えた。「僕は時々、その竹を切っていたんだ。危ないからな。今じゃ剪定《せんてい》してくれる庭師も雇っていないし、そうしないと、通行人が怪我をするかもしれない」

「もっとも、竹蔵さんひとりですべての竹を切り落とせるとは限りません」隆一郎は、続ける。「門の横には、最近切り落とされたと思われる竹の白い断面が、わたしの胸の高さにありました。桜さんならばちょうどうなじのあたりです。あれはおそらく、桜さんが魔術師に暴行を受けたとされる時点では、まだ切られていなかったものでしょう。そして、もしそこを、竹に気づかないまま桜さんが通られたならば、どうなるか」

「ちょっと待って、それって」お双が、口を挟む。「もしかして桜さんは、誰かに襲われたんじゃなくて、自分で誤って竹に頭をぶつけちゃったってこと」

「そういうことです」隆一郎は頷《うなず》いた。「桜さんの怪我の位置、門の横で見た竹の切断面の高さ、朝は散歩を日課としていたこと、そしてただひとりで襲われたという状況を考えれば、そう考えるのが自然だと思います」

「だ、だが」是清氏は、狼狽《ろうばい》する口調で言った。「すると桜は、嘘を吐《つ》いていたと」

「そうなります」

「まさか、信じられん。あの桜がなぜ、そんなつまらぬ嘘を吐いたのか」

「つまらない嘘、ではないと考えます」隆一郎は、小さく息継ぎを挟んで言った。「竹に頭をぶつけ、思いのほか結構な深手を負ったこと。おそらく、そのとき、桜さんの頭の中に、ある遠大なことが思い浮かんだのです。それはわたしたちからすれば、あまりにも現実味のないこと。しかし桜さんにはそうではなかった。だから彼女は実行に移したのです。『襲われた』と狂言を演じ、そして、『誘拐される側』となり、かつ『誘拐する側』にもなったのです」

「む、むむむ」

長命寺氏が唸《うな》る。長命寺氏以外の一同も、何と言ってよいものかわからず、ただ隆一郎の次の言葉を待っているという体だった。

だから隆一郎は、努めて冷静な声で続きを述べた。「皆さんが混乱するのも当然のことです。桜さんは被害者であり、かつ加害者であるなど、誰が想像できましょう。被害者、加害者、これらの言葉は、法学において、不法行為を受けるものと、行うものを意味しており、今や、新聞や雑誌などを手繰ればいくらでもあり触れた、誰もが知っている月並みな言葉です。しかし、この言葉は、わたしたちにある先入観をもたらしています。それは、被害者と加害者は別人であるという先入観です。その先入観のために、わたしは、理を繋《つな》げられずにいた。逆を言えば、魔術師である柏さんと桜さんは、その先入観を利用したのです。そうですね、柏さん」

「…………」名を呼ばれた魔術師のひとりは、問い掛けに答えず、無言で俯《うつむ》いていた。

その沈黙が、指摘に沈黙を余儀なくされているのか、それとも意図的にそうしているものか、にわかにはわからない。

隆一郎はなおも、話を続ける。

「この事件の発端は、桜さんと大福誠さんの婚約が決まった時点まで遡《さかのぼ》ります。この婚約は、長命寺さんと、大福義満さんとの間で取り決められ、当事者である桜さんの心が考慮されていなかったことは、すでに皆さんご存じでしょう。しかし」隆一郎は、一度ちらりと良平を見遣《みや》った。「桜さんはこの時すでに、柏さんとの愛を育《はぐく》まれていらっしゃったのです。この恋がいつから始まったものかはわかりませんが、もとより多難なものであることを覚悟した上でのことであったでしょう。だから、長命寺さんや、ご家族の方、かの子さんにも、その想いが相思相愛であることをひた隠しにしてきたのです」

「ううむ、わからなかったなあ。よもや姉貴も良平さんのことが好きだったとは」

そう言った竹蔵に頷《うなず》き、隆一郎は、言葉を継いでいく。

「そのような中、青天の霹靂《へきれき》のごとく決められた婚約、しかも見知らぬ男性との結婚。桜さんと柏さんがどれほど嘆いたか、想像に難くないでしょう」

「ま、待ってくれたまえ」是清氏が、狼狽《うろた》えつつ言った。「私は、勝手に婚約を決めたわけではない。事前にきちんと、桜に了解を取ったのだ。桜は、言った。笑顔で、わかりました、と言った。だから」

「長命寺さん。桜さんは確かに首肯したでしょう。しかしそれは、嫌だ、などとは決して言えなかったからなのです。なぜなら、聡明《そうめい》な桜さんは、この長命寺家の窮状をすでにご存じであった。もしこの結婚を承諾しなければどうなるか、わかっていたのです。だから、拒否できなかっただけなのです」

「そう、だったのか」是清氏は、呆然《ぼうぜん》として項垂《うなだ》れた。

「一旦《いったん》は承諾したものの、桜さんは悩まれたことでしょう。もちろん柏さんもです。その辛《つら》さは、経験のないわたしには想像もつきませんが、お二人はこの結婚を何としてでも阻止したかっただろうと忖度《そんたく》します。どうすれば婚約を破棄でき、二人は思いを遂げられるか。しかし答えは出ず、時間だけが過ぎていきます。そんなある日、ごく些細《ささい》なきっかけが状況を変えます。桜さんが頭をぶつけて怪我したのです。このとき、お二人の思考は、ある一点へと収束を見ました。それが今回の、魔術師の計画だったのです」

では、その計画とは、何か。

「計画の骨子は、至って単純なものでした」隆一郎は粛々と、その真相を詳《つまび》らかにする。

「お二人は要するに、手に手を取って駆け落ちしようと考えたのです」

「駆け落ち、ですと」千牧氏は、驚愕しながらも、どこか賞賛するような口調で言った。「このご時世に、何と、時代な」

「しかし、実行に移すのには問題がありました。それは、婚約が一旦は決まってしまったものであり、かつ結婚と債務免除とが交換条件になっていたということです。もし、それらの事情を無視して逃避行したならどうなるでしょう。長命寺さんは、大福家から婚約破棄を責められ、借金返済のみならず損害賠償までも強いられてしまうことになる。そうなれば、長命寺家は破産を免れ得ません。桜さんとしては、お父様をそのような窮状に追い込むことはできない」

「あの子は、優しい子なのですよ」千牧氏が、うんうんと頷いた。

「普通ならば、この問題を解決する方法などないでしょう。駆け落ちを諦《あきら》めるか、長命寺家を見捨てるかの二者択一です。ところが恋するお二人の執念は、もうひとつの選択肢を見つけてしまう。一挙両得の方法を見つけてしまったのです。その選択肢とは」

一呼吸を置いて、隆一郎は言った。

「身代金を大福家に請求するという方法です」

「身代金を、請求する。大福家に」

意味がすぐには飲み込めず、きょとんとする一同。

そんな彼らの混乱を代表するかのように、それまでをほぼ傍観者でいた月平刑事が、口を開いた。

「申し訳ない、僕は部外者だから、なおのことよくわからないのだけれど、それは、魔術師が、つまり長命寺桜さんと柏良平さんが、長命寺桜さんを返すための身代金を、長命寺是清さんにではなく、大福家に請求する、という理解でいいのですか」

「そのとおりです」隆一郎は、首を縦に振る。「おそらくは数千万円の身代金を要求するつもりでいたでしょう」

だが、月平刑事はすぐさま疑問を呈する。「ちょ、ちょっと待ってください。本当にそんなことができるのでしょうかね。この誘拐劇において大福家は、長命寺家とはまったくの無関係じゃあないですか」

「無関係ではありません。すでに両家は婚約という法的関係、すなわち結婚の予約という契約を結んでいます。大福家としてもまさか、誘拐は当家の問題ではないと突っぱねることはできないでしょう。何よりこの結婚は、大福誠氏が長命寺家に入るという大目的のために行われるのです。さらに大福家は、長命寺家の苦しい財政事情を知っている。もし長命寺家が支払えないほどに高い身代金を要求された場合、大福家としては、身代金を肩代わりしてでも、桜さんを取り戻そうとする可能性が高いのです」

「な、なるほど。しかしですね」月平刑事はなおも、隆一郎に問う。「身代金を大福家に肩代わりさせて、その身代金を手に入れた魔術師は、どうしようというのですか。桜さんを返すのでしょうか」

「いえ、桜さんを返すことはありません」

「約束を、反故《ほご》にすると」

「そういうことです」隆一郎は、頷いた。「商取引なら契約違反ですが、しかしこれは元が誘拐という犯罪行為。反故にされたとて、大福家にはどうしようもないでしょう」

「じゃあ、身代金は」月平刑事は、言った。「魔術師の丸儲《まるもう》けということですか」

「いいえ、それも違います」隆一郎は、首を横に振った。「手に入れた身代金はすぐ、こっそり長命寺家に送られます」

「あッ、そういうことか」竹蔵が、ぽんと手を叩《たた》いた。「ようやくわかったぞ、魔術師の狙いが。身代金は数千万円。もしそのお金が長命寺家にあれば、大福家への借金が返済できるというわけだな」

「そのとおりです、竹蔵さん」隆一郎は、にこりと微笑んだ。「ご賢察ですね」

「一から推理した君には負ける。だがなるほど、もうひとつ得心した。だからわざわざ第三者である魔術師を登場させたんだな。大福家に身代金を肩代わりさせるためには、魔術師は赤の他人である必要がある。そうでなければ、大福家は納得しないからだ」

「いかにもです。それこそが、冒頭に申し上げたわたしの結論、魔術師は、『魔術師という第三者が桜さんを誘拐したと皆に思わせるため』にこの事件を引き起こした、ということの真意なのです」

「待ってください、葛切君」千牧氏が、話を遮った。「大福家も馬鹿ではない。身代金の肩代わりに首肯しないという事態も、十分に考えられたのではありませんか」

千牧氏の疑問に、隆一郎は首を左右に振った。「いいえ。大福家は必ず身代金を払います。なぜなら、魔術師は、交渉のための最後の手段を用意していたからです」

「交渉のための手段、というと」

「指です」隆一郎は、人差し指を立てた。「もしも大福家がなかなか身代金を払わない場合、魔術師は、つまり柏さんと桜さんは、大福家を脅迫する手段として、桜さんの指を送りつけることを考えていたのです」

「ゆ、指を送る。切断するということですか」

「そうです。南米には身代金を目的として誘拐をする一団があり、彼らは交渉に誘拐した者の指を使うと聞きます。魔術師もまた、そのやりかたを倣うつもりだったのです」

さすがの千牧氏も、グロテスクな想像にゆらりとよろめく。

「なぜそう予想するのですか。いくらなんでも、そこまでは」

「いくらなんでも、そこまではしまい。そう思われるかもしれません。しかし、それこそ先入観なのです。桜さんは、そういう人々の先入観を易々《やすやす》と超え、それを実行に移しても構わないという凄絶《せいぜつ》な覚悟を、すでになさっていたのです」

唖然《あぜん》とする千牧氏に、隆一郎は続けて言った。

「桜さんは、大事にしていた手袋を双にくれました。手袋くらい、どこにでも持って行けそうなものを、なぜ遣ってしまったのか。その意味を考えたときに、わたしは、この手袋を人に遣ってしまうという行為そのものが、桜さんの覚悟を示すものだと思い当ったのです。指のない手になってしまえば、柔らかなカシミヤの手袋を格好よく嵌《は》めることはできない。ならばそんなものは、もう要らない。桜さんは、腹を括《くく》ったのです」

「な、なるほど。しかし」竹蔵が、再び口を開いた。「第三者の誘拐者を偽装するなら、何もそれが魔術師であったり、魔法を登場させたりする必要もなかったのじゃないか。姉貴が失踪《しっそう》する。ほどなくして、大福家に身代金の要求を行う。必要であれば指を送りつける。それだけで十分だろうに」

竹蔵の疑問に、隆一郎は即答した。「魔術師は必要な存在です。なぜなら、魔術師がいなければ、真っ先に疑われるのが長命寺さんだからです。桜さんがいなくなり、身代金が大福家に要求されたとき、誰が一番得をするのか。それは長命寺さんに他なりません。かくして長命寺さんが第一に疑われます。しかしもちろん、それは桜さんの本意ではない。だから魔術師は必要とされたのです。魔術師が不可思議な魔法を長命寺さんに見せることで、長命寺さんを被害者側に置くことができる。そうなれば、いざ誘拐劇となっても、長命寺さんが真っ先に疑われるおそれは最小限に抑えられる」

「最初の手紙から一貫して、親父殿が事件の渦中に置かれていたのは、そのためだったということか」ううむ、と竹蔵は唸《うな》った。

隆一郎は、一同に向き直ると、両手を広げ、言った。

「こうして柏さんと桜さんのお二人は、桜さんの怪我を奇貨として思い付いた一挙両得の方策を、大いなる覚悟のもと実行に移したのです。これこそが、魔術師の本当の姿、実像であったというわけです」

＊

「桜さんは、強い女性です」

不意に口を開いたのは、それまで頑《かたく》なに口を閉ざしていた、良平その人だった。

「この計画は、あまりにもでたらめだ。僕自身でさえそう思うほどのものでした。しかし彼女は笑顔で言ったのです。『わたくしは、どこまでも良平さんについていきます』と。もっとも、計画にはひとつ重大な問題点があった。もしも大福家が身代金の支払いを渋ったらどうするのかということです。しかし、桜さんはあっさりと言ったのです」

そのときは、わたくしの身体の一部を交渉に使いましょう。

「びっくりしました。当然のことながら僕は止めました。切断の痛みのみならず、自ら障害を負うなんて。そんな苦しみを、彼女に味わわせたくはなかったからです。しかし桜さんの決意は固かった。彼女は、本当に強く、凜《りん》とした女性なのです」

だから僕は、と良平は言葉を継ぐ。「僕は、彼女が指を失う代わりに、彼女を、桜を、一生を賭《と》して守ると、そう、決めたのです」

その言葉を、皆はただ、じっと聞いていた。

やがて隆一郎は、一言一言確かめるように、良平に尋ねた。

「確認します。あなた方お二人は、婚約を反故にし、大福家からせしめる身代金で長命寺家の借金を返済し、かつ、無事に出奔をするため、魔術師という架空の人格を作り上げ、今夜の消失劇を演出した。間違いはありませんか」

良平は、隆一郎の言葉の内容を嚙《か》み締めるように聞き、ややあってから頷《うなず》いた。

「相違ありません」

「ありがとうございます」

「ちょ、ちょっと待ってください」慇懃《いんぎん》に頭を下げた隆一郎を、不意に誰かが遮る。

「話はまだ終わっちゃいないですよ」

月平刑事だった。なおも驚愕《きょうがく》した顔のままの彼が、隆一郎に言った。「葛切さん、あなたにはわかっているようだが、僕にはまだわからないのです。ええ、そうですよ。そうですとも。刑事ともあろう僕が、情けないことに、まだ事件の全貌《ぜんぼう》を摑めていないのです。魔術師が使った魔法の種さえ、ちんぷんかんぷんだ」

「私も同じです。葛切君」千牧氏も、苦笑しながら言った。「きっちり、最後まで教えていただけませんか。魔術師がどうやって、あんな魔法を見せたのかを」

二人の言葉に、隆一郎は良平の顔を見る。

良平は、憑《つ》きものが落ちたような爽《さわ》やかな顔で、隆一郎に言った。「構いませんよ。全部、お見通しなのでしょう。どうぞすべて、お話しを」

隆一郎は頷くと、魔術師の魔法を最後まで、解体しに掛かる。

＊

「それでは皆さん。わたしたちがこれまで見せられた、数々の不思議、すなわち魔術師の魔法について、ひとつひとつ解明をしてご覧に入れたいと思います。まずはひとつ目の魔法、すなわち、書斎に出現したツツジについてです。この魔法は実に単純なものです。桜さんが、どこかで摘んだツツジの花を、こっそりと書斎に置いてきた、ただそれだけなのです。それは、まださして施錠を厳重にしていないあの時点では、容易な工作であったでしょう。そしてこれは、二通目の手紙が靴箱の上に出現していたこと、さらには、書斎からその手紙が消失していたことについても、まったく同様なのです」

「何を書斎から消失させるかは決めていませんでした」良平が、補足をする。「長命寺先生の不在に物色した際に、抽斗《ひきだし》にしまい込まれた手紙を見つけたとき、まったくの思い付きで、これを消失させることにしたのです」

ありがとうございます、と良平に礼を述べ、隆一郎は続ける。「三通目の手紙、これは桜さんの部屋に出現したのですから、何の不思議もありません。桜さんがご自身であらかじめ用意されたものを持ってきたということです」

千牧氏が、良平に訊《き》く。「あの文面も、桜さんが考えたのですか」

「あの文章を考えたのは、僕です」良平は、即座に答えた。「ついでに申し上げますと、魔術師などといった前時代的なモチーフを考えたのも、僕なのです。ちょうど、さる推理小説作家の新刊を読んでいたところでしたので、その不気味な雰囲気が、つい表れてしまったのです」

隆一郎は続ける。「さて、次なる魔法は、トランプと道化師《ピエロ》と四通目の手紙の出現です。まず、桜さんの部屋にあったというトランプが、桜さんご自身で用意されたものであることは、言うまでもないでしょう。次に、そのことを長命寺さんに報告をした際に見たというピエロ。これは、桜さんの虚言、嘘に他なりません」

「確かに、あのときピエロを見たのは桜だけでした。それにしても」是清氏は、唸るように言った。「まさか、あれが嘘だったとは」

「真に迫った嘘が、迫真の演技を見せたということかもしれません」

「しかしだね」竹蔵が口を挟む。「何のために、姉貴はそんな嘘を吐《つ》いたんだ。魔術師の魔法に、信憑性《しんぴょうせい》か、おどろおどろしさでも加えたかったってことか」

「それもあります」しかし、と隆一郎は言う。「主たる目的は、意識を窓の外に向けさせることにありました」

「あっ、そうか」はたと手を打ったのは、お双だった。「これも手品なんだね」

嬉《うれ》しそうな表情で、お双は隆一郎を見る。

隆一郎には、お双の言葉が意味することが何か、よくわかっていた。手品、それは千牧氏が見せてくれたトランプ手品のことだ。千牧氏はあの手品で、一枚のカードをこれ見よがしに見せて注視を誘い、その間に左手でこっそりとカードの束を引っ繰り返すというトリックを施したのだ。

このときもまさに、そうだったのだ。桜がピエロを見たと嘘を吐いたその目的は、是清氏の目を、一瞬、外に向けさせることにあったのだ。

「そのとおり。長命寺さんがピエロに気を取られて外を窺《うかが》ったその瞬間、桜さんは、隠し持っていた手紙とトランプとを、部屋の隅に置いたのです」

「なるほど。それを私は、まるでトランプと手紙が書斎に忽然《こつぜん》と現れたかのように、錯覚したのか」是清氏が、嘆息した。

隆一郎も、首を縦に振る。「そういうことです。そして、実はこのトリック、つまり何かに気を向けさせている間に手品の種を仕込むという手法は、再び、別の形で用いられることとなるのです。そうですね、柏さん」

「本当に、すべてお見通しなのですね」良平は、感心したように頷いた。

「さて。こうしてわたしたちは、今日という日を迎え、桜さんの消失という奇妙な現象を目の当たりにしてしまいます」

「結局のところ、姉貴の消失は、簡単な話なんじゃあないかな」竹蔵が、またも口を挟む。「姉貴も魔術師なんだろう。だとすればここから消えるのも、造作もないこと、皆の目を盗んで、こっそりと脱《ぬ》け出せばいいだけなのだからね」

「確かにそうです。しかし、もう一度よく思い返してみてください。あの状況で、いつ、どうやって、桜さんがこっそりと脱け出せたかを」

「それは、ううむ」竹蔵は、しばし考えた後で、言葉を失った。

思い返してみれば、十一時五十五分ごろには桜は部屋にいた。扉はロックされたが、桜は肝心の鍵《かぎ》を持っていなかった。にもかかわらず、零時過ぎにはいなくなっていた。この十分にも満たない僅《わず》かな時間で、しかも談話室には終始、皆が屯《たむろ》していた中で、どうやれば脱け出せ得たというのだろう。

「いかなる方法で消えたのですか」千牧氏は、隆一郎に尋ねた。「まさか、本物の魔法であったとか」

「もちろん、違います」隆一郎は答える。「桜さんは確かに、皆さんがおられる中で、まるで掻《か》き消えるように消失しました。しかし、これは当然、魔法などではありません。トリックを用いた、単なる手品なのです」

「そのトリックとは」

千牧氏の問いに、隆一郎は不意に横を向いた。「お双さん」

「にゃッ」唐突に呼び掛けられた猫又は、びくりと身体を震わせた。「な、何、リューイチロー、さん」

「実は、お双さんにちょっとしたお願いがあるのです。今から、桜さんの部屋、十号室へ行って、『X』のプレートを持ってきてはいただけませんか」

『X』のプレートって、あの、扉に付いているプレートのことだよね。いいけれど、あれ、取り外せるの」

「もちろん取り外せますよ」お双の不安気な問い掛けに、しかし隆一郎は、自信を持って答えた。「わたしを信じてください」

お双は、こくりと頷くと、すぐさま廊下を機敏に駆けて行く。

「双がプレートを取りに行っている間に、先ほどの話をおさらいしておきます。つまり、書斎に現れたトランプ、あれは長命寺さんがピエロに気を取られた瞬間に置かれたものだということ。実はこれは手品における常套《じょうとう》的手段なのです。そうですね、千牧さん」

「左様。何かに注目をさせて、その間にトリックを施すのは、手品の基礎です」そう言うと、いつの間にか取り出したパイプに、千牧氏はマッチで火を付ける。

「実は、桜さんが誘拐される直前にも、そういう皆の注視を誘う出来事があったのですが、千牧さんは覚えていらっしゃいますか」

「もしや、良平君が、外で何か物音がした、何かがいたと言った、あのことですか」

「そうです。あのとき、実はこっそりとトリックが施されていたのです」

「なるほど。しかし」千牧氏は、肺に溜《た》めた煙をゆっくりと吐き出す。「トリックとはどのようなものなのでしょう。よくあるのは、あの瞬間に桜さんがこっそり部屋を脱出するというものです。だがその後も桜さんは部屋にいたし、それ以外には何も、トリックなど施された形跡はなかったと思うのですが」

その時、廊下からお双が息せき切って戻ってきた。

「リューイチロー、これッ」その手には、『X』のプレートがあった。「このプレート、扉の四角い窪《くぼ》みに嵌《はま》っていただけで、びっくりするぐらい簡単に外れたよ。言ったとおりだね、リューイチロー、さんの」

「ありがとうございます、お双さん」そして、そのプレートをお双から受け取ると、隆一郎は、皆の方にそれを見せるように、掲げた。

「トリックとはまさに、これなのです」

＊

「時間を追って説明します。十一時四十五分、柏さんは外で物音を聞いたとおっしゃいました。そして、何か黒いものがいたとも。もちろん、これらはすべて、嘘です。全員の注目を窓の外に向けさせ、廊下で行われている事柄に気づかせないための、嘘なのです。ではこのとき、廊下では何が行われていたのか。それは」一拍を置き、隆一郎は言った。「桜さんとプレートの移動です」

「桜と、プレートの移動」

怪訝《けげん》そうな顔で首を傾げる是清氏に、隆一郎は続ける。「具体的に申し上げます。一同が外に注視しているそのとき、桜さんはまず、自分の部屋である十号室をそっと出ます。それから、隣の八号室のプレートを取り外すと、これを十号室のプレートと入れ替えたのです。外した八号室のプレートはひとまず廊下の片隅に置いておきます。そして最後に、八号室の鍵を開けて中に入っていったのです」（図2「桜の工作」参照）

「ちょっと待った」竹蔵が言った。「廊下に八号室のプレートなんかあったか。それに、姉貴がどうして八号室に入れるんだ。オリジナルキーもないのに」

「オリジナルキーがなくとも、大丈夫ですよ」隆一郎は、にこりと笑って答える。「八号室は、柏さんの部屋です。柏さんはあらかじめ、桜さんに八号室の鍵を渡しておいたのです」

「あー、そうだった、姉貴たちはぐるだったな」

「八号室のプレートも、廊下の片隅に目立たないようそっと置かれていたのでしょう。談話室からは、そんな小さな物体はすぐ確認できませんから」

「すぐに停電したしな。停電中はなおさら、懐中電灯で照らさない限りはわからない」

なるほどと頷《うなず》く竹蔵に、隆一郎は言った。「この工作は、時間にして僅か一、二分、電光石火の早業で行われました。とはいえ、たとえほんの一、二分であっても、一同が談話室にいて廊下を見渡せる状況では、気づかれてしまう。その一、二分を稼ぐために、柏さんはまず物音を聞いた、続いて何者かがいた、と言って騒がれたのです」

「とすると、続く停電も、計画的なものであったのですね」千牧氏が言った。

「はい。間髪を容《い》れずに停電が起きるよう、配電盤にタイマーを仕掛けたのは柏さんで

図2　桜の工作

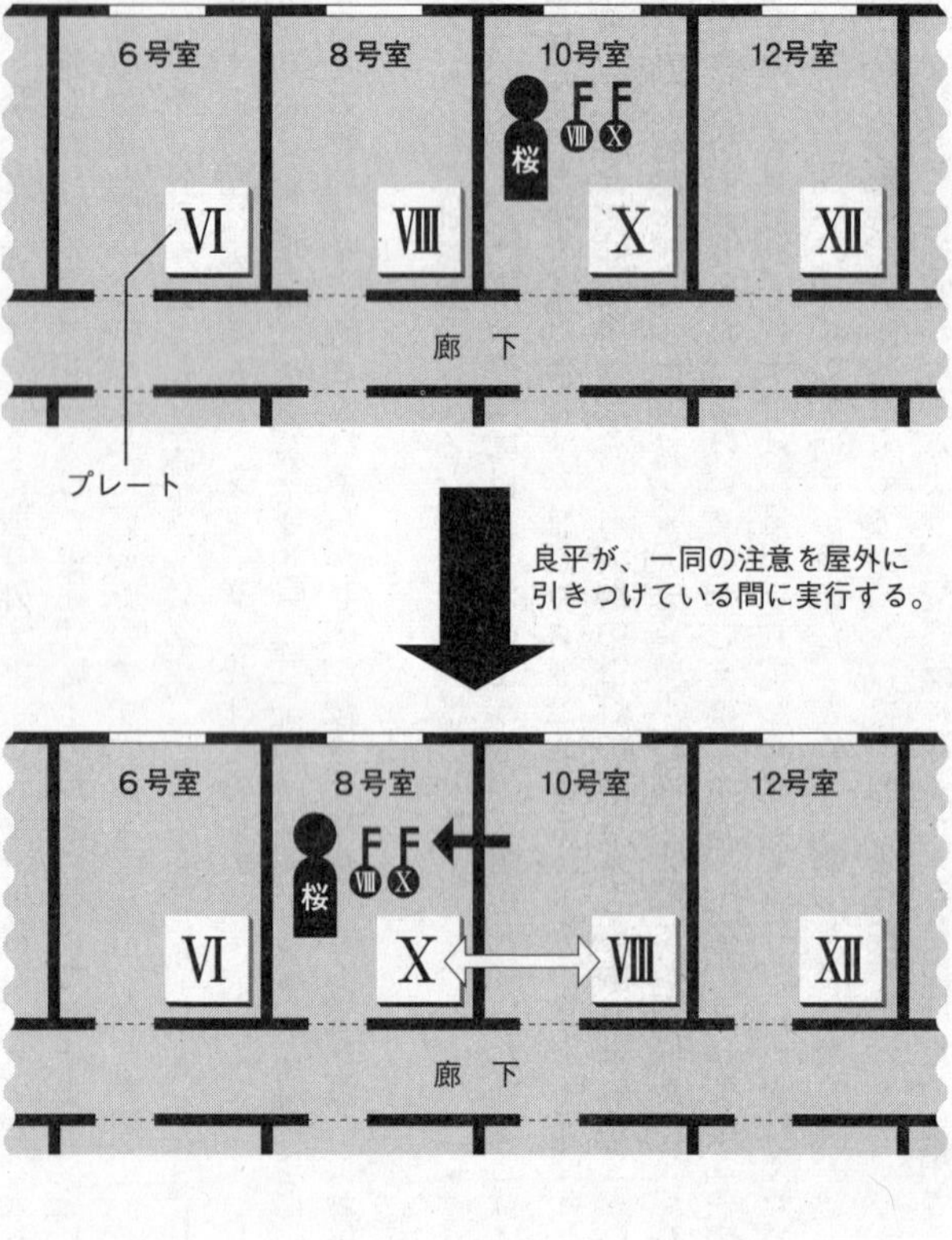
6号室
8号室
10号室
12号室
桜
Ⅷ
Ⅹ
Ⅵ
Ⅷ
Ⅹ
Ⅻ
廊　下
プレート
良平が、一同の注意を屋外に
引きつけている間に実行する。
6号室
8号室
10号室
12号室
桜
Ⅷ
Ⅹ
Ⅵ
Ⅹ
Ⅷ
Ⅻ
廊　下

す。予定どおり停電が起こると、柏さんは真っ先に、懐中電灯を持って桜さんのいる部屋へと向かったのです。つまり『X』と掲げられた、八号室に」

「なるほど、そういうことか」竹蔵が、はたと手を打った。「あの暗闇では、そこが何号室かは、懐中電灯に照らされたプレートの番号でしか判別できない。ぼくらは八号室を、十号室、すなわち姉貴の部屋だと勘違いしたんだな」

「ご明察です。もし明るければ、十号室は談話室側から数えて五つ目の扉のはずですし、六号室と十号室が隣同士になっていることから、プレートが違うものにすり替わっていることにもすぐに気づいたでしょう。しかしあの暗闇と切迫した状況では、談話室からの距離や、それがいくつ目の扉かまで注意できる者はいません。その扉が何号室かを判断するには、懐中電灯に照らされたローマ数字の部屋番号によるしかないのです」

「そして、ぼくらは十号室だと思っている八号室を訪ねた。果たして姉貴はそこにいた」

「あのときわたしたちは、桜さんから十号室の鍵を受け取った上で、扉がロックされたことも確認しました。だから、桜さんが自力で部屋から出ることは不可能だとそう考えたのです。しかし、現実には違いました」

「そりゃそうだ。姉貴がいたのは八号室で、かつ姉貴は八号室の鍵も持っていた。出入りは自由だ」

「そういうことです」

「しかし、八号室の家具は、姉貴の部屋のものとはだいぶ違うはずだが。ああ、そうか。

これも、暗闇だからわからなかったんだな」

「八号室も十号室も、部屋の形や窓の位置は同じです。部屋の内装を似せておけば、すぐには気づかれないというわけです。もちろん明るければ、そこが明らかに桜さんの部屋とは違うものだと気づくでしょう。しかし、懐中電灯の小さな光だけでは、そこまではわからない」

「なるほど。それにしても、葛切君」千牧氏が、いたく感心して言った。「君はよくぞ、このトリックに気がつきましたね」

隆一郎は、恐縮した。「いいえ、わたしも、ヒントがなければ、到底このトリックには気付かなかったでしょう。そのヒントとは、実は、千牧さんと双のお二人から、いただいたものなのです」そう言うと、手に持った『X』のプレートを、再び掲げて見せた。

「停電になり、桜さんの部屋に行ったとき、わたしはこの『X』の文字にどことなく違和感を覚えていたのです。最初、違和感の正体はわかりませんでしたが、ふとわたしは、千牧さんの手品を思い出したのです。あの、一見してそうとはわからなくとも、実はカードに上下があることを利用した、あの手品を。それがヒントとなって、わたしは、違和感の正体に気づいたのです。つまり」

隆一郎は、『X』のプレートを、くるりと半回転させ、逆位の『X』にした。

「わたしがあの暗闇で見たのは、『X』ではなく、上下が逆の『X』だったのです」

「なんと。そうだったのか」是清氏が、驚きの表情で言った。「しかし、ほとんど違いはないように見えるが」

「ええ。一見すると差異はありません。でも、よく見てください。正位の『X』と逆位の『X』、上端と下端の幅がほんの少しだけ違いませんか」

「ああ、確かに」是清氏は、目を細めた。「ほんの僅《わず》かだが、確かに下のほうが狭い」

「言うまでもなく、これはすぐには気づかない程度の些《さ》細《さい》な違いです。しかし、確かにわたしは気づいたのです。確かにあのとき、プレートが上下逆になっていたということに。とすると問題になるのは、なぜ上下が逆になっていたのかということです。そのことを考えれば、このプレートは取り外せるのではないか、そして、実際に取り外されたのではないか、という結論は容易に導き出せます。そしてもうひとつ。お双さん、あなたもヒントをくれたのですよ」

「それって」お双は、可愛らしく小首を傾げた。「もしかして、桜さんのいた部屋に、カーテンがなかったこと」

「そうです。あなたが気づいたそのカーテンの有無が、わたしには大きなヒントとなったのです。本来あるべきものがない。零時を過ぎて桜さんの部屋に踏み込んだときには、部屋にカーテンがありました。にもかかわらず、なぜあのときだけカーテンがなかったのか。答えはひとつ、初めからカーテンなどなかったということなのです」

「八号室は、僕の部屋です」良平が言う。「普段は一階の和室《しつ》にいることが多く、八号室はほとんど使っていませんでしたから、カーテンも、特段設えてはいなかったのですよ。それにしても、あの一瞬で、よくカーテンがないことに気づかれた。さすがは葛切さんの妹さん、大した注意力だ」

良平に褒められ、お双は顔を赤らめて下を向いた。

「こうして、これらのヒントのお陰で、わたしは、この部屋交換のトリックに気づくことができたのです。それにしても、これは何という大胆なトリックでしょうか。人は皆、部屋というのはいつも変わらずそこにあるはずだ、入れ替わることなどない不動のものだという先入観を持っています。この魔法は、その先入観の裏を突き、場を暗闇にしてプレートを入れ替えるというただそれだけの仕掛けで、不可能を覆してしまったのです。この大胆かつ繊細な着想には、わたしはただただ頭の下がる思いです」

そう言いつつ、実際に頭《こうべ》を垂れた隆一郎に、是清氏が言った。「ということは、桜は今、八号室にいるのかね」

「いえ、桜さんは八号室にはおられません」

「それでは、どこに」

焦る是清氏を、隆一郎は再度、やんわりと制した。「その結論はすぐに述べます。しかし今は、先に時間に沿って説明しましょう。暗闇の中、桜さんが部屋におられることを確認した直後、ティーカップが割れる音がしましたね。あれは実は、柏さんが割ったものなのです」

「良平さんの仕業だったのか」千牧氏は、首を捻《ひね》った。「しかし彼は、ずっと私たちと一緒にいませんでしたか」

「そうですね」隆一郎は首を縦に振る。「確かに、柏さんは終始わたしたちと行動をともにしていました。しかし、ティーカップは割れた。どういうことか。実はあるものを利用したのです。それは」

一拍を置いて、隆一郎は言った。「氷です」

「氷。どういうことなのでしょう」

なおも解せないといった表情の千牧氏に、隆一郎は微笑んだ。「ティーカップは、実はテーブルからではなく、暖炉の上端から落ちたものなのです。なぜそこから落ちたかといえば、ティーカップがそこに置かれていたからです。そして落ちたとき、良平さんはわたしたちと一緒にいました。すなわちティーカップは、ひとりでに落ちたのです。なぜひとりでに落ちたか。それは、ティーカップの下に、氷が挟まれていたからです」

隆一郎は、ジェスチャーを交えながら説明する。「その氷は小さなもので、ティーカップの安定を絶妙なバランスで保つ位置に挟まれていました」（図3「ティーカップと氷のトリック」参照）

「なるほど、数分後に氷が溶ければ、ティーカップは不安定になり、暖炉の上から落ちる。つまり氷がある種のタイマーの役割を果たすというわけですか」千牧氏は、得心したように頷きつつ、しかしなおも訊《き》く。「しかし、そんな氷はどこにあるのでしょう。そして、良平さんはそんなデリケートなトリックを、いつ仕掛けたというのですか」

図3　ティーカップと氷のトリック

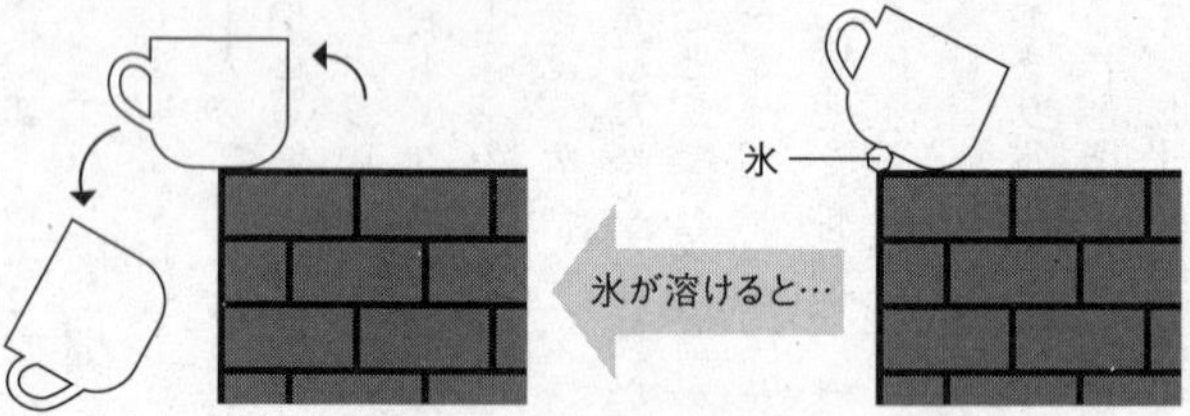

　隆一郎は即答する。「こちらのお屋敷には、珍しい冷凍庫がありますから、そこで水を凍らせて作ったのでしょう。この氷を、あらかじめ必要な時間で溶けきるよう適切な大きさに砕いたものを、良平さんは、ハンカチにくるんで溶けないようにしながら、ポケットに忍ばせていたのです。そして、停電になったとき、その混乱に乗じて、良平さんは暖炉の傍《そば》に行き、取り出した氷と、テーブルの上にあったティーカップとを使って、こっそりとこのトリックを作り上げたのです。停電が起きた後、良平さんがすぐに懐中電灯を点《つ》けなかったのも、先にトリックを完成させてしまうためだったのです」

「ちょっと待ってください」話に割り込むようにして、月平刑事が疑義を呈する。「誰にも気づかれず、トリックを作り上げる。そんなことが、本当にできるのですか」

「できます。明るい場所からいきなり暗い場所へ行くと、人はしばらくの間、周囲が見えなくなります。その時間を利用すれば、誰にも気づかれずにトリックを作ることができます」

「いや、僕が言いたいのは、その事情は柏良平さんも同じだろうということです」月平刑事は食い下がる。「彼だって、目は見えなくなるでしょう」

しかし隆一郎は、にこりと笑って言った。「いえ、柏さんの目は見えていました。なぜならそのとき、柏さんの目は暗さに十分慣れていたのですから」

「どういうことですか」

「柏さんが、窓の外に何かを見たと言った後、柏さんだけがいつまでも窓に向かっていました。実はそのとき、柏さんはじっと目を瞑《つぶ》り、暗さに目を慣らしていたのです。背を向けていたからわかりませんでしたが、本当は目を閉じていたのです」

「なるほど、だから柏良平さんは、停電してすぐに動き出し、トリックを作り上げることができたと」

そういうことか、月平刑事は納得したように頷《うなず》いた。

「で、でも」今度は、お双が疑問を口にする。「良平さんはどうして、そんなトリックをわざわざ作ったの」

「わたしたちを桜さんの部屋から談話室へと、注目を戻し、皆の移動を促すためですよ」隆一郎は、優しく諭すように、お双に言った。「そして、なぜそんなことをしたかといえば、それは、移動させたプレートを、また元に戻すためなのです」

「ああ、そうか。プレートがそのままだと、トリックがばれちゃうから」

「そういうことです」

　隆一郎は、一同にも説明する。「談話室で響く、ティーカップの割れる音。それを聞いたわたしたちは、急ぎ談話室へと戻りました。このとき皆さんは、柏さんが最後に談話室に戻られたのを覚えていますか。実はあのとき、柏さんは皆が談話室に向かったのを確認すると、一番後でこっそりと、廊下の隅に桜さんが置いておいた『Ⅷ』と、『Ⅹ』のプレートとを、それぞれ元通りに戻していたのです」（図４「良平の工作」参照）

「この工作は、暗闇で素早く行う必要があります。おそらく柏さんは、事前に幾度も練習を重ねていたのでしょう。だからこそ柏さんは、プレートが上下逆に嵌《は》め込まれていたことにもすぐに気づき、きちんと元の形、正位の『Ⅹ』に戻したのですね」

　良平が、苦笑しながら言った。「懐中電灯で照らしたとき、プレートが上下逆になっていることに気づきました。とはいえ、誰にもばれやしないだろうとは思ったのですが、しかし葛切君の目は、欺けなかったのですね」

　隆一郎は続ける。「こうして、皆が談話室に戻ったちょうどそのとき、停電は直ります。ティーカップの破片が散乱していますが、氷そのものはすでに溶けて、ただの水滴になっています。ほどなくして零時の鐘が鳴ります。一見して、十号室には何も起こっていないようですが、もはやそこに桜さんはいない、というわけです」

「しかし、その時点で姉貴はまだ、八号室にいるのだよな」

「ええ」竹蔵の言葉に、隆一郎は頷く。「しかし、桜さんは、この後すぐに八号室を脱《ぬ》

図4　良平の工作

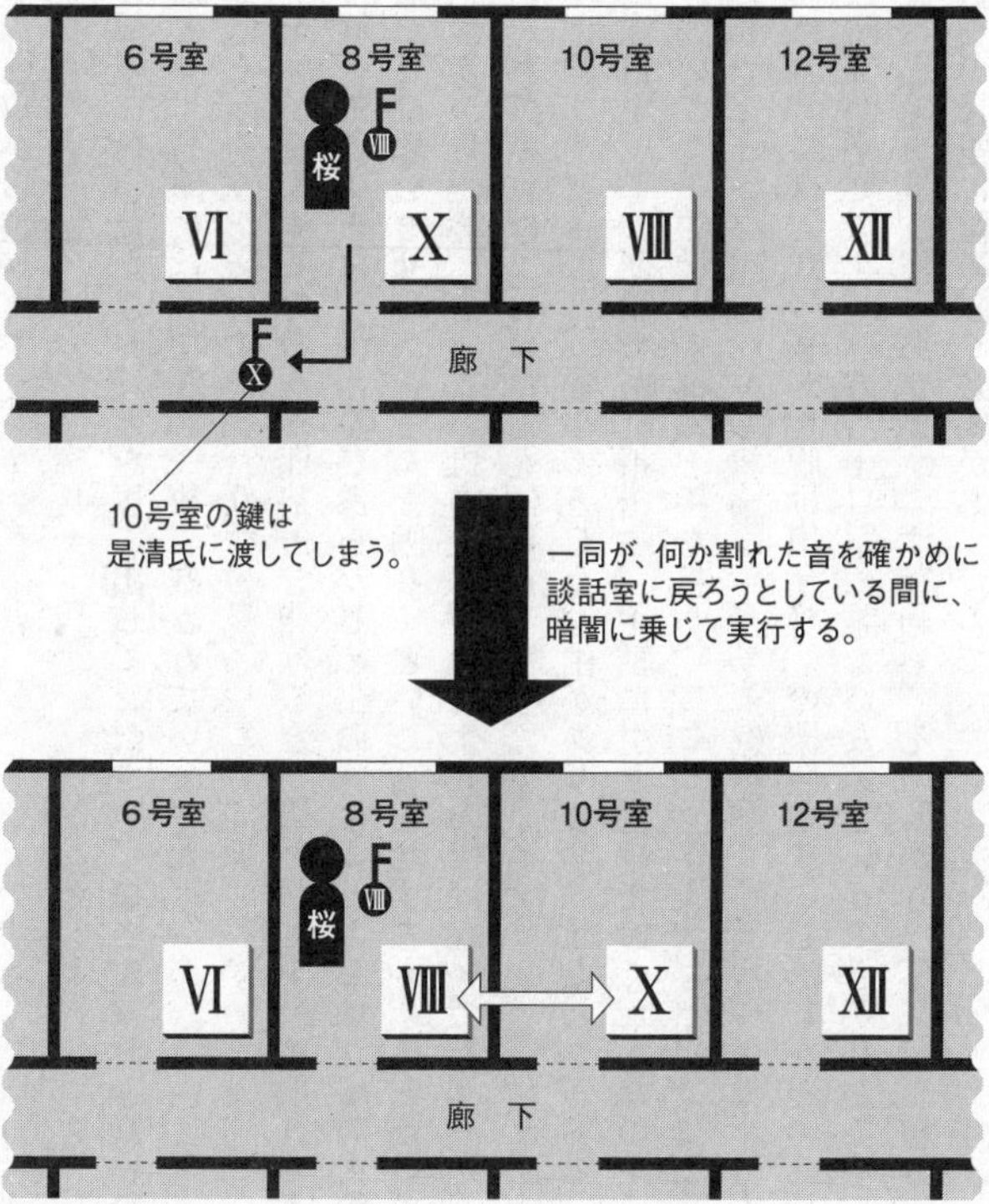
6号室
8号室
10号室
12号室
桜
Ⅷ
Ⅵ
Ⅹ
Ⅷ
Ⅻ
Ⅹ
廊　下
10号室の鍵は
是清氏に渡してしまう。
一同が、何か割れた音を確かめに
談話室に戻ろうとしている間に、
暗闇に乗じて実行する。
6号室
8号室
10号室
12号室
桜
Ⅷ
Ⅵ
Ⅷ
Ⅹ
Ⅻ
廊　下

け出し、この屋敷から逃れます」

「どうやって」

「桜さんの部屋に行ったときのことを思い出してください。桜さんはおられませんでしたね。しかし、十号室には、便箋《びんせん》が一枚、残されていました」

「薔薇《ばら》を開けろ。そう、書いてあったな」

「そして、それが意味するであろう紅茶缶を開けると、果たして手紙が現れます。もちろん、この紅茶缶の手紙は、桜さんがあらかじめ缶の底に入れておいたものです。それにしても変だとは思いませんか。そんな回りくどいことをせずとも、伝えたいことがあるならば、最初から便箋に書いて、机の上に置けばよいのではないでしょうか」

「ああ、言われてみれば」竹蔵は首を傾げた。「確かにそうだな。なぜだろう」

「もちろん、回りくどさには、きちんとした理由があります。すなわち、ある一定の時間、全員の注目を、その便箋や、紅茶缶や、手紙に引き付けておくためなのです」

「ははあ、閃《ひらめ》いた」千牧氏が、ぽんと手を打つ。「ここでも手品の応用なのですね」

「そのとおりです」隆一郎は、大きく頷いた。「あの瞬間、皆さんは全員十号室にいます。桜さんにとっては、八号室から脱け出す絶好の機会です。しかし、そのためには一、二分ほどの時間が必要です。一方、十号室に誰もいないということがわかるや、すぐさま館内の捜索が始まる危険もあります。すなわち、その僅《わず》かな一、二分、桜さんはどうにかして皆を十号室に留め置く必要があったのです」

「要するにあの便箋、紅茶缶、その中の手紙は、時間稼ぎだったというわけですね」

「ええ。わたしたちが十号室で、便箋を見て、紅茶缶の中を探り、そこにあった手紙を読む。その一連の行動には数分が掛かります。桜さんはその数分を利用して、八号室をそっと脱け出し、鍵《かぎ》を掛け、忍び足で一階に下り、玄関から外へと出たのです。ただ、最後は急いでいたのでしょう、玄関の扉をきちんと閉めずに出てしまわれたのですね」

「それは、僕が後処理するつもりでした」良平が補足する。「玄関の扉は閉められても、外から鍵までは掛けられません。玄関の鍵を外から掛けるには、やはりオリジナルキーの鍵束が必要ですから。だから、僕が、その後の家捜しの際に、こっそりと玄関に行って、鍵を掛けてしまうつもりでいたのです。ですが」

「私が君に、二階を調べてほしいと言ったから、それができなくなってしまったんですね」と、千牧氏が、なぜか申し訳なさそうに言った。

「ええ。あの場で『いえ、僕は二階じゃなく、下を見てきます』などと言うのは、いかにも怪しいですから。とはいえ、たとえ玄関が開いているとわかったとて、トリックそのものが見破られることはないし、疑われるとしても、それは別の人になるだろうと高を括《くく》ってもいたのです」

まあ、結局は見破られてしまいましたが。そう言うと良平は、苦笑した。

そんな良平の態度には、犯罪者にありがちな、後ろ暗いところは見られない。むしろ、どこかほっとしたような、安堵《あんど》した様子があった。

それは、計画こそ失敗に終わったものの、もし成功していたならば、あるいは彼らが支払わなければならなかった代償、すなわち、桜の指を失うことや、犯罪者であることへの罪悪感から解放されたが故の態度なのではないか。そう、隆一郎には思えた。

「葛切さん」良平が、隆一郎に言った。「君の推理は正しい。すべて合っています。しかし、最後のひとつがまだ残っている。つまり、桜さんは今、どこにいるのでしょう」

隆一郎は、しばらくの間、良平の目を見つめてから、その問いに答えた。

「今は、深夜です。灯《あか》りのない街をさまよう危険は冒さないでしょう。そもそも月平さんが、この近所には誰もいないことを確認されています。とすると、先ほども申し上げたように、桜さんはまだこの敷地の中におられるということになります」

「敷地の、どこでしょう」

「今は初夏ですが、まだ夜は寒く、外で夜を明かすのは辛《つら》いでしょう。かといってどこかの宿に身を寄せるのも、女ひとりでは逆に怪しまれる。一方、屋敷の中を家捜ししたにもかかわらず、桜さんはおられなかった。とすれば残りは一か所」隆一郎は、一呼吸を置いて言った。「蔵です。桜さんは、犯人が玄関から逃走したと見せかけた上で、一時蔵の中に避難をし、朝を待たれているのではないですか」

その答えを噛《か》み締めるような表情で、良平は言った。

「ご名答です。これで、余すところなくすべて、看破されてしまいました」

良平は、立ち上がり、是清氏の腰掛けるソファに、しっかりとした足取りで歩み寄る。

そして、良平を見つめる是清氏の前で、踵《かかと》をきちんと付け、直立不動の姿勢で背を伸ばすと、そこから深く頭を下げた。

「長命寺先生。先生のこれまでのご恩を仇《あだ》で返すような真似をしたこと、謝って済むものではないとは重々承知しておりますが、本当に、申し訳ありませんでした」

その言葉を、是清氏は瞑目《めいもく》して聞いていた。それは、良平を拒絶しているというよりも、是清氏自身がどう対応していいかわからず戸惑っているように、隆一郎には見えた。

良平は頭を上げると、しかと是清氏の顔を見ながら言葉を続ける。

「ですが、最後にひとつだけ聞いていただきたいことがあります。それは、桜さんのお気持ちについてです。桜さんが大福さんとの縁談をお受けになったとき、彼女は、本当に悩まれたのです。それは、僕との間のこともありますが、単にそれだけではありません。先生のことや、ご家族のこと、長命寺家のこと、その行く末に想いを馳《は》せられ、そして深く葛藤《かっとう》されたのです。その結果、様々な代償を覚悟の上で選択されたのが、今回の事件だということを、是非、理解していただきたいのです」

「…………」是清氏は、なおも黙したまま、良平の言葉に耳を傾ける。

「若造が何を生意気なと思われるでしょう。しかし桜さんは、本当に、尊敬して止《や》まない、立派な女性なのです。僕は、そんな素晴らしい女性と、ほんの短い間でも想い合うことができて、心から幸せでした。先生におかれても、こんな僕を何くれと面倒《めんどう》を見ていただいて、本当にありがとうございました。感謝しても、しきれません。そして」

良平は、月平刑事の前に歩み寄った。

「刑事さんに、お願いがあります」そう言うと、良平は自分の両手首を添えて、月平刑事の目の前に差し出した。「今回の事件はすべて、僕の仕業としてはいただけませんか。そもそもはすべて、身のほども知らず桜さんに邪《よこしま》な心を抱いた僕の責任なのですし、僕に唆されただけで、桜さんには何の責任もないのです。ですから、どうか僕ひとりだけを犯人として、逮捕してほしいのです」

「良平君」千牧氏が、呟《つぶや》いた。

「桜さんに、手錠や腰縄は似合いません。ですから刑事さん。どうかお願いします」

良平は、両手を突き出した姿勢のまま微動だにせず、それきり、もはや何も言うことはなかった。

「………」

月平刑事と是清氏は、そんな良平の姿を、何も言葉を発しない、発せないままに、ただじっと見つめていた。

千牧氏も、とうに火が消えたパイプを片手に、声を掛けることを躊躇《ためら》っていた。

竹蔵も、梅も、かの子も、そして、お双も、隆一郎も同じように、何をすることもできないまま、両手を前に差し出す良平を、ただ見守っているしかなかった。

ぴんと張りつめた空気。不意に、振り子時計が、静寂を破る。

ぼうん。

ぼうん。

ふと気づくと、窓の外で夜が白んでいた。

ぼうん。

ぼうん。

なおも鐘の音は響く。計四回。

午前四時。事件はすべて、解決した。

だが、隆一郎には、その哀色を帯びた鐘の音が、桜と、良平、各々の想いを象徴しているように思えてならなかった。二人の慕情は、幽玄で、深く、まるで魔法のようで、しかしその音色も、今やすべてが嘘のように霧消してしまっている。

気がつくと、いつの間にか隆一郎の横にお双が寄り添い、手をぎゅっと握っていた。

温かい、掌《てのひら》。

そして聞こえてくる、お双の息遣い。

隆一郎は、その小さな手を握り返しながら、考える。

果たして、この不思議な事件の真相は、白日の下に曝《さら》すべきものだったのだろうか。

もしかするとこの真実の姿は、暴かれるべきものではなかったのではないか。それこそ、二人の想いとともに、見て見ぬふりをしておいた方が賢明だったのではないか。

その是非を、隆一郎は、いつまでも判断することができずにいた。

そしてただ、戸惑っていたのだった。

事件が解決した今もなお、遣《や》り切れない想いに囚《とら》われながら、そして、まるでそれだけが拠《よ》りどころでもあるかのように、お双の手をひしと握り続けながら。

9

六月も下旬。

梅雨の盛りとはいえ、そのたまの合間に見せる陽光は、五月よりもはるかに鋭く、暖かいというよりも暑い季節になっていくのだということを思い知らされる。そんなとある日曜の午後。

お双は、縁側に背中を丸めて腰掛けて、足をぶらぶらとさせていた。

両手で大きな分厚い湯呑《ゆのみ》を持ち、それを膝《ひざ》の上に置いたまま、庭先に茂る雑草と、その中で勲章のように咲くあじさいを、ただぼんやりと見つめている。

湯呑には、甘い香りが立ち上る赤紫色の液体が、七分に湛《たた》えられていた。

それは、ローズヒップのハーブティだった。

ただし、桜がくれたものとは、違う。

あの事件の後、事件に関係している物品は、参考の品としてすべて月平刑事が持っていってしまったからだ。桜がくれた手袋も、そして、紅茶缶も。

だから今、お双が手にしているローズヒップは、後日隆一郎が市場で買ってきた別物なのだが、お双は、その折角の香りを楽しむでもなく、かといって甘さを口に含むでもなく、湯呑を手に持ったまま、ただ茫漠《ぼうばく》とするのみだった。

隆一郎もまた、そんなお双に何を語り掛けるでもなく、卓袱台《ちゃぶだい》の前で、膝上の専門書に目を通していた。

不意に、乾いた風が六畳間を通り抜け、つい先日軒下に吊《つる》したばかりの風鈴を、小さくちりんと鳴らす。

それがきっかけになったものか。

お双がぽつりと、零《こぼ》すように言った。

「本当に、あれでよかったのかな」

隆一郎は、読書を一旦《いったん》止めると、ゆっくりと顔を上げた。

「長命寺さんのこと、ですか」

「うん」お双は、髪をふんわりと靡《なび》かせて、振り返る。「もしかして、そっと見て見ぬふりをしてあげた方が、幸せだったんじゃないかな」

隆一郎を射貫《いぬ》く、黒目勝ちな二つの瞳《ひとみ》。

そんなお双をしっかりと見つめ返して、隆一郎は言った。

「純粋な悪意からでなくとも、人をだましてはならぬものです。してはならぬことをして手に入れた幸せは、柏さんと桜さんにとって本当の幸せだといえるでしょうか」

「それは、うん。わかってる。でも」

お双が、目を伏せた。

隆一郎には、お双の気持ちがよくわかっていた。そもそも、そうは言ってみても、隆一郎自身、どうしても割り切れない思いをずっと抱えていたからだ。

五月の、あの夜の後。

隆一郎の推理どおり、桜は古蔵の中で発見された。

そして、月平刑事による事情聴取の後、良平は連れて行かれた。

関係者である隆一郎たちも、しばらくの間事情聴取のため屋敷に留め置かれ、ようやく解放されたのは、次の日の正午ごろのことだった。

千牧氏とともに、帰途に就く中。ぽつぽつと歩きながら、千牧氏は、隆一郎の働きに対する謝辞を述べた上で、呟くように言った。「まさか、このような結末になるとは思いませんでした。果たしてこれからどうなるものやら」

それきりだった。

そして、事件がどうなったのか。

部外者である隆一郎とお双は、何も聞いていなかった。

新聞のどの面にも、この件に関する記事は出ておらず、おそらく大事にはなっていないだろうとは思われたが、それでも、桜と良平のその後を慮《おもんぱか》るにつけ、二人は何とも遣り切れない思いを味わっていたのだった。

再度、六畳間を風が通り抜け、隆一郎の読んでいた本の頁を二、三枚、ぱらぱら音を立てて捲《めく》っていった。

トン、トン、トン。

不意に、長屋の薄ベニヤの扉を叩《たた》く音がした。

お双が、耳をぴくりとさせると、湯呑を縁側に置き、腰を少し浮かせて、警戒の眼差《まなざ》しを扉に向けた。

「誰、かな」

もしも見知らぬ誰か、例えば押し売りなどの面倒《めんどう》な輩《やから》であったならば、猫の姿になって逃げてしまおう、そう思っているのだろう。

そんなお双に、「大丈夫ですよ」と安心させると、隆一郎は大きな声で問い掛ける。

「どちら様でしょうか」

ほどなくして、答えがあった。

「こんにちは。私です。千牧です。葛切君、おいでになりますか」

扉の向こうで、くぐもった、しかし聞き慣れた声が聞こえた。

腰を浮かしていたお双が、ほっと息を吐《つ》いて、再び縁側に腰掛ける。

「ああ、千牧さんですか。今開けます」

隆一郎は、急ぎ扉の鍵《かぎ》を開けると、千牧氏を招き入れた。

「すみませんね、連絡もせず、突然お邪魔して。ああ、双さんもいらっしゃったのですね、なおのことちょうどよい」

そういうと、とりあえず上がらせてもらいますよと、靴を脱ぎ、千牧氏は卓袱台の前の煎餅布団《せんべいぶとん》に胡坐《あぐら》を掻《か》いた。

「難儀でしたでしょう。今、お水をお持ちします」

額にうっすらと汗を浮かせた半袖《はんそで》シャツの千牧氏は、持っていた風呂敷《ふろしき》包みを脇に置くと、隆一郎が差し出した湯呑の水を一気に呷《あお》り、はあと盛大に息を吐いた。

「これからの時季、年寄りの身体には応《こた》えます」

いつの間にかお双も、縁側から卓袱台の前に移り、行儀よく正座をしていた。

また風が吹き、ちりんちりんと、涼しげな音が響く。

「ビードロですか」

「露天商から買った、安物です」

「風鈴は値段じゃありません。音です」そう千牧氏は笑うと、扇子を取り出して、ゆっくりと扇ぎながら、その音色をしばし楽しんだ。

それから千牧氏は、さて、と言って、真剣な表情になった。

「いきなりお伺いしたのは、他でもありません。是清さんたちがあの後、どうなったかについて、お話ししようと思って参ったのです」

「長命寺家のその後、ですか」

「はい。聞きたくはないですか」

もちろん聞きたいです、そう隆一郎が口にする前に、お双が言う。

「ええ、聞きたい。聞きたいです」

呆《あき》れ顔の隆一郎を尻目《しりめ》に、千牧氏は、長命寺家のあれからについて、語り始める。

「あの後ほどなくして、良平さんは、解放されました」

「罪には問われなかったのですか」隆一郎が訊《き》いた。

「はい。罪状があるとすれば、略取・誘拐罪や監禁罪なのですが、そのいずれについても、罪と認め得るだけの要件が、十分には整わなかったそうなのです。そもそも、犯罪といっても、あくまで長命寺家の中でのみ起こった内輪揉《うちわも》め、そういう事案に対しては、警察は立件に消極的になるものだ、そう月平さんはおっしゃっていました」

「なるほど」

「それで」お双が、先を急がせる。「良平さんは、どうなったんですか」

「良平さんは、釈放された後一旦、長命寺家に戻られました」

「お咎《とが》めなし、ですか」

「いえ」千牧氏は、眉間《みけん》に皺《しわ》を寄せると、「良平さんは、長命寺家を放逐されました」

「…………」

予想していたことだったが、それでも隆一郎とお双は、絶句した。

仕方がないことだとわかってはいた。桜との共謀であるとはいえ、あれだけ長命寺家を騒がせる事件を起こした首謀者なのだ。その首謀者は放逐されるべし。それは、妥当な判断であって、部外者がどうこう異論を差し挟めるものではない。だが。

いたたまれず、下唇を噛《か》むお双。

しかし、そんなお双を見る千牧氏の口角が、少し上がって見えたのは、気のせいか。

「それで、他の方は、どうなったのですか」

「まず是清さんについてですが、彼はあの大東区の屋敷と土地を売却しました」

「えっ、売ってしまわれたのですか」

「はい。土地は過半が抵当に入っておりましたが、その余をすべて建屋とともに売ってしまい、それにより得た金銭を、すぐ大福家への借金の返済に充てたそうです」

「返済し切れたのですか」

「残余の土地といっても何百坪もあるのです。完済して、なお余りあるだけの額では売れたようですよ」

「でしたら」お双が、身を乗り出す。「桜さんの婚約は」

「借金の元本と利子に、婚約破棄の損害賠償額を上乗せし、さらに熨斗《のし》を付けて返した上で、縁談も白紙に戻したそうです」

「よかった」お双が、ほっと胸を撫《な》で下ろす。

「もちろん、なぜ最初からそうしなかったのかとの意見もあるでしょうが、是清さんには、苦渋の選択だったようです。あの土地とお屋敷は、先祖代々のものでしたから。しかし、あの事件をきっかけにして、そういうしがらみも一旦清算して、一からやり直さなければならない、そういう気持ちになったようです」

「とすると、長命寺さん方は今、どちらにお住まいなのですか」

隆一郎の問いに、千牧氏は答える。「畑ケ谷《はたがや》区に一軒家を買い、転居したそうです」

「皆さんで、そちらにですか」

「いえ、そこに住んでいるのは、是清さんと、竹蔵さんだけですね」

「お二人だけなのですか」

「ええ。是清さんは、家督を竹蔵さんに譲るとお決めになりましたので、帝王学を伝授するためお二人で暮らしているのです」

竹蔵はようやく、父親に跡継ぎだと認められたのだ。

資産を失った長命寺家。しかしそこを一から立て直すという仕事も、大変にやり甲斐《がい》のあるものだろう。竹蔵もきっと喜んでいることだろうと、隆一郎は思う。

「他の方々は」

「梅さんは、かの子さんと二人で会社を興したそうです。湊《みなと》区に構えた事務所に泊まり込みで仕事をしているそうですよ」

「仕事ですって。働きもののかの子さんはともかく、梅さんは、そういうことはできそうにない気もしますが」

「梅さんいわく、『今までのようにお金を男に頼るのは面倒だ、それなら自分で稼いだ方が手っ取り早い』と」

「どんな仕事をなさるおつもりなのでしょう」

「結婚相談所と言っていました。『世の男女を結び付ける仕事がしたい。そうすれば子供が生まれる。この子供をまたいずれ自分たちが世話する。これこそ金儲《かねもう》けに勝る最高の投資というものだ』だそうです」

「ふうむ」

梅とかの子の組み合わせは、あれでいて、陽と陰のバランスが取れている。もしかすると事業は、案外とうまく軌道に乗るのではないかと思われた。

「それじゃあ、その、桜さんは」お双が訊いた。「桜さんは、どうなったんですか」

「桜さん」千牧氏は眉《まゆ》を寄せると、神妙な、それでいてどこか含みのある表情で答える。

「ああ、気の毒なことですが、彼女もまた、放逐されてしまったのです」

「ほ、放逐ですって」

お双が、茫然《ぼうぜん》として言った。

桜は、婚約が白紙となったにもかかわらず、長命寺家を放逐されてしまったのだ。

なんてことだろう。

そんな、青い顔でわなわなと震えるお双を、どうしたわけか、にこにこしながら隆一郎は見ている。なぜなら、彼にはその真意がわかっていたからだ。

「長命寺さんも、何という粋《ひどい》なことをするのでしょうね」

「ええ。さすがは我が友人というものです」

「え、ひどい、さすが、えっ」いまだお双は、戸惑い顔だ。

千牧氏は、今にも噴き出しそうになるのを堪《こら》えるようにして、懸命に渋い顔を作る。

「ええ。まったく、粋な計らいですよ。良平さんと桜さんを放逐するために、二人が住む小さな家を、わざわざ海の見渡せる不便な場所に建てたらしいのですからね」

隆一郎も、腕を組みながら答える。「そこまでして、二人を一緒に放逐させたいなどとは、今回の事件、余程腹に据えかねたのですね、長命寺さんは」

「え、それって」

ここに至るに、お双もやっと気がついた。

お双は、一瞬の驚愕《きょうがく》の表情から、一気に顔を綻《ほころ》ばせた。

「ああ、よかった。認めてもらえたんですね、桜さんも、良平さんも」

千牧氏が、もはや大笑を隠さず、嬉《うれ》しげに言った。「つまり、今回の件でようやく、是清さんも子離れができたということなのですよ」

「そうすると、今、お二人は鎌倉《かまくら》にお住まいなのですか」

「ええ。実はすでに、婚姻届も出しているそうです。良平さんは、神奈川《かながわ》の会社に勤めながら弁護士を目指して勉強し、桜さんは、夫を支え、家を守るのだと、張り切っているのだそうですよ。そして、実はですね」

そう言うと千牧氏は、手に持っていた風呂敷《ふろしき》包みを開けて、何かを取り出した。

「良平さんと桜さん、いやもはや柏さんご夫妻と呼ぶべきですね。柏夫妻からお二人へのプレゼントを預かっているのです。私は今日これを渡すために伺ったのですよ」

そういって二人に差し出されたのは、三つの何か。

ひとつは茶封筒。ひとつは小さな紙袋。そしてもうひとつは、あの紅茶缶。

「これは、葛切君に」千牧氏は、手紙を隆一郎に渡した。

どこにでも売っているような、ありふれた白い封筒。封を切ると、中には三つ折りに畳まれた便箋《びんせん》が入っていた。そこには、あの群青色のインキで、しかしあの角張った字ではない、流麗な文字で、文章がしたためられている。

隆一郎はそれを、朗読する。


この度は諸々《もろもろ》お世話になり、ありがとうございました。

すべてが丸く収まったのはひとえに、隆一郎様、双様お二人のお力添えあってのこと。感謝してもし切れぬ思いです。

もしあのまま、私どもが犯罪に手を染めていたならば、どうなっていたか。

きっと一生、後ろ暗い思いをしながら、世間様に背を向けて暮らして行かねばならなかったでしょう。そうはならなかったのは、すんでのところで、お二人に引き留めていただけたからに他なりません。

今の私たちがあるのは、あなた方お二人のお陰です。

その僥倖《ぎょうこう》に感謝しつつ、私たち夫婦ともども、幸せな家庭を築いてまいります。

隆一郎様も、双様も、お体にはどうぞお気を付けて。

追伸　鎌倉にお越しの際には、どうぞ我が家にもお立ち寄りください。

「鎌倉」お双の見えないはずの尻尾《しっぽ》が、ぴょんと立ち上がる。「行きたい。鎌倉。どこかよく知らないけれど」

そう言うとお双は、隆一郎の身体に飛び付いた。

そうか、すべては、丸く収まったのだな。お双の体温とともに、温かい気持ちにも包まれつつ、隆一郎はふと思った。

もしかしたら、だけれども。

もしかしたら桜は、最初から計算尽《ず》くで、すべて見越していたのでないかしら。

そう考えれば、様々な辻褄《つじつま》も合うのだ。

例えば隆一郎たちが長命寺家に行くことになったのも、そもそもは桜の申し出が発端だったと考えれば。

例えば魔術師の完全無欠とも思える企《たくら》みの中にも、わざわざ手袋を渡したり、玄関の扉がわずかに開いていたり、見つかりやすい蔵に隠れていたり、あえて余人の推理を許容するだけの巧妙な穴が初めから作られていたと考えれば。

そして、結果としてみれば、是清氏の土地建物や家柄に対する拘《こだわ》りも、借財も、家族の確執もなくなり、すべてが最良の形を迎えた結末に鑑みれば。

あるいは、桜はすべてにおいて、一枚上手だったと考えることも、できるのではないだろうか。すなわち。

「桜さんはやはり、魔術師だったのですね」

「ん、何」隆一郎の呟《つぶや》きに、お双が耳をぴょこんと立てる。

微笑みつつ、隆一郎は言った。「いえ、なんでも」

「相変わらず、仲の良い兄妹《きょうだい》ですね」好々爺《こうこうや》の目で、千牧氏は言った。「仲が良いついでに、たまの休みには兄妹で旅行でもなさったらどうですか。鎌倉の大仏様は、必見ですよ。さて、これは、双さんに」

そう言うと千牧氏は、紙袋と紅茶缶を、お双に手渡した。

錆《さ》びた紅茶缶。あのとき、桜がお双にくれたものに相違ない。

「もう、変な手紙は入っていないよね」お双は、手にした紅茶缶を繁々《しげしげ》眺めると、円い蓋《ふた》をぱかりと開けた。

途端に、六畳長屋には似つかわしくない、上品な甘い香りが、三人を包む。

隆一郎が買った安物とは違う、そのふくよかな香りを存分に愉《たの》しみながら、お双は、もうひとつの紙袋を開けた。

「それは、桜さんから双さんへの、特別のプレゼントだそうですよ」

お双は、紙袋の中を覗《のぞ》くと、その中身をしばし、じっと見つめた。

そして、にこりと微笑むと、中身を取り出さず、なぜか紙袋の蓋をまた閉じてしまう。

隆一郎は、不思議に思った。

「お双さん、その紙袋の中には、何が入っていたのですか」

「ううん、教えない」

「どうしてですか。教えてください」

「だめ」お双は、笑窪《えくぼ》を作ると、可愛らしくウインクした。「これは、秘密《プライバシー》だもん」

本書は書き下ろしです。

猫又《ねこまた》お双《そう》と消《き》えた令嬢《れいじよう》

周木《しゆうき》律《りつ》

平成27年 6月25日　初版発行

発行者●郡司 聡

発行●株式会社KADOKAWA
〒102-8177　東京都千代田区富士見2-13-3
電話 03-3238-8521（カスタマーサポート）
http://www.kadokawa.co.jp/

角川文庫 19227

印刷所●旭印刷株式会社　製本所●株式会社ビルディング・ブックセンター

表紙画●和田三造

ISBN978-4-04-103179-7　C0193

角川文庫発刊に際して

角　川　源　義

第二次世界大戦の敗北は、軍事力の敗北であった以上に、私たちの若い文化力の敗退であった。私たちの文化が戦争に対して如何に無力であり、単なるあだ花に過ぎなかったかを、私たちは身を以て体験し痛感した。西洋近代文化の摂取にとって、明治以後八十年の歳月は決して短かすぎたとは言えない。にもかかわらず、近代文化の伝統を確立し、自由な批判と柔軟な良識に富む文化層として自らを形成することに私たちは失敗して来た。そしてこれは、各層への文化の普及滲透を任務とする出版人の責任でもあった。

一九四五年以来、私たちは再び振出しに戻り、第一歩から踏み出すことを余儀なくされた。これは大きな不幸ではあるが、反面、これまでの混沌・未熟・歪曲の中にあった我が国の文化に秩序と確たる基礎を齎らすためには絶好の機会でもある。角川書店は、このような祖国の文化的危機にあたり、微力をも顧みず再建の礎石たるべき抱負と決意とをもって出発したが、ここに創立以来の念願を果すべく角川文庫を発刊する。これまで刊行されたあらゆる全集叢書文庫類の長所と短所とを検討し、古今東西の不朽の典籍を、良心的編集のもとに、廉価に、そして書架にふさわしい美本として、多くのひとびとに提供しようとする。しかし私たちは徒らに百科全書的な知識のジレッタントを作ることを目的とせず、あくまで祖国の文化に秩序と再建への道を示し、この文庫を角川書店の栄ある事業として、今後永久に継続発展せしめ、学芸と教養との殿堂として大成せんことを期したい。多くの読書子の愛情ある忠言と支持とによって、この希望と抱負とを完遂せしめられんことを願う。

一九四九年五月三日